Kristin Valla • Das Haus über dem Fjord

Kristin Valla

Das Haus über dem Fjord

Roman

Aus dem Norwegischen
von Gabriele Haefs

KEIN & ABER
POCKET

Die Originalausgabe erschien 2019 unter dem Titel *Ut av det blå*
bei Kagge Forlag, Oslo

Deutsche Erstausgabe 2022 bei mareverlag, Hamburg

Coverillustration: Jen Leem-Bruggen
Covergestaltung: Hannes Aechter, Berlin
Satz: Iris Farnschläder, mareverlag
Druck und Bindung: CPI books GmbH, Leck
ISBN 978-3-0369-6172-9

www.keinundaber.ch

Quickton gibt es nur in den Ländern des Nordens.

Vor mehreren Jahrtausenden, als auf dem Festland das Eis schmolz, wurden Sand und Ton vom Gletscherwasser mitgeschwemmt. Tonpartikel lagerten sich auf dem Meeresboden ab, und das Salz im Meer verband den Ton zu einer festen Masse.

Als das Gewicht der Eismassen verschwand, hob sich die Erde. Der Meeresgrund wurde zur Oberfläche. Der Ton lag dort wie ganz normales Land, auf dem man Felder anlegen, Tiere halten, Häuser bauen konnte. Auf dem Getreide und Wälder wuchsen. Auf dem Kühe grasten. Die Menschen lebten gern in dieser grünen Umgebung mit Blick aufs Meer.

Die Zeit verging. Tausend Jahre, dann weitere Jahrtausende. Das Salz, das den Ton gebunden hatte, wurde langsam von Regen und Grundwasser ausgespült. Ein Kartenhaus, so würden die Forscher es später beschreiben, so verletzlich, dass schon die geringste Überbelastung oder äußere Einwirkung den Ton in Bewegung setzen könnten.

Aber das wussten die Menschen nicht. Sie kamen nicht auf den Gedanken, dass der Erdboden unter ihnen verschwinden könnte. Sie lebten ihr ganz normales Leben. Bestellten den Boden. Bauten Häuser. Legten Gärten an.

Die Menschen hatten es gut, dort oben auf dem Ton.

Sommer 1985

Wir hatten es schon länger knallen hören. Seit einigen Wochen wurde unten am Sørfjord gearbeitet, abends wurde gesprengt, tagsüber gegraben, gewaltige Maschinen, die die Steinmassen zum Ende des Strandes beförderten.

Nach und nach hatten wir uns daran gewöhnt. Schliefen meistens sogar dabei ein. Die E6 sollte nicht mehr durch den Ort führen, wie sie es immer getan hatte, vorbei an Geschäften und Postamt und dem Bahnhof, wo zweimal am Tag die Nordlandsbahn hielt, jetzt sollte ein Tunnel quer durch das Gebirge führen, das würde Zeit sparen. Acht Minuten, hatte ich gehört.

Sie seien jetzt fast fertig, sagte Mama, sie hatte unten bei Seljelids angerufen, um sich zu vergewissern, dass die alte E6 noch immer offen war, eine letzte Sprengladung, dann wären sie durch. Sie stand auf der Veranda und hielt Ausschau nach Papa, mit der Hand schirmte sie die Sonne ab, sie wirkte besorgter als sonst, fast ängstlich. Ich verstand nicht, was sie so nervös machte. Er verspätete sich nicht zum ersten Mal. Sicher redete er noch mit irgendwem, das passierte ihm häufiger, er blieb sozusagen an den Leuten hängen.

Sie stellte uns immer Aufgaben, wenn sie in dieser Stimmung war. Vegard stand im Flur und bügelte sein Hemd, Thomas machte Ordnung im Spielzimmer, sammelte alles vom Boden auf und stopfte es in die Kisten, bis sich die Deckel nicht mehr schließen ließen. Es war sinnlos, jetzt damit anzufangen, fand ich, wir wollten doch los.

Mich hatte Mama in die Badewanne gesteckt. Ich sollte mir die Haare waschen, das war meine Aufgabe. Nicht dass sie schmutzig gewesen wären, ich hatte sie schon am Vorabend gewaschen und gekämmt, es war wegen des Festes. Das Sommerfest war das gleiche wie im letzten Jahr und auch im vorletzten Jahr, Papas Vetter in Bjerka lud ein, in seinem Garten wimmelte es unter den Birken von Verwandtschaft. Ich klatschte mir einen dicken Schaumklecks mitten auf den Kopf und grinste Vegard an, der in der Badezimmertür stand.

»Du siehst total bescheuert aus«, sagte er.

»Selber bescheuert«, sagte ich.

Mama kam herein und nahm die Handbrause, sie trug noch immer ihren Morgenrock, hatte immer Angst, nass zu werden. Sie richtete den Strahl auf meinen Kopf, wie üblich hatte sie vergessen, eine Hand ins Wasser zu halten.

»Au, das brennt!«

»Ist es jetzt besser?«

»Kälter.«

»So?«

Als ich kleiner war, hatte ich immer geschrien, weil sie an meinen Haaren ziepte, aber daran hatte ich mich jetzt gewöhnt. Sie schaffte es einfach nicht anders.

»Thomas? Bist du angezogen?«, rief sie in den Flur hinaus.

»Du hast gesagt, ich soll aufräumen.«

»Dazu haben wir keine Zeit. Du musst dich waschen und dich anziehen.«

»Dann sag doch nicht, dass ich aufräumen soll. Herrgott noch mal!«

Thomas kam herein und spritzte sich Wasser auf die Brust.

Er nahm Deo, es roch wie das, was Vegard benutzte. Mama besorgte die Deos bei Sara im Laden, bei Sachen, die für uns bestimmt waren, kam es nicht so drauf an. Für sich selbst kaufte sie dort nie irgendetwas.

Ich zog den Stöpsel aus der Badewanne und stand auf. Mama trocknete mich mit steifen Bewegungen ab.

»Eine halbe Stunde, dann fahren wir«, sagte sie.

»Aber Papa ist noch nicht da«, sagte ich.

Mama seufzte.

»Wir müssen es noch mal im Büro probieren.«

Sie hatte wie immer für alle Sachen zum Anziehen herausgelegt. Hemd und Hose für Vegard und Thomas, ein Kleid für mich. Vegard und Thomas durften etwas anderes tragen, wenn ihnen das Bereitgelegte nicht gefiel, für sie kaufte Mama nichts mehr, ohne vorher zu fragen. Bei mir war das anders.

»Das da?«, fragte ich und zeigte auf das Kleid, das am Schrank hing.

»Stimmt damit etwas nicht?«

»Das ist für Babys.«

»Ist es nicht. Schau her. Größe: zehn Jahre. Und wenn mich nicht alles täuscht, bist du zehn.«

»Muss ich ein Kleid anziehen? Kann ich nicht in Hose und Hemd gehen, wie Vegard und Thomas?«

»Wir wollen auf ein Fest.«

»Auf ein Sommerfest. Da wollen wir doch spielen.«

»Du ziehst ein Kleid an.«

Zehn Minuten später sah ich das Auto in der Auffahrt. Papa stellte den Kombi dicht vor der Gartenmauer ab, nahm den Diplomatenkoffer vom Beifahrersitz und schaute zum Fenster im ersten Stock hoch. Ich hatte nicht das Gefühl, dass er mich dort sah. Vielleicht blendete die Sonne zu stark.

Vom Treppenabsatz aus konnte ich beobachten, wie die Haustür geöffnet und wie der Diplomatenkoffer in den Flur gestellt wurde. Papa lächelte Mama an, als sie die Treppe hinunterkam, wobei ihre Hand auf dem leicht abgerundeten Geländer ruhte. Sie war fertig geschminkt und hatte sich die Haare zu Locken gedreht. Blonde, leichte Wellen fielen auf ihre Schultern.

»Ich hab im Büro angerufen«, sagte sie. »Da hieß es, du seist vor vierzig Minuten gefahren.«

»Bin ich auch«, sagte Papa.

Mehr sagte er erst, als Mama zu ihm ging und sich an ihn lehnte, sein Mund lag dicht an ihrem Ohr, während sie redeten. Ich hörte nicht, was sie sagten, duckte mich jetzt hinter das Treppengeländer, wollte eigentlich nicht von ihnen gesehen werden. Papa legte die Arme um Mama. Für einen kurzen Augenblick durchlief ein Zittern Mamas Körper. So standen die beiden eine Weile da, die Köpfe aneinandergelegt, sie hatten sich nicht wie sonst mit einem Kuss begrüßt. Dann löste sich die Umarmung auf.

»Da sitzt du also, Elin?«, fragte Papa und zwinkerte mir zu.

»Du kommst aber spät«, sagte ich und lief zu ihm nach unten.

»Ich weiß«, sagte er. »Machen wir also, dass wir fertig werden, damit wir losfahren können?«

Das Kleid war in London gekauft worden, und es war mit blauen Blümchen und Sternchen bestickt. Unten am Rocksaum gab es eine dunkelblaue Kante, in der Mitte saß ein Gürtel, der sollte um die Taille gebunden werden, obwohl alle wussten, dass ich keine Taille hatte. Mama musste sich ein anderes Mädchen vorgestellt haben, als sie im Laden stand.

»Das passt nicht«, sagte ich.

»Tut es wohl«, sagte sie.

»Das zieh ich nicht an.«

»Tust du wohl.«

»Aber es ist zu kalt.«

»Dazu gehört eine Strickjacke. Schau mal.«

Ich streifte mir das Kleid über den Kopf, konnte den Reißverschluss mit eigener Hand bis fast nach ganz oben hochziehen. Am Ende zog ich die Strickjacke über, und dann betrachtete ich mich. Das Kleid hatte schön ausgesehen, als es auf dem Bett lag, aber jetzt, als ich es anhatte, war es nicht mehr schön. Das Kleid machte mich ganz plump. Ich stand da und schwoll förmlich vor dem Spiegel an. Mama musste begreifen, dass ich so nicht herumlaufen könnte, wie eine Puppe, die niemand anfassen durfte.

Ich lief in ihr Schlafzimmer und warf die Strickjacke aufs Bett.

»Hier. Nimm das blöde Ding.«

»Was soll das denn heißen, Elin?«

Papa stand in der Tür zur Ankleidekammer. Er trug eine helle Baumwollhose, auf dem Bett lag ein Pullover, der war für später, falls es kalt würde.

»Sie schmollt, weil ich ihr ein reizendes Kleid gekauft habe, das sie jetzt anziehen muss«, sagte Mama.

»Ich zieh das nicht an«, sagte ich.

»Das tust du wohl.«

»Nein.«

»Was willst du denn anziehen, Elin?«, fragte Papa.

»Das Gleiche wie Vegard und Thomas. Hose und Hemd.«

»Du hast aber keine schöne Hose«, sagte Mama.

»Hab ich wohl.«

»Wenn du auf das Fest gehen willst, dann ziehst du das Kleid an, und dabei bleibt's.«

»Dann bleib ich eben zu Hause, du blöde Kuh.«

Mamas Augen sprangen auf wie zwei Deckel, sie konnte nicht einmal reagieren, da stand schon Papa vor mir, packte meinen Arm und drückte zu.

»So redest du nicht mit deiner Mutter. Ist das klar?«

»Okay.«

Etwas musste in letzter Zeit mit seiner Hand passiert sein, das merkte ich jetzt. Sie war schwächer, weniger gefährlich. Oder vielleicht war ich einfach größer und stärker geworden.

»Bitte Mama um Entschuldigung.«

»Entschuldigung.«

»Elin! Ernsthaft bitte!«

»Ent-schul-di-gung.«

Ich ging in mein Zimmer und verkroch mich im Bett. Zog mir die Decke über den Kopf und blieb so liegen.

»Warum liegst du im Bett?«, fragte Vegard vom Flur her.

»Ich bleibe zu Hause.«

»Echt jetzt? Mama, bleibt Elin zu Hause?«

»Natürlich nicht.«

»Das sagt sie aber!«

Jetzt stand Mama in der Tür. Ihr Parfüm schwebte durch die ganze Etage. Sie war abfahrtbereit, ihr Kleid war neu, ich konnte mich jedenfalls nicht erinnern, es schon einmal gesehen zu haben. Sie hatte Perlen in den Ohren und flache Schuhe, die Gras vertragen konnten, einen wogenden Sommerhut. Noch aus der Ferne würde man deutlich sehen können, dass sie es war.

»Jetzt reicht es aber, Elin. Zieh die Jacke an. Ich weiß doch, dass du dich auf heute Abend gefreut hast.«

»Du hast gesagt, ich könnte zu Hause bleiben.«

»Das kannst du natürlich nicht. Du bist erst zehn.«

»Ich bleibe zu Hause.«

Sie kam zum Bett marschiert, packte mich und zog mich heraus. Hielt mich fest, als ob sie Angst hätte, sich an mir zu verletzen, es ging hier nicht um mich, sondern um ihre Kleider, die konnten nicht viel vertragen. Ich riss mich los, ließ mich auf den Boden fallen und versuchte, mir das Kleid vom Leib zu reißen, aber der Stoff war viel fester, als ich erwartet hatte. Ein Knopf platzte ab und kullerte in eine Ecke. Am Ende brachte ich einen Riss zustande. Ich sah, wie Mama in sich zusammensank, sie war so hübsch und zerbrechlich, wie sie dort stand.

»Na gut«, sagte sie. »Wir bleiben zu Hause.«

»Das ist nicht dein Ernst, Wenche«, sagte Papa.

»Ich hab wirklich keine Nerven dazu, sie mitzunehmen.«

»Können wir das Kleid nicht einfach vergessen? Lass sie doch eine Hose anziehen, wenn sie das so gern möchte.«

»Das tu ich nicht, Bjørn. Dann lernt sie nichts. Sie darf nicht einfach ein nagelneues Kleid zerreißen, um ihren Willen durchzusetzen, und doch auf das Fest gehen. Wir bleiben hier. Mehr gibt es dazu nicht zu sagen.«

»Dann lass lieber mich zu Hause bleiben. Du hast dich doch auf das Fest gefreut.«

»Das ist deine Familie.«

»Es ist auch deine.«

»Sie erwarten, dass du kommst. Ich finde, du musst hinfahren. Gerade dieses Jahr vielleicht.«

Papa seufzte. Er streckte eine Hand aus und berührte Mamas Wange. Wie ein kleiner Vogel ließ sich die Hand dort nieder, leicht und freundlich.

»Na gut«, sagte Papa. »Ihr bleibt hier.«

Ich saß am Fenster und sah sie losfahren. Papa, Vegard und Thomas im Kombi, mit leerem Beifahrersitz und noch Platz auf der Rückbank. Sie sagten nicht einmal Tschüs, meine Brüder, sie sahen mich nur resigniert an, während sie ihre Jacken nahmen und sich brav ins Auto setzten, wie ihnen befohlen worden war. Sie erlebten das hier nicht zum ersten Mal. Sie hatten meine Ausbrüche satt, hatten es satt, dass sich alles immer um mich drehte, dass ich mich breitmachte und mehr Platz einnahm, als mir zustand.

Das Kleid lag noch immer auf dem Boden. Mama dachte wohl, es könnte nicht geflickt werden. Sie hatte ihre guten Sachen jetzt ausgezogen, ich hörte sie in der Ankleidekammer, Schranktüren, die zufielen, die Perlen, die mit leisem Knall auf der Glasplatte des Toilettentisches auftrafen. Ich kletterte auf den Schreibtisch und schaute aus dem Fenster, hinüber zur Fabrik, wo Opa gearbeitet hatte, zweimal in der Woche kam ein Schiff in den Sund und legte am Kai an, große Schiffe mit fremden Namen, die auftauchten und wieder verschwanden. Unterhalb der Böschung verlief die E6, südwärts nach Mosjøen und nordwärts nach Mo, jetzt waren dort keine Autos zu sehen. Ich überlegte, wie weit es wohl bis Bjerka war. Fünf Minuten mit dem Auto. Vielleicht eine Stunde zu Fuß.

Unten im Kleiderschrank fand ich ein Paar hellbraune Turnschuhe, die Mama mir per Postversand gekauft hatte. Ich packte eine Windjacke und die Sitzunterlage in den Rucksack, schlich mich vorbei an der Tür zum Wohnzimmer, wo Mama saß, das Licht des Fernsehers im Gesicht, und schlüpfte aus dem Haus, ehe sie irgendetwas bemerkte. Schlug den Weg durch den Wald ein, den, den Vegard, Thomas und ich als Abkürzung nahmen, wenn es trocken war, über die Eisenbahnbrücke, vorbei an den Häusern, die die Arbeiter der Nordlandsbahn aus dem Boden gestampft hatten, diese Häuser waren schlicht und viereckig, wie große Milchkartons am Straßenrand. Unten lagen die Läden mit geschlossenen Türen. Der Supermarkt rechts, Seljelids links, dazwischen Post und Bankfiliale. Das, was wir Zentrum nannten. Wenn wir das sagten, bekamen Leute von auswärts immer einen Lachanfall.

Oben am Hang legte ich eine Pause ein. Schaute zum Wasser hinab, das sich ausbreitete, mit Felseninselchen und Freizeitbooten wie Farbtupfer in Strandnähe. Es gab Postkarten von unserem Dorf, auf denen es wunderschön zwischen Sørfjord und Nordfjord lag, ein Streifen Land mit verstreut stehenden Häusern, der die Hemneshalbinsel mit dem Festland verband. Ganz innen in der Bucht lag der Badestrand, offen und mit seichtem Wasser, fast tropisch, wenn es nicht immer zu kalt zum Baden gewesen wäre. Wir saßen dort an heißen Sommertagen, machten es uns mit Klappstühlen und Campingtisch bequem, manchmal kamen auch Touristen, sie glotzten und schnappten nach Luft, wenn sie aus ihren Autos stiegen, sie fotografierten aus allen Winkeln, ehe sie ihre Kühltaschen holten und sich auf den grauen, trockenen Holzbänken niederließen, die schon immer dort gestanden hatten.

Am Ende des Strandes ruhten die Bagger mit gesenkten Köpfen. Sowie sie fertig wären, würde die alte E6 wieder zur Landstraße werden, ich dachte, dass sie immer ausgesehen hatte wie eine Landstraße, auch mit einem anderen Namen. Sie schlängelte sich am Fjord entlang, verschwand hier und da in kurzen Tunneln, die nur ein Moment der Dunkelheit waren, wenn man hindurchfuhr. Ich folgte ihr mit dem Blick bis Berg, vorbei an dem schleimigen Brackwasser bei Bergsbotn, über die Brücke nach Bjerka, dann hoch zu der Wohnsiedlung, wo das

Gartenfest stattfand. Ich wusste eigentlich nicht so genau, wo Papas Vetter wohnte. Ich achtete nie auf den Weg, wenn wir hinfuhren. Aber ich begriff nun, dass es viel weiter war, als ich geglaubt hatte.

Die Sonne hing schwer über dem Hügelkamm. Lag dort wie ein Zierband, warf einen rostigen Schein über das Gras am Straßenrand. Ich merkte, wie müde ich war, erschöpft vom Tragen des Rucksacks, obwohl ich doch kaum etwas eingepackt hatte. Es wäre nicht feige, jetzt kehrtzumachen. Niemand wusste, wo ich war, es brauchte mir nicht peinlich zu sein. Ich ließ den Sørfjord hinter mir und fing an, den Hang wieder hochzusteigen, zurück zu meinem Bett, zu der dünnen Sommerdecke, die ich über mich breiten konnte, sie war gerade warm genug. Ich konnte auch gleich ins Bett gehen. Die Nacht würde einen Schlussstrich unter diesen Tag ziehen. Wenn man wach wurde, hatten die Erwachsenen alles vergessen, was gewesen war. Dann konnte man einen neuen Anfang machen.

Mama saß im Wohnzimmer und sah den Fernsehkrimi. In Miami trug die Polizei Anzüge, die aussahen wie Pyjamas, sie trugen keinen Gürtel und waren barfuß in den Schuhen, die Pistole hing innen in der Jacke, an etwas, das aussah wie Zaumzeug. Ich schlich mich zum Geräusch von quietschenden Bremsen und Pistolenschüssen die Treppe hoch, zog mich aus und verkroch mich unter der Decke, warf einen Blick auf den Wecker. Ich war eine Stunde unterwegs gewesen. Mama hatte rein gar nichts mitbekommen.

Ich merkte, dass ich Durst hatte, nahm mein Glas und ging barfuß durch den Flur. Auf dem Weg ins Badezimmer spürte ich ein schwaches Zittern im Boden. Ein Beben unter meinen Füßen, als ob sich das ganze Haus schüttelte. Es war kein

Grund zur Besorgnis, es knallte immer um die Zeit, zu der ich schlafen ging, ein hohles Dröhnen tief im Fels.

Es kam kein Wasser aus dem Hahn. Nur ein gurgelndes Geräusch tief unten in der Leitung, als ob jemand dort unten Atem holte. Ich versuchte es mit der Badewanne, ein kleiner Rest sickerte heraus, dünn und klar, gerade genug für ein Glas. Ich dachte, ich müsste vielleicht Mama Bescheid sagen, aber sie konnte es selbst merken, das Wasser verschwand nicht zum ersten Mal. In meinem Zimmer schlug das Fenster hin und her. Regenschwere Wolken zogen sich am Himmel zusammen und tauchten die Wände in Dunkelheit, als ob irgendwer die Vorhänge zugezogen hätte. Es fing an zu regnen. Gleichmäßiger, sanfter Regen fiel auf Rasen und Blumenbeete, klopfte gegen die Dachrinne, spielte unten in der Schubkarre kleine Melodien.

So schlief ich ein, mit einem halb vollen Glas neben mir auf dem Nachttisch, in der letzten Nacht, in der ich einfach ein Kind war.

Die Halde hinten am Strand, wo die gesprengten Gesteinsmassen abgelagert worden waren, verschwand als Erstes. Sie stürzte ins Wasser, als sich der Boden darunter auflöste, zu einer dünnen Masse zerfloss. Dann folgte der Strand. Die Bäume am Ufer. Der tote Stamm, von dem wir sprangen, wenn wir mutig waren. Der Tanggürtel unten am Wasser, der auftauchte, wenn sich die Flut zurückzog, es dauerte einige Minuten, dann hatte der Fjord alles verschlungen.

Wenn die Leute den Erdrutsch beschrieben, sprachen sie über das Rauschen der Wassermassen, die gegen das Land schlugen, über das Kreischen der Leitplanke, die zerrissen wurde und nach unten kippte. Über Häuser, die von den Tonmassen auf dem Rücken getragen wurden, ehe sie mit dem Schornstein unter Wasser liegen blieben, die E6, die zerbrach und sich wie ein gewaltiger Schlund aufbäumte, ehe sie ins Wasser fiel. Die Bremsgeräusche des schwarzen Autos, das aus dem Tunnel gefahren kam und einen Moment lang in der Luft schwebte, ehe es in die Wellen stürzte und versank.

Aber sie sprachen auch über die Stille danach.

Den Fjord, der sich blank und freundlich über die Tonmassen legte, als sei nichts geschehen.

Meine Brüder wurden im Wasser gefunden. Sie trieben zwischen Trümmerteilen und Asphaltfetzen, in ihren guten Kleidern, Hemd, Hose und Schuhen, beim einen alles eine Nummer größer als beim anderen. Die Suchmannschaften, die sie aus dem Wasser zogen, hatten Vegard und Thomas schon als kleine Kinder gekannt, mussten sie nicht einmal umdrehen, um zu wissen, wer sie waren. Sie wurden auf eine Trage gelegt und gegen Morgen ins Krankenhaus gefahren, schon nach wenigen Stunden wurden beide für tot erklärt. Nicht einmal, als wir informiert wurden, haben wir das begriffen, glaube ich. Wir saßen einfach dort auf dem kalten, hellen Gang, Mama und ich, so still wir nur konnten. Der Lensmann ging vor ihr in die Hocke, sie sagte nichts, rieb nur die Hände aneinander, rieb und rieb, als wären sie Silberbesteck. Ich fragte ihn, ob sie Papa gefunden hätten. Er sagte, das nicht, aber sie hätten eben erst mit der Suche angefangen, es sei noch früh und es gebe noch Hoffnung genug.

So sagte er das. Hoffnung genug, als wäre Hoffnung etwas, das man abwiegen und in passenden Portionen verteilen könnte.

Eine Woche später wurden Vegard und Thomas begraben. Die Särge wirkten klein und kompakt, sie verschwanden fast unter den vielen Blumengestecken. Vegard und Thomas wurden auf dem Friedhof von Bjerka beerdigt, mit Blick auf den Fjord, der sie an sich gerissen hatte, in einer Ecke des Friedhofs, wo der Wind nicht ganz so stark tobt. Ihre Namen bedeckten nur Teile des Grabsteins. Es war noch Platz für weitere. Am Ausgang des Friedhofs standen die Presseleute mit Kameras und Notizblöcken, machten sich ab und zu kurze Notizen. In der Kirche hatte der Bürgermeister über die unfassbare Tragödie gesprochen, die unser Dorf heimgesucht hatte, und über den unmenschlichen Verlust, den sie verursacht hatte, einer der schlimmsten Erdrutsche in der Geschichte Norwegens, hatte er gesagt. Auch im Radio hatte ich diesen Satz von ihm gehört, *einer der schlimmsten in der Geschichte Norwegens,* seine Stimme war gepresst gewesen, als er das sagte, aber es hatte noch etwas anderes darin gelegen, eine Art Stolz.

In der folgenden Zeit suchten die Hilfsmannschaften nach Papa. Sie gingen mit Spaten und Taschenlampen am Strand entlang, suchten den Meeresboden mit Mini-U-Booten ab, aber die Sicht dort unten war miserabel, denn der Ton hatte alles grau gefärbt. Selbst für die Taucher waren die Verhältnisse in dem trüben Wasser fast unmöglich. Dennoch machten sie weiter, tagein, tagaus, obwohl allen klar war, dass es keinen Sinn mehr hatte, dass sie es nur taten, um uns zu trösten. In den Nachrichten wurde über die Ursachen des Unglücks gesprochen: die Sprengarbeiten, die in diesem Frühjahr ausgeführt worden waren, das Gewicht der Steinmassen am Ufer, den Strom von Lastwagen, der viele Jahre lang von Norden und von Süden gekommen war.

Einige Wochen später wurde uns der Totenschein gebracht. Ein kleines Stück Papier, das uns mitteilte, die Suche sei beendet worden und Papa müsse als umgekommen gelten. Ich saß auf der Treppe und hörte den Lensmann mit Mama reden, sie widersprach nicht, als er das sagte, sie nickte nur und nahm den Totenschein, als wäre der ein ganz normales Dokument. Es könne passieren, sagte der Lensmann, dass jemand nicht gefunden wurde, dass die Natur selbst diese Menschen begrub, auch darin liege eine Art Trost. Papa habe diese Landschaft geliebt, sagte der Lensmann. Nun sei er selbst zu einem Teil davon geworden. Ich saß da und fragte mich, was mit Menschen passierte, die im Meer blieben. Lösten sie sich auf? Trieben sie dicht unter der Oberfläche umher? Oder sanken sie in die Tiefe und blieben dort unten?

Als ich größer wurde, war es leicht für mich, das alles in Erfahrung zu bringen. Menschen können viele Jahre lang im Ton liegen. Sie verschwinden nicht, denn der Ton konserviert den Körper, sorgt dafür, dass er nicht verwest und zu Erde wird. Papa war unversehrt. Er war noch immer dort unten. Aus irgendeinem Grund half es mir, das zu denken. Es kam vor, dass ich am Wasser entlangging und nach Papa Ausschau hielt, an den Rändern des alten Erdrutschgeländes, in der zerfetzten Landschaft, in der ich mich nicht mehr auskannte, in der ich aber doch gern war, weil sie allem ähnelte, was in mir lag. Einige Male lieh ich mir ein Boot und ruderte auf den Fjord hinaus. Die Wellen streichelten freundlich den Bootsrumpf, verrieten nichts davon, was sich dort draußen zugetragen hatte. Ich dachte an meine Brüder, daran, dass sie für mich bereits undeutlich wurden, so, wie sie es in jener Nacht wohl im Ton geworden waren, hinausgesaugt durch das Autofenster, in die Wellen, ehe sie aufgetrieben waren.

Vegard und Thomas trieben auf. Das alte Ehepaar, das dicht beim Strand gewohnt hatte, trieb ebenfalls auf.

Nur Papa sank, kam nie an die Oberfläche, hatte etwas in sich, das ihn schwer machte.

Herbst 2007

Das Haus zu verkaufen beschloss ich zwei Jahre nach Mamas Tod. Eigentlich hatte ich es nach der Beerdigung ausräumen wollen, aber dann hatte ich es doch nicht über mich gebracht, denn Mama hatte niemals etwas weggeworfen, das Haus war vom Keller bis zum Dachboden voll. So war es geblieben, seit dem Tag, als sie vom Krankenwagenpersonal hinausgetragen und zum Krankenhaus von Rana gefahren worden war, dem Krankenhaus, in dem sie mich geboren hatte, ihr drittes Kind, bei einer Geburt, die eine ganz normale Niederkunft hätte werden sollen, die das aber nicht wurde, weil ich so groß war. Das erzählte sie gern, wie groß ich gewesen war; dass die Hebamme mir die Schulter brechen musste, um mich herausziehen zu können, denn wenn sich die Nabelschnur verfangen hätte, hätte die Lage kritisch werden können, möglicherweise Gehirnschaden, schlimmstenfalls Tod. Eine Schulter ist nicht so schlimm, erklärte die Hebamme Mama, so kleine Kinder haben noch keine Knochen, nur Knorpel. Kleine Kinder vertragen so was. Die heilen von selbst.

Ich hatte mich für die Fahrt in den Norden mehr geschminkt als sonst. Bei der Autovermietung standen Leute in Funktionsjacken und Turnschuhen, es war nicht schwer, besser auszusehen als andere. In der Regel passierte es hier, bei dem kleinen

Terminal in Bodø, oder in der Ankunftshalle von Mo, dass mir Leute begegneten, die ich seit mehreren Jahren nicht mehr gesehen hatte, Menschen aus einer entfernten Vergangenheit, die mich mit einer Handbewegung anhielten und mich in alles hineinzogen, was ich verlassen hatte. *Wie geht es dir*, fragten sie dann immer, dieses *geht* mit einer Andeutung, dass es nicht zwangsläufig besonders gut gegangen war, nicht bei dieser Ausgangssituation, die halbe Familie weggerissen, erst zehn Jahre alt, muss man sich mal vorstellen. Ich wollte, dass es so aussah, wie ich dort stand, mit meiner teuren Handtasche, meinem geraden Pony, als ob ich gut zurechtgekommen wäre, als ob ich es geschafft hätte. Während ich redete, musterten sie mich, meine Kleidung, und ich begriff, dass ich mich auf eine Weise angezogen hatte, die sie glauben ließ, was ich sagte.

Auf dem Parkplatz stand der Mietwagen, vollgetankt und mit gestaubsaugten Sitzen. Ich fuhr in Richtung Stadt, vorbei am Wasserfall Ildgrubfossen, der sich tollkühn in den Ranafjord stürzte; das alte Transportband, das wie ein Gürtel über den Wassermassen lag, ließ die ganze Stadt aussehen wie eine Fabrik. *Mo i Rana* war mit Stiefmütterchen in ein Beet geschrieben. Beim Hotel Meyergården stand das alte hölzerne Vorratshaus wie eine Kuriosität auf dem Parkplatz.

»Hallo, Elin, da bist du ja.«

Nina beugte sich in ihrer blauen Uniform über den Tresen. Die Jacke war ihr ein bisschen zu groß, ich dachte, die sei sicher für eine andere genäht worden, ein Standardmaß, mit dem die gesamte Hotelkette operierte. Ihr Gesicht war noch so rund wie früher, die Sommersprossen gerade sichtbar, auch der Mund klein und rund.

»Ich hab deinen Namen auf der Gästeliste entdeckt«, sagte sie. »Wir haben dich ja lange nicht mehr gesehen.«

»Ja, ich bin nicht mehr so oft hier oben.«

»Seit Wenches Beerdigung nicht mehr, oder?«

Wir hatten die Gedenkfeier für Mama in diesem Hotel abgehalten. Nina hatte für alles gesorgt, ich hatte keine weiteren Feierlichkeiten dieser Art bei uns zu Hause ertragen können. Rita hatte ihre Hilfe angeboten, sie hatte immer bei uns geputzt, kannte jeden Winkel und jede Nische, hatte sich auch dann noch um alles gekümmert, als Mama schon allein gewesen war. Jetzt stand ihre Tochter vor mir und bediente mich. Ninas Finger waren lang und schlank, sie flogen über die Tastatur, als sie meine Buchung heraussuchte.

»Du wohnst also nicht zu Hause?«

»Nein, ich will das Haus verkaufen. Deshalb bin ich hier. Ich will ausräumen und ein letztes Mal sauber machen.«

»Ja, das ist wohl das einzig Vernünftige.«

»Ich wohne jetzt in Oslo. Und es muss ja renoviert werden.«

»Das habe ich gehört. Das Dach ist undicht, richtig?«

»In dem einen Schlafzimmer.«

»So was lässt sich ja wohl reparieren. Das ist dann die Sache der neuen Besitzer.«

Typisch, dass Nina von den Wasserschäden wusste. Es war durchaus möglich, dass über unser Haus getratscht wurde, um das sich niemand kümmerte, das nur dastand und mit Regenwasser volllief, ganz und gar sich selbst überlassen. Die undichte Stelle war in meinem alten Kinderzimmer. Auch darüber war Nina bestimmt informiert.

»Du wolltest ein Zimmer im alten Gebäude, nicht wahr? Du weißt, dass die Zimmer da kein eigenes Bad haben?«

»Ja, das weiß ich.«

»Das ist deine Entscheidung. Ich habe ein gemütliches Zimmer für dich, mit Aussicht auf den Park. Zehn Tage, ja?«

»Ja. Wenn ich nicht vorher fertig werde.«

Ich schaute in den ältesten Teil des Hotels hinüber, es war eines der wenigen schönen Gebäude in Mo. Die Villa im Schweizer Stil stammte aus der Zeit vor der Eisenhütte, ehe sich Industrie und Bevölkerungszustrom in die alte Hausbebauung hineingefressen und den früher einmal bis zur Eisenbahn reichenden englischen Park verschlungen hatten. Dort lag jetzt Peppes Pizza. Neubau mit Konferenzsaal.

Von der Rezeption aus war die Treppe zum alten Teil gerade noch zu sehen, breit und majestätisch, es machte etwas mit einem, wenn man sie hochstieg. Ich glaubte nicht, dass Nina das begriff, das war das Schöne an der Sache.

»Frühstück gibt es zwischen sieben und neun«, sagte Nina. »Aber das weißt du bestimmt, du bist ja nicht zum ersten Mal hier.«

Sie reichte mir die Schlüsselkarte, warf einen Blick auf meinen Mantel, fragte sich vielleicht, woher der stammte.

»Wir haben übrigens deine Zeitschrift im Abo«, sagte sie und zeigte auf das Gestell vor dem Tresen. »Ich musste lange quengeln, bis der Chef das erlaubt hat. Er findet sie zu oberflächlich.«

»Das ist sie ja auch. Ich meine, es ist schließlich eine Modezeitschrift. Wir versuchen gar nicht erst, es als etwas anderes auszugeben.«

»Nein, natürlich.«

Sie zog eine Schublade heraus und suchte darin nach etwas.

»Du bist sicher viel auf Reisen«, sagte Nina. »Sitzt bei Modenschauen in der ersten Reihe und so.«

Ich lächelte.

»Wir sind nur ein kleines Magazin aus Norwegen. Wir sitzen ziemlich weit hinten.«

Sie sah mich einen Moment lang an, ehe sie einen Parkschein ausstellte, den ich hinter die Windschutzscheibe legen könnte, wenn ich Zeit hätte. Sie sprach noch immer mit breitem Akzent, hatte sicher nirgendwo anders gewohnt, mir war das jedenfalls nicht zu Ohren gekommen. Als ich mit Nina sprach, nahm auch ich den Dialekt wieder an. Die Wörter quollen in meinem Mund auf, wurden groß und üppig, erzählten allen, woher ich kam.

»Was macht Stian?«

»Dem geht's gut. Er arbeitet jetzt hier in Mo in der Bank. Er wurde hierher versetzt, als die Filiale in Finneide stillgelegt wurde.«

»Ihr seid noch immer zusammen?«

»Verheiratet«, sagte Nina und hob einen Finger mit einem weißgoldenen Ring. »Wir haben letztes Jahr ein Kind bekommen.«

»Gratuliere. Das wusste ich gar nicht. Wie geht es denn Rita? Und Frank?«

»Gut, Papa tritt jetzt ein bisschen kürzer im Schmelzwerk. Hat vor allem Tagschichten.«

»Grüß die beiden bitte von mir.«

»Du kannst doch mal zum Essen kommen, wenn du Lust hast?«

Ich sah Nina an. Dachte daran, wie oft sie mich zu sich nach Hause eingeladen hatte, als wir Kinder waren, in die Zimmer, wo der Zigarettenqualm dick über den Ledermöbeln lag, zusammen mit dem Bratendunst aus der kleinen, praktischen Küche, wo Rita Schellfischfrikadellen briet und wo Frank auf einem Hocker saß und Kippen drehte. Was es bei ihnen zu essen gab, mochte ich nie. Es hatte etwas Ärmliches, gekochte Kartoffeln, geriebene Möhren, die nach nichts schmeckten.

»Ja, das wäre nett.«

»Wie wäre es Mittwoch?«

»Lass uns das im Auge behalten. Bis dahin sehen wir uns ja noch.«

Ich hatte Zeit genug, um eine Entschuldigung zu finden. Ich musste trotz allem ein ganzes Haus ausräumen, es stand nicht fest, dass ich Zeit haben würde, um Besuche zu machen. Ich zog meinen Rollkoffer durch das Foyer, das mit Elchköpfen und Schwertern gefüllt war, durch den Gang, wo die Wandtäfelung aus Mahagoni hinter schweren Lackschichten glänzte, schloss meine Zimmertür ganz hinten auf. Ein Kronleuchter hing an einer schlichten Rosette über dem Bett. In einer Ecke waren ein Waschbecken und ein Spiegel angebracht. Ich ging zum Fenster und schaute hinab auf den Park, wo ein Gärtner damit beschäftigt war, unter einer Hängebirke ein Loch auszuheben. Alles um mich herum war schwer vor Geschichte, aber es war nicht meine Geschichte, und das machte alles leichter.

Wenn jemand fragte, woher ich komme, nannte ich immer den Namen unseres Dorfes und erklärte, wo es lag. Manchmal sagte ich Mo i Rana, das war ein Ort, von dem die meisten schon gehört hatten, aber eigentlich kam ich aus dem Haus auf der Anhöhe über dem Nordfjord. Mein Großvater hatte das Haus bauen lassen, es war von einem lokalen Architekten entworfen worden, der im Ausland gewesen war und sich Bauhaus-Architektur angesehen hatte und der diesen Stil den Wünschen von Menschen anpassen konnte, die nicht so viel von sich hermachen wollten. Kurz vor dem Krieg war das Haus meiner Großeltern fertig, mit drei Wohnzimmern, fünf Schlafzimmern und Eckfenstern zum Fjord hin. Die Innenausstattung war aus Oslo bestellt worden: Stabparkett für die Wohnzimmer, Strohtapete für die Bibliothek, Wasserhähne aus Messing und das erste Wasserklosett im Dorf. Erst als ich nach Südnorwegen umgezogen war, begriff ich, dass es andere Häuser gab, die mit unserem Ähnlichkeit hatten.

Ich stand in der Auffahrt, hatte die Autotür offen, dachte, dass das Haus noch immer schön sei. Es lag allein oben am Hang und sah aus, als ob es eigentlich keine Menschen brauchte. Mamas Name stand noch immer am Briefkasten, im Briefkasten lagen einige Prospekte, von Firmen, die noch nicht registriert hatten, dass sie nicht mehr dort wohnte. Ich ließ alles liegen, schaute hinab auf den Nordfjord, wo die Felsen steil ins Wasser abfielen, tiefer als der Sørfjord, gut geeignet für Fabrikbetrieb und Anlieferung von Waren. Zu Großvaters Zeit wurde Waltran hergebracht. In meiner Kindheit war es Rogen. Die Kaviarproduktion war jetzt eingestellt und nach Trondheim verlagert worden, am Kai standen noch immer Lagerschuppen, aber die Waren wurden mit dem Auto angeliefert. Die Ausfahrt kam direkt hinter dem Tunnel, ein einfaches gelbes Schild teilte den Vorüberfahrenden mit, dass weiter unten Menschen wohnten.

Der Garten war das Projekt meiner Großmutter gewesen, sie hatte Blumen und Sträucher gepflanzt, von denen niemand geglaubt hatte, dass sie so weit im Norden gedeihen konnten, aber sie hatten es geschafft, sie passten sich an und wurden abgehärtet. Ich hatte erwartet, den Garten halb zugewachsen vorzufinden, jetzt, wo sich niemand darum kümmerte, aber so war es nicht, die Kiefernhecke war schön und dicht, der Rasen frei von Löwenzahn, die Zitterpappel schlank und wohlfrisiert, auch wenn sie inzwischen ebenso hoch war wie die Fahnenstange.

Ich steckte den Schlüssel ins Schloss und schob die Tür auf. Eine Wolke aus Staubkörnern hieß mich willkommen. Meine Hand fand den Lichtschalter ganz von selbst. Am Ende des Flurs war die Treppe zu sehen, sie führte in einem sanften Bogen zur Galerie hoch.

»Hallo«, sagte ich.

Das war eine Gewohnheit.

Die Fußspuren der Krankenwagenbesatzung waren auf dem Parkett noch immer zu sehen. Eine Decke war von dem Sessel geglitten, in dem Mama immer gesessen hatte, ein kleiner Fußschemel war ein Stück weit ins Zimmer geschoben worden. Auf dem Tisch lagen Zeitschriften und Bücher, die sie kaufte, wenn sie Onkel Rolf und Tante Barbara in Kalifornien besuchte, immer häufiger, hatte ich gehört, sie hatte auf deren Veranda gelegen und aufs Meer hinausgeschaut, hatte in fröhlichen Pastellfarben gehaltene Shoppingmalls besucht, war mit offenem Verdeck in Tante Barbaras Corvette an den Klippen entlanggefahren, ehe sie nach Finneide zurückkehrte, in einem Widerøe-Flugzeug nach Mo geschaukelt wurde und schließlich nach Hause kam, mit neuen Gegenständen im Gepäck, die sie überall verteilte, obwohl es ohnehin schon voll genug war.

Ich glaube, sie brauchte diese Dinge, irgendwie halfen sie ihr. Sie schafften das, was sonst niemand schaffte, sie trösteten Mama.

Im Wohnzimmer fiel das Sonnenlicht in Vierecken auf das Parkett. Es breitete sich über Couchgarnitur und Fernsehecke aus, über den schmalen Schreibtisch, an dem Papa abends gearbeitet hatte, wo er in ein kleines Aufnahmegerät mit gezackten Rädchen diktierte, das seine Wörter verschlang. Es waren Wörter für Erwachsene. Lange, komplizierte Sätze, manchmal in fremden Sprachen. Noch immer war in der gepolsterten Sitzfläche seines Schreibtischstuhls eine Mulde zu sehen. Ich zog den Stuhl hervor und setzte mich, öffnete eine Schublade und fand da unten Papas Uhr, ein Loch im Riemen war größer als das andere. Er hatte die Uhr immer abgenommen, wenn er nach Hause kam, es war ein festes Ritual, mein Vater, der die Uhr vom Handgelenk löste und in die Schublade legte, als ob die Zeit nur existierte, wenn er im Büro war.

Für uns war es umgekehrt.

Papa existierte nur, wenn er zu Hause war.

Jeden Nachmittag kam er zur Tür herein, in Jacke, Hose und Schlips, den Mantel über dem Arm, den Diplomatenkoffer in der Hand, ehe er den auf den Schreibtisch legte und auf den Verschluss drückte, sodass der Deckel aufsprang. Im Diplomatenkoffer herrschte eine eigene Ordnung, Füllfederhalter, Zirkel, Rechenmaschine und liniertes Papier an genau festgelegten Stellen. Er nahm das heraus, was er brauchte, zog den Terminkalender aus der Innentasche seiner Jacke und legte ihn zusammen mit der Uhr in die Schublade, dann ging er nach oben und hängte die Arbeitskleider in der Ankleidekammer auf, zog etwas Legereres an und kam wieder zu uns herunter.

Der Terminkalender lag noch immer dort. Auf den Einband war die Jahreszahl zusammen mit seinem Namen und dem Logo der Eisenhütte in Gold eingestanzt.

Bjørn Berg.

1985.

Ich nahm den Kalender heraus und blätterte darin, die Seiten waren vergilbt, jedes Blatt hatte eine Ecke, die man abreißen konnte. Das hatte Papa getan, jede Woche, bis das Unglück passiert war. Diese abgerissenen Wochen waren gefüllt mit Verabredungen, und die waren notiert mit grauem Bleistift, manchmal auch mit Tinte, Aktivitäten, die oft mit einem einzelnen Wort in einer Zeile gekennzeichnet waren. Abteilungssitzung. Vorstandssitzung. Personalsitzung. Mittagessen mit Nordisk Stål. Seine Reisen waren mit Pfeilen nach oben und nach unten eingezeichnet, um klarzustellen, dass sie mehrere Tage dauern würden, im Januar ein Abstecher nach Deutschland, im Februar ein Besuch in einem Stahlwerk in Albanien, ein kurzer Urlaub im März. Am Ende kamen eher private Termine, ein Friseurbesuch in Mo, eine Opernaufführung im Kinoteatret, ein Wartungstermin für das Auto.

Das Letzte, was er notiert hatte, waren unsere Ferien im Juli. Nicht, wohin wir fahren würden, nur dieses eine Wort mit spitzen Buchstaben: Ferien.

Dann kam der Herbst. Leere Seiten, auf denen nichts passierte. Die Fortsetzung, die niemals folgte.

So weit war ich gekommen, als ich ein Auto in der Auffahrt hörte. Der Makler kam zehn Minuten zu früh, die Fahrt von Mo hierher ging viel schneller jetzt, wo wir die gute Straße hatten, ganz anders als in den alten Tagen, als sie sich in unendlichen Kurven oberhalb der Bahnlinie entlanggeschlängelt hatte. Ich stand an der Tür, ehe er klingeln konnte, wusste nicht, ob die Klingel noch funktionierte, gab ihm die Hand und bat ihn, die Schuhe anzubehalten. Er war in meinem Alter, er trug einen schmalen, eng sitzenden Anzug, irgendeine schwedische Marke, nahm ich an. Er legte die Aktentasche auf den Tisch im Flur, zog einen Notizblock und einen Kugelschreiber hervor und trat in die Tür.

»Ah ja, nicht schlecht«, sagte er. »Dafür werden Sie einen guten Preis bekommen.«

»Meinen Sie? Hier ist seit Ewigkeiten nicht renoviert worden.«

»Das Haus ist in gutem Zustand. Überall Qualität. Minimale Abnutzung. So etwas gibt es in der ganzen Gemeinde kein zweites Mal, möchte ich behaupten.«

Er ging durch die Wohnräume, vorbei am Esstisch und den Rattanstühlen mit Stahlgestell, die so fein federten, wenn man sich daraufsetzte. Die Schwingtür zur Küche schnellte hin und her, als er sie aufschob.

»Ich habe gehört, dass das Haus hier im Dorf *das Schloss* genannt wurde?«

»Ja, das war wohl so.«

Er machte sich auf seinem Block Notizen. Warf einen Blick in die Küche, die zwei Jahre vor dem Unglück renoviert worden war, profilierte Türen in Eiche, ein Herd, der damals groß und modern gewesen war, jetzt sah er klein und alltäglich aus. Ich würde ihn entsorgen lassen müssen, niemand wollte noch solche Herde haben.

Im ersten Stock hatte Mama versucht, die Zimmer meiner Brüder auszuräumen. An den Wänden zeigten verschossene Stellen, wo früher einmal Fußballplakate und Bilder gehangen hatten, in Thomas' Etagenbett lagen noch immer zwei aufgerollte Bettdecken. Ich hatte oft dort übernachtet, wenn Oma zu Besuch war, und auch einige Male sonst, wenn Thomas in der Laune dazu war. Ich hatte ihn dann nie schlafen lassen, hatte immer noch reden wollen, hatte den Kopf über den Rand des oberen Bettes hängen lassen, während er mit hinter dem Kopf verschränkten Händen dalag und zu mir hochschaute. Wenn ich die Augen schloss, konnte ich das Gesicht meines Bruders nicht mehr vor mir sehen, nur die Form seiner Arme, wie sie auf beiden Seiten des Kopfkissens hervorragten, die Ohren, die er selbst zu groß fand. Wir konnten lange so daliegen, die Lampen ausgeknipst, unsere flüsternden Stimmen in der Dunkelheit. Das waren die schönsten Abende, wenn er mit mir redete, als ob ich genauso viel wüsste wie er.

Der Makler ging zum Schreibtisch und hob ein Modellflugzeug hoch. Winzige Soldaten und Panzer, die mein Bruder gesammelt hatte.

»Solche hatte ich auch«, sagte er.

»Die hat Thomas zu Weihnachten bekommen. Zum letzten Weihnachten.«

Der Makler überlegte kurz.

»Das war sicher nicht leicht für Sie und Ihre Mutter, was da passiert ist«, sagte er.

»Haben Sie meine Brüder gekannt?«

»Ein bisschen. Ich bin Ihnen allen ab und zu begegnet, bei Weihnachtsfesten und so, mein Vater hat auch in der Eisenhütte gearbeitet, war zusammen mit Ihrem Vater im Vorstand. Sie können sich bestimmt nicht daran erinnern, es ist so lange her.«

Ich lächelte ihn an. Mir war klar, dass er sich überlegt hatte, was er sagen würde, wollte ihm zeigen, dass ich das zu schätzen wusste.

»War das Ihr Zimmer?«, fragte er mit einem Blick auf die andere Seite des Flurs.

»Ja. Das kleinste im Haus.«

»Aber es ist gemütlich.«

»Es tropft von der Decke. Da oben, sehen Sie?«

Ich zeigte auf die rechte Ecke der Decke, wo sich ein großer dunkler Fleck ausbreitete. Auch die Tapete war schon von der Feuchtigkeit gefleckt, die Tapete, die ich immer schon gehabt hatte, bei Laura Ashley in Oslo bestellt, ich wollte lieber Poster haben, aber Mama sagte Nein. Anfangs fand ich die Tapete albern: eine wogende grüne Landschaft, Reiter mit Zylindern und roten Jacken; später hatte sie mir dann gefallen, es steckte eine solche Energie in diesen kleinen Pferden, sie liefen nicht, sie flogen.

»Haben Sie den Schaden schon von einem Klempner begutachten lassen?«, fragte der Makler.

»Noch nicht. Ich weiß nicht, ob das Dach jemals erneuert worden ist. Es ist vielleicht an der Zeit.«

»Schieferdach, oder?«

»Ja.«

»Nicht das Billigste.«

»Nein, das ist mir schon klar.«

»Es gibt natürlich noch andere Möglichkeiten.«

Im Schlafzimmer meiner Eltern wurde das Doppelbett von der Herbstsonne beschienen. Im Badezimmer standen Mamas Parfümflaschen am Waschbecken aufgereiht, sie hatte sie gesammelt, solange ich mich zurückerinnern konnte, unterschiedliche Größen und Farben, damit hatte sie in den Jahren angefangen, als sie als Stewardess gearbeitet hatte. Als wir klein waren, hatte sie nicht gewagt, die Flaschen dort stehen zu lassen. Sie hatte Angst, wir könnten sie zerbrechen, ihre Lieblingsflaschen hatte sie versteckt.

»Haben Sie sich schon überlegt, was Sie mit der Einrichtung machen wollen?«, fragte der Makler.

»Verschenken, nehme ich an.«

»Sie wollen sie nicht selbst behalten?«

»Das glaube ich nicht. Eigentlich habe ich alles, was ich brauche.«

»Wenn ein Käufer also einige Möbel übernehmen möchte, wäre das dann möglich? Gegen einen Aufschlag im Preis natürlich.«

»Meinen Sie, es könnte Interesse geben?«

»Davon bin ich eigentlich überzeugt. Es sind schöne Möbel, und sie sind in gutem Zustand. Und in den Wohnzimmern hängt auch einiges an Gemälden und Grafiken. Ich würde Ihnen raten, sich mit einem Auktionshaus in Verbindung zu setzen, ehe Sie sich entscheiden.«

Ich merkte, wie müde ich wurde, als er das sagte. Ich hatte für den folgenden Tag einen Container bestellt, hatte gedacht, ich könnte das meiste hineinwerfen, es sofort wegschaffen lassen.

»Ja, vielleicht«, sagte ich.

Wir gingen nach unten und setzten uns an den Esstisch. Der

Makler zog ein Dokument aus der Aktentasche und reichte es mir.

»Das interessiert Sie vielleicht«, sagte er. »Das ist die alte Taxierung.«

»Die alte Taxierung?«

»Vom Dezember 1984. Die habe ich gefunden, als ich die Bauzeichnungen für das Haus suchte. Offenbar hat das damals Arvid Seljelid vom Laden in Finneide in die Wege geleitet.«

»Arvid? Der hat das Haus taxieren lassen?«

»Sieht so aus.«

»Aber warum denn? Wir wollten doch gar nicht umziehen.«

»Das weiß ich nicht. Da sollten Sie vielleicht ihn selbst fragen?«

»Arvid lebt nicht mehr. Jetzt führt Sara den Laden, seine Frau. Es ist nur die Frage, ob sie sich erinnern kann. Es ist lange her.«

Ich sah mir die Aufstellung an, die detailliert war und mehrere Seiten füllte, mit Beschreibungen aller bautechnischen Details des Hauses.

»Das verstehe ich nicht«, sagte ich. »Wir hatten gerade erst die Küche renoviert. Wir hatten im Erdgeschoss ein neues Badezimmer einbauen lassen. Meine Eltern können unmöglich einen Umzug geplant haben.«

»Sie hatten ja vielleicht andere Gründe, um das Haus taxieren zu lassen«, sagte der Makler. »Um bei einem Darlehen bessere Bedingungen zu bekommen, vielleicht. Es spielt aber auch keine Rolle. Ich lasse so bald wie möglich eine neue Einschätzung erstellen. Soll ich auch einen Fotografen beauftragen, damit wir Bilder vom Haus machen können? Wenn ich das richtig verstanden habe, möchten Sie in dieser Woche so viel wie möglich erledigen?«

»Ja, das ist der Plan. Ich fange morgen mit dem Ausräumen an.«

»Es wäre vielleicht eine Idee, einige Möbel und Gegenstände zu entfernen. Lassen Sie nur die schönsten stehen.«

Er stand auf, gab mir die Hand und dankte mir, dass ich mir die Zeit genommen hatte. Im Gehen drehte er sich noch einmal um und warf einen letzten Blick in die Wohnzimmer.

»Die Vorhänge würde ich vielleicht auch runternehmen. Die Stimmung ein wenig aufhellen. Ein bisschen Licht hereinlassen.«

Das Kleid, das Mama zur Beerdigung getragen hatte, hing noch immer im Ankleidezimmer. Sie hatte es offenbar reinigen lassen, denn es war in Plastik gehüllt, hing auf einem dieser dünnen Drahtkleiderbügel, die sie sonst immer so schnell wie möglich loswerden wollte. Sie hatte es zu einem anderen Anlass gekauft, einem angenehmen Anlass, vermutlich, es war eins der wenigen schwarzen Kleidungsstücke, die sie besessen hatte. Ich strich mit der Hand darüber, dachte daran, wie es sie an jenem Tag aufrecht gehalten, sie auf eine Weise gestützt hatte, wie das sonst nichts und niemand schaffte, nicht wie die Tabletten, die sie stumpf und abwesend machten. Sie saß in einem Sessel in der Bibliothek, Leute kamen und umarmten sie, sie sagten nicht viel, was hätten sie auch sagen sollen? Unsere Wohnzimmer waren voll von Blumen. Kuchenplatten wurden herumgereicht. Ich saß auf der Armlehne und wippte, wäre gern auf ihren Schoß gerutscht, aber ich wusste nicht, ob sie das zugelassen hätte. Vorsichtig lehnte ich mich an sie, so behutsam ich konnte, damit der Seidenstoff nicht zerdrückt würde.

Bei der Beerdigung waren Menschen, die ich sonst im Bürgerhaus und im Laden sah, aber die fast nie unser Haus betraten. Sie trugen ihre beste Kleidung, und darin wirkten sie fremd, sie saßen auf dem Sofa und tranken Kaffee aus dünnen Tassen, verbrannten sich am Henkel der Silberkanne, weil niemand sie gewarnt hatte. Mitten im Zimmer stand mein Mathelehrer und weinte. Der Rektor tröstete ihn, sie lehnten sich aneinander, erwachsene Männer, die am ganzen Körper zitterten. Ich wäre gern zu ihnen gegangen und hätte sie auseinandergezerrt, gesagt, sie müssten sich zusammenreißen, wie sie es mit mir machten, wenn ich auf dem Schulhof mit jemandem aneinandergeriet, aber ich sagte nichts. Niemand sagte mir, was ich tun sollte. Ich konnte so viel Kuchen essen, wie ich wollte. Der schmeckte nach nichts, aber ich hatte etwas zu tun, ziellos ließ ich mich durch die Zimmer treiben, bis Rita mich entdeckte und mich auf ihren Schoß zog. Ich war zu groß dafür, aber sie tat es trotzdem. Ach, meine Kleine, sagte sie und strich mir über die Haare, die sie gekämmt und so fest geflochten hatte.

Auf der Veranda stand Frank und drehte Zigaretten. Nina und drei andere Mädchen drängten sich auf einer Sonnenliege. Ihre Kleider waren etwas zu groß gekauft worden, sie sollten eine Weile halten. Als sie mich sahen, lächelten sie, aber auf der Liege war kein Platz für noch eine. Auf dem Rasen stand Ola in einem Anzug, in dem er sich ganz offensichtlich sehr unwohl fühlte. Ich trat ans Geländer und schaute zu ihm hinüber, er wirkte ebenso verloren wie ich, obwohl Ola unser Haus besser kannte als alle anderen. Jetzt würde er nicht mehr herkommen, dachte ich. Kein Junge würde uns noch besuchen. Als er mich entdeckte, streckte er den Rücken durch und kam langsam auf mich zu, sagte nichts, zog einfach sein Jackett aus und legte es mir um die Schultern. Den Anzug hatte er schon einen Monat zuvor zu seiner Konfirmation getragen, er und Vegard waren zusammen konfirmiert worden, beide in dunklen Anzügen und neuen blanken Schuhen. Vegards Anzug war in London gekauft worden. Olas in Mo. Ich fand, dass Ola feierlicher aussah als mein Bruder, auch wenn er den billigeren Anzug trug.

Mamas Kleid war teuer, das ging mir auf, als ich einen Blick auf das Etikett warf. Es war von Ralph Lauren in Beverly Hills, dem Ort, wo sie am liebsten einkaufte, wenn wir Onkel Rolf besuchten, die teuersten Teile aus ihrer Garderobe stammten von dort. Ich hielt es hoch und war überrascht, wie modisch es nach wie vor wirkte, ich könnte es zu allen möglichen Anlässen tragen, wenn ich wollte, aber ich glaubte eigentlich nicht, dass es mir passen würde. Mamas Ankleidekammer war voll von solchen Ausgehkleidungsstücken, dünnen Kleidern und Seidenblusen, Wickelkleidern aus Viskose, selbst für ein Essen im Søilen, Mos Nobelrestaurant, kamen sie mir zu fein vor. Auf der Kommode standen ihre Handtaschen. Dicht beieinander, wie ein kleiner Chor. Ich hob eine hoch, sie hatte eine goldene Kette und ein Logo aus goldenen Buchstaben, auf der Innenseite stand auf braunem Leder der Name der Marke. Ich konnte mich nicht erinnern, dass Mama die Tasche benutzt hatte, wenn sie zu Hause war, nicht bei Schulabschlussfeiern oder bei Elternabenden, nicht im Gesundheitszentrum oder beim Einkaufen. Für diese Anlässe hatte sie andere Modelle.

Ich steckte ihre Pullover in Müllsäcke, ihre Blusen ereilte dasselbe Schicksal, sie flatterten ganz von selbst zu Boden. Es waren diese Alltagskleider, die sie in meiner Erinnerung trug, die langen Hosen, die niemals Falten warfen, eine Strickjacke über den Schultern, wenn ich aus der Schule kam, ist heute alles gut gegangen, fragte sie, ja, sehr gut, sagte ich, es spielte keine Rolle, was ich antwortete. Den ganzen Vormittag lang saß sie da, mit Fjord und Bergen im Hintergrund, der Garten glitt von einer Jahreszeit in die andere hinüber, Singvögel trippelten über die Terrasse. Sie las *House & Garden* und *World of Interiors*, illustrierte Bücher über historische Wohnhäuser, sie lagen wie Gewichte auf ihrem Schoß, sorgten dafür, dass sie nicht davontrieb. Manchmal konnte ich sehen, dass sie geweint hatte, ihre Augen waren blanker als sonst, ihre Haut ein wenig gerötet. Mama war in Scherben gegangen. Jeden Tag stand sie auf und leimte sich von Neuem zusammen, drehte sich Locken in die Haare und malte sich die Lippen an, schmierte sich Foundation ins Gesicht, zog einen kleinen schwarzen Strich über die Augenlider, ehe sie Lidschatten auftrug. Ich fand, dass die Trauer ihr stand, dass sie davon hübscher wurde, genau wie die Leute in den Fernsehserien, die wir uns ansahen.

Es waren diese Serien, die uns retteten. Stimmen, die in die Wohnzimmer strömten und dort den Leerraum füllten, die heulten und flehten und drohten, die in einen Alltag mit so viel Drama und Tragödie gehörten, dass wir unseren eigenen darüber vergaßen. Wir sahen *Hart aber herzlich* und *Falcon Crest,* mittwochs sahen wir den *Denver Clan,* das war meine Lieblingsserie. Als Papa noch lebte, hatte ich den *Denver Clan* nicht sehen dürfen. Er sagte, das sei eine Serie für Erwachsene, ich sei nicht alt genug, um zu verstehen, was dort vor sich ging, aber Mama hatte damit keine Probleme. Zwar erlaubte sie es nie offiziell, aber sie protestierte auch nicht, wenn ich im Nachthemd angetrottet kam und mich in einer Sofaecke zusammenkauerte, während sie am anderen Ende saß und Sherry trank.

Als ich mich in der Handlung zurechtfand, war mir klar, dass Papa sich geirrt hatte. Was im *Denver Clan* passierte, passierte auch auf dem Schulhof, in den Zimmern meiner Freundinnen und an der Bushaltestelle, es sah nur nicht so gut aus. Es ging darum, wie durch kleine Kommentare Unsicherheit gesät wurde, wie man das eine sagte, während man in Wirklichkeit etwas ganz anderes meinte, wie man andere Menschen heruntermachte, wenn die nicht in der Nähe waren, so wie, das wusste ich, Nina und die anderen Mädchen manchmal über mich sprachen, wenn sie die Köpfe zusammensteckten und glaubten, dass ich sie nicht hörte. Dann stand ich am Rand. Tastete mich vor. Auch das hatte etwas Heroisches, denn auch wenn die Familie Carrington litt, funkelten und strahlten sie von innen heraus, wenn sie weinten und auf einem Krankenhausflur saßen, und vor Gericht waren sie immer geschminkt und geföhnt und gekleidet wie Angehörige einer königlichen Familie. Sie trugen ihren Kummer wie Schmuck.

Abends kam es vor, dass ich in meinem Bett lag und daran dachte, was ich gesehen hatte, daran, wie die Menschen im *Denver Clan* von plötzlichem und unvorhergesehenem Unglück getroffen wurden. Dann waren sie wieder da. Sie schafften es, gegen jegliche Wahrscheinlichkeit. Das war Stoff für die Geschichten, die ich mir über Papa zusammenbastelte, in denen es immer darum ging, dass er den Erdrutsch überlebt hatte, dass er aus allen möglichen Gründen aber nicht zu uns zurückkehren konnte. Bei Tageslicht wirkten diese Geschichten kindlich und albern, ich schämte mich dafür und erzählte sie niemandem, aber abends hielten sie meinen Geist auf Trab. Sie konnten davon handeln, dass er von irgendwelchen Leuten aus dem Fjord gefischt wurde, die ihn gefangen hielten, oder dass er an einem fremden Ort umherirrte, ohne sich erinnern zu können, wer er war, oder dass er irgendwo weit weg in einem Krankenhaus saß, einsam und heruntergekommen, wie Steven Carrington, als er nach einer Explosion auf einer Bohrinsel ins Südchinesische Meer geschleudert wurde und danach als tot galt.

Rita sagte, wir dürften nicht mehr weiter zuschauen, als Steven verschwand. Sie meinte, das wäre zu viel, wir dürften uns nicht von etwas unterhalten lassen, das dem, was wir selbst durchgemacht hatten, so nahe kam. Wir weinten, als Steven vermisst wurde, und wir weinten, als er nach Denver zurückkehrte, auferstanden auf eine Weise, die aller menschlichen Vernunft widersprach, alles, was sich in uns aufgestaut hatte, fand in diesem unwahrscheinlichen Augenblick seinen Auslauf.

Danach fühlten wir uns besser, leichter auf eine Art, als hätte jemand unsere Batterien aufgeladen.

Ich dachte, dass das Kleid mir vielleicht doch passte. Es hatte keinen Reißverschluss, nur einen Gürtel, der um die Taille gewickelt und zu einer Schleife gebunden werden sollte. Der Stoff war dick und steif, er hatte etwas Solides an sich, *anpassungsfähig,* das war das Wort, das Mama bei solchen Kleidungsstücken benutzt hatte. Ich zog mir den Pullover über den Kopf, ließ das Kleid an meinem Körper nach unten fallen, band den Gürtel locker um meine Taille. Es passte also doch. Spannte nirgendwo, obwohl alle sehen konnten, dass sich das Kleid an mir ganz anders verhielt als an Mama.

Im Spiegel sah ich sie. Sie starrte mich an, mit ihrem zierlichen Körper, erzählte mir noch einmal, wie unterschiedlich wir seien, niemals mit Worten, nur mit Blicken. Wenn sie sprach, dann sagte sie immer, alles sei hübsch und nett.

Ich sei hübsch.

Es sei nett, dass ich gekommen sei.

Dann saßen wir da und sahen fern.

Ich zog das Kleid aus und legte es aufs Bett. Fuhr mit der Hand darüber und rollte es zusammen, damit es ordentlich und glatt bliebe, wie Mama es mir beigebracht hatte.

Sara stand wie immer hinter der Kasse, als ich den Laden betrat. Am Fenster waren noch die Reste eines alten Aufklebers zu sehen, eine misslungene Zusammenarbeit mit einer Ladenkette vor einigen Jahren. Ich blieb stehen und betrachtete mein Spiegelbild in der Scheibe, halb zu sehen, genug, um klarzustellen, dass ich nicht mehr hier wohnte: meine glänzenden Schuhe, die schwarze Anzughose, der Mantel, den ich mir eigentlich nicht leisten konnte, den ich aber trotzdem gekauft hatte, weil ich ihn bei einem Verkauf von Warenmustern entdeckt hatte. Nur meine Haare waren wie in alten Zeiten, braun und glatt, der Pony, den ich schon als Teenager gehabt hatte, der immer zu lang war, als ob ich die Welt durch eine Gardine betrachtete.

Ein Schild, das im Wind hin und her schlug, teilte mit, dass der Laden geöffnet hatte. Das Nachbargrundstück war zum Parkplatz geworden, nachdem der COOP vor einigen Jahren ausgebrannt war, er hatte den Arbeitern gehört, die in der Kaviarfabrik oder in der Eisenhütte gearbeitet hatten und die bar bezahlten und eine Plastiktüte mehrere Male verwendeten. Ich hatte mich immer gern dort umgeschaut, denn anders als bei Seljelids war im COOP Selbstbedienung, man konnte die Dinge in die Hand nehmen und sie dann einfach wieder ins Regal stellen. Aber ich kaufte nie dort, weil ich kein Geld hatte, und bei Seljelids ließen wir immer anschreiben. Wir hatten dort eingekauft, seit mein Großvater einmal in den Dreißigerjahren mit einem Opel Olympia, zwanzig Litern Benzin und einer Versicherungspolice in der Kreide gestanden hatte.

Die Türklingel meldete mich mit einem fröhlichen Bimmeln an. Ich zog kräftig an der Tür, sie war immer schwer gewesen, und sie schlug hinter mir zu, sobald ich sie losließ.

»Guten Tag«, sagte Sara.

»Hallo, Sara«, sagte ich.

Ihr Gesicht hatte den abweisenden Ausdruck, der offenbar für mich und für niemanden sonst reserviert war. Solange ich mich zurückerinnern konnte, stand sie schon da, hinter der Schublade, wo die braunen Hefte lagen, eins für jede Familie, die dort einkaufte. Eigentlich hatte ihr Bruder Leif das Geschäft übernehmen sollen, aber der war schon mit fünfzehn nach Oslo aufs Gymnasium gegangen, hatte dort studiert und war in der Stadt geblieben.

»Ich habe gehört, du willst verkaufen«, sagte Sara.

»Ja, jetzt ist es so weit«, sagte ich. »Das Haus steht ja nur da.«

»Für dich wird es gut sein, es verkauft zu haben.«

»Das wird wohl so sein.«

»Dann kommst du nicht mehr hierher.«

So hatte ich mir das noch nicht überlegt, aber Sara hatte ja recht. Wenn das Haus erst neue Besitzer hätte, würde mich nichts mehr an das Dorf binden, keine Familie, nur jede Menge weitläufiger Verwandtschaft. Ich hätte gern gewusst, woher Sara von meinen Verkaufsplänen wusste. Bei unserem letzten Gespräch hatten wir über die Wasserschäden gesprochen, die ich im Spätwinter entdeckt hatte, ich hatte mit keinem Wort erwähnt, dass ich das Haus loswerden wollte.

»Ich brauche Putzmittel«, sagte ich. »Grüne Seife und Scheuermilch. Vielleicht auch Salmiakgeist.«

Ich zeigte wie immer auf das, was ich haben wollte, obwohl Sara wusste, wo alles stand. Die Haut unter ihren Armen hing schlaff herunter, sie war jetzt über siebzig, stand aber ebenso sicher auf dem Schemel wie früher. In den Regalen waren die Waren verteilt, sie nahmen mehr Platz ein, als sie eigentlich brauchten; als ich klein war, hatten sich die Regalbretter unter der Last gebogen, der Tresen war bis zur letzten Schublade vollgestopft gewesen.

»Lappen brauchst du doch wohl auch? Und ein bisschen Putzwolle vielleicht?«

»Ja, da hast du sicher recht.«

»Und Chlor? Chlor für die Toiletten?«

»WC-Reiniger, hast du den?«

»Wir haben Chlorin. Das ist dasselbe.«

Sara hatte wie immer alles, es gab nur nie irgendwelche alternativen Produkte zur Auswahl. Die Leute im Dorf kauften trotzdem bei ihr ein, sie taten es aus Nettigkeit, kauften Brot und Milch und Butter und versteckten die Einkaufstüten aus dem großen Supermarkt hinten im Auto.

»Du brauchst vielleicht auch etwas für den Kühlschrank?«

»Das nehme ich an. Der ist leer. Das hoffe ich jedenfalls.«

»Der ist leer. Ich habe ihn nach Wenches Beerdigung ausgeräumt.«

»Ach. Das wusste ich nicht. Danke.«

»Brot?«

»Hast du Pizza? Tiefkühlpizza?«

»Grandiosa, meinst du?«

»Ristorante? Hast du die?«

»Wir haben Grandiosa. Das ist dasselbe.«

Sara zeigte auf die Tiefkühltruhe, wo ich mir die Pizza holen konnte, ein halbherziger Versuch ihrerseits, Selbstbedienung zu ermöglichen. Sie steckte alles für mich in die Tüte, hatte gern die Kontrolle darüber, was die Leute kauften, im Coop hatten alle freie Bahn gehabt, und wir hatten ja gesehen, was dabei herausgekommen war.

Jetzt fischte sie ein Schlüsselbund aus der Tasche ihrer Strickjacke, zog einen Schlüssel herunter und schob ihn über den Tresen.

»Vom Haus«, sagte sie.

»Danke.«

»Es wird sicher nicht schwer, es zu verkaufen.«

»Ich hoffe nicht. Aber das Dach muss repariert werden. Das kostet bestimmt einiges. So ein Schieferdach ist offenbar teuer. Mehrere Hunderttausend.«

»Fünfzig«, sagte Sara.

»Was?«

»Das kostet fünfzigtausend. Ich habe einen Dachdecker kommen lassen.«

»Ach.«

»Du musst nicht alles reparieren lassen. Nur das eine Stück.«

»Okay.«

»Aber das ist doch sowieso die Sache der neuen Besitzer.«

Ich zog meine Karte hervor und schob sie in den Scanner. Sara berechnete den Preis mit einer kleinen Rechenmaschine.

»Quittung?«

»Nein, danke.«

Sara riss den Papierstreifen von der Rolle, knüllte ihn zusammen und warf ihn in den Mülleimer. Die Decke über uns knackte. Dort oben wurde ein Stuhl verschoben.

»Hast du Besuch?«, fragte ich.

»Bloß Ola«, sagte Sara. »Er hilft mir bei der Buchführung.«

»Ola ist hier?«, fragte ich.

Sara starrte mich an, das reichte als Antwort.

»Kann ich ihm kurz Guten Tag sagen?«

Ich hörte, wie oben im ersten Stock eine Schranktür zugeschlagen wurde. Dieses Haus ist so hellhörig, dachte ich. Hat so dünne Wände.

»Nimm die Hintertreppe«, sagte Sara und reichte mir die Tüte. »Du kennst ja den Weg.«

Damals war ich das einzige Kind, das von Ola etwas spendiert bekam. Er stand oft im Laden, wenn ich nach der Schule hereinschaute, trug die Waren ins Anschreibebuch ein, während ich mich über den Tresen beugte, und steckte mir einen Schokoriegel oder ein Eis zu, obwohl alle sehen konnten, dass das nicht nötig gewesen wäre. Es waren immer irgendwelche Mädchen da, wenn Ola die Kasse hütete. Sie wollten nichts haben, sie standen nur herum und fassten alles an, während sie kaugummikauend zu ihm hinüberschielten. Nina sagte, Ola schenkte mir Süßigkeiten, weil ich ihm leidtat, er wollte mich trösten, aber ich wusste, dass das nicht stimmte. Ola tröstete sich selbst. Ihm fehlte mein großer Bruder, und in mir lebte Vegard noch immer.

Ola saß am Küchentisch und hatte das rechte Bein ein Stück weit ausgestreckt. Seine Haare standen noch immer nach allen Seiten ab, sein Gesicht war so jungenhaft wie früher, aber er benutzte jetzt eine Lesebrille, und seine Schläfen wurden grau. Ich dachte, er müsste mich gehört haben, die alte Treppe verriet alles, aber er wirkte vollständig vertieft in das, womit er beschäftigt war. Früher hatte ich mich oft an Ola angeschlichen, hatte mich an der Tür herumgedrückt, während er mit der Zeitung vom Vortag am Tischende gesessen hatte, das wurde uns damals hier oben serviert, die Nachrichten von gestern. Er war schon vor langer Zeit aus diesem Haus ausgezogen, weg vom Laden, trotzdem hatte ich das Gefühl, ihn immer hier finden zu können, auf diesem Stuhl, der jetzt zu klein für ihn wirkte.

»Ach Gott, bist du hier?«, fragte er und blickte auf.

»Mach nicht so ein glückliches Gesicht«, sagte ich.

Er lächelte ein wenig. »Du rennst uns ja hier nicht gerade die Türen ein.«

Ich streifte meine Schuhe ab, blieb im Mantel und mit der Tüte in der Hand mitten im Raum stehen. Auf dem Küchentisch waren die Rechenblätter verteilt. Die alte Wachstuchdecke schimmerte im Licht der Lampe, es war dieser satte Glanz, den nur Dinge aufweisen, die jeden Tag gesäubert werden.

»Du hättest anrufen können«, sagte er. »Dann hätte ich dich abgeholt.«

»Danke, aber ich musste mir sowieso einen Mietwagen nehmen. Ich glaube, das Auto meiner Mutter war schon seit Jahren nicht mehr beim EU-TÜV. Außerdem wäre es zu klein für einen Umzug.«

»Bist du deshalb hier?«

»Hat Sara das nicht gesagt?«

»Nein. Aber das ist sicher gut so.«

»Wie meinst du das?«

»Als du zuletzt hier warst, hast du nicht mal die Kaffeemaschine ausgeschaltet. Pures Glück, dass Mama oben war und nachgesehen hat.«

»So gefährlich kann das ja wohl nicht gewesen sein.«

»So fangen die meisten Brände an, Elin.«

»Okay, okay. Tut mir leid. Bald ist das Haus verkauft, dann braucht ihr nicht mehr daran zu denken.«

Ola zuckte mit den Schultern, notierte etwas auf einem der Blätter.

»Ich denke doch gar nicht daran.«

»Dann eben Sara.«

Es war typisch Ola, dass er da mit den hoffnungslosen Rechenblättern seiner Mutter saß. Typisch auch, dass er nur zehn Minuten weiter weg wohnte, während seine Schwestern ganz normale Familienleben in Trondheim und Bergen führten, sodass er zu Hilfe kommen musste, wenn Sara jemanden brauchte, der an der Kasse saß oder Warenlieferungen in Empfang nahm. Bei meinem letzten Besuch hier hatte er mir auch geholfen, hatte mich am Flughafen abgeholt und zum Krankenhaus gefahren, hatte Trauergäste zum Hotel Meyergården und zurück kutschiert, weil ich unbedingt dort die Trauerfeier haben wollte, obwohl es für alle schwierig zu erreichen war. Sara hatte mir bei den praktischen Dingen geholfen. Ausnahmsweise einmal hatten wir uns leicht und ohne Anspannung miteinander unterhalten, während wir über Kirchenlieder und Sarggrößen redeten.

»Mir ist schon klar, dass ich Sara viel zu verdanken habe. Ich werde in Mo etwas Schönes für sie kaufen.«

»Du übernachtest also nicht im Haus?«

»Ich muss das doch ausräumen.«

»Aber wohl nicht alles an einem Tag?«

Ich zog einen Stuhl unter dem Tisch hervor und setzte mich. Ola stand auf und holte eine Tasse, fragte nicht, ob ich Kaffee wollte, füllte sie einfach und stellte sie vor mich hin. Seine Hand streifte meinen Ärmel. Mehr war nicht nötig. Ich lief rot an, und mir stockte der Atem, als wäre ich wieder ein kleines Mädchen.

»Kosta Boda«, sagte Ola.

»Was?«

»Ihr gefallen solche Vasen von Kosta Boda.«

»Na gut. Dann kaufe ich so eine. Weißt du übrigens, ob Sara das war, die unseren Garten in Ordnung gebracht hat?«

»Nein, das glaube ich nicht. Sie hat es wohl einmal versucht, aber der Rasenmäher war zu schwer.«

»Der hat doch einen Motor.«

»Das weiß ich. Ich glaube aber nicht, dass sie das kapiert hat, sie hat bestimmt versucht, ihn zu schieben.«

Ich musste lachen. Ola auch. Zum ersten Mal, seit ich hereingekommen war, legte er seine Papiere weg.

»Warum machst du das eigentlich?«, fragte ich. »Hat Sara niemanden für die Buchführung?«

»Doch, aber das ist dieser alte Kerl in Hemnes. Der wird jetzt vergesslich, aber sie will keinen neuen, du weißt doch, wie sie ist. Ich sehe nur alles durch.«

»Kommst du denn zum Schreiben?«

»Ende des Jahres erscheint ein neues Buch.«

»Ein Roman?«

Er nickte.

Ich hätte gern gefragt, wovon das Buch handelte, aber ich schaffte es nicht, über Olas Bücher zu reden. Wenn ich es versuchte, kam es mir vor, als ob ich sie in den Alltag hinabzöge, an einen Ort, wo sie nichts zu suchen hatten.

»Und du?«, fragte er. »Wie läuft es in der Modebranche?«

»Ich arbeite nicht in der Modebranche, Ola. Ich bin Chefin vom Dienst bei einem Modemagazin. Das ist nicht dasselbe.«

»Dann eben in der Modemagazinbranche.«

»Das läuft gut.«

Ich drehte ein wenig an meiner Kaffeetasse, sie war fast leer.

»Und auf dem Hof?«, fragte ich.

»Gut. Du kannst doch mal vorbeikommen und dir selbst ein Bild machen?«

»Ja, vielleicht.«

Ich fragte mich, ob Olas Einladung ernst gemeint oder bloß eine Floskel war. Ich hatte auch nicht vorgehabt, mich bei ihm zu melden, Kontakt zu halten war nicht unsere Stärke, weder seine noch meine. Jetzt, wo ich hier saß, ging mir auf, dass ich mit genau denselben Erwartungen wie früher in den Laden gegangen war. Ich starrte die Kanne in der Kaffeemaschine an. Die war halb voll, und ich hatte Lust auf mehr. Aber ich stand auf und hob meine Einkaufstüte vom Boden auf.

Ola begleitete mich in den Flur. Stand da und sah zu, wie ich mir die Schuhe anzog, ich schnürte sie ganz schnell zu. Er lächelte mich an und umarmte mich flüchtig.

»Bis dann also.«

»Ja, bis dann.«

Er verschwand wieder in der Küche, und ich ging zur Tür, sah, dass auf der Hintertreppe das Licht brannte. Hörte unten an der Treppe eilige Schritte und gleich darauf das Scheppern eines Karrens unten im Lager. Hatte sie die ganze Zeit dort gestanden?

Ich wollte schon wieder nach unten gehen, fragte mich, ob ich im Zusammenhang mit dem Haus irgendwas abmachen sollte, aber mir fiel nichts ein. Stattdessen schlüpfte ich aus der Tür auf der Rückseite des Gebäudes, denn aus dem Laden führten viele Wege hinaus, und ich kannte sie alle.

Saras jüngerer Bruder hatte Papa das Geldverdienen beigebracht. Als mein Vater nach dem Krieg einen neuen Fußball bekommen hatte, mit dem die Kinder in Finneide spielen wollten, kam Leif zu ihm und zeigte auf den Ball. Den verleihst du nicht gratis, sagte Leif. Dafür lässt du dich bezahlen. Papa war ein Jahr älter als Leif, aber so weit hatte er nicht gedacht. Er wusste, dass die großen Jungs kein Geld hatten, es waren noch immer Rationierungskarten im Umlauf, und die hatten die Mütter in Verwahrung. Die Kinder hatten Süßigkeitenmarken. Darüber konnte er verhandeln. Er legte den Ball auf den Boden und sagte, eine Stunde koste eine Dropsmarke, und die großen Jungs bezahlten. Wenn sie zusammenlegten, konnten sie den Ball länger behalten. Die Süßigkeitenmarken gaben er und Leif im Laden aus, gingen mit der Beute auf die Anhöhe über dem Sørfjord, hier, wo niemand sie sehen konnte, lutschten sie ihre Drops, denn sie wollten nicht teilen.

Solche Geschichten erzählte Papa gern, über den Krieg, Leif und die Soldaten, die in unser Haus einzogen. Alle seine frühen Erinnerungen waren von diesen Gestalten bevölkert. Die Deutschen übernahmen das Haus nach und nach, zuerst zwei Zimmer, dann eine ganze Etage, bis Papa schließlich zusammen mit Oma und Opa in die Fabrik ziehen musste. Im Keller unseres Hauses hatten die Deutschen ihre Pferde stehen. Sie hackten auf dem Parkett Holz und verminten die gesamte Auffahrt, von der Eisenbahnbrücke bis zur Gartenmauer. Nachts patrouillierten sie an den Straßen entlang und lagen in Schützengräben auf beiden Seiten der Landzunge, denn egal, woher man kam, ob aus Hemnes oder Mosjøen oder Mo, an unserem Dorf musste man vorbei. Es lag da wie ein Knoten, fest und dicht, und hielt alles zusammen.

Als der Krieg zu Ende war, war das Haus ruiniert. In den Wänden waren Einschusslöcher, und im Keller lag Pferdemist, alles musste neu gemacht werden. Deutsche Kriegsgefangene kamen zum Minenräumen ins Dorf, sie sammelten Holzkisten mit Sprengladungen vom Boden auf und warfen sie danach in eine Grube hinter unserer Hecke. Es knallte dermaßen, dass das ganze Haus sich auf seiner Grundmauer verschob, nicht viel, aber doch ausreichend, dass Dach und Wände Risse bekamen und die Fenster barsten. Das war das Schlimmste, sagte Oma, denn nach dem Krieg konnte man keine Fenster bekommen, die so groß waren wie unsere.

Großvater klebte Glas aneinander und beließ es dabei. Die Klebestellen waren noch zu sehen, aber so müsse es eben bleiben, bis bessere Zeiten kämen, sagte er. Oma fuhr nach Mosjøen, um Möbel und Einrichtungsgegenstände zurückzuholen, die die Deutschen mitgenommen hatten, Esszimmerstühle und Couchtisch, Silberbesteck und Porzellan, sie packte alles ins Auto und brachte es wieder nach Hause. Ein Schreiner kam aus Hemnes, um die Risse in den Wänden zu reparieren. Wenn er ein Einschussloch fand, schnitt er ein kleines Holzstück zurecht, fügte es in das Loch ein, spachtelte darüber, und alles wurde glatt. Am Ende klebte er Papiertapeten an die Wände und strich sie in einer fröhlichen Farbe an. Auf diese Weise sah alles so ebenmäßig und schön aus wie vorher.

In den verlassenen Verteidigungsstellungen fanden Papa und Leif Patronenhülsen und Kugeln, die die Soldaten hinterlassen hatten. Sie sammelten sie in kleinen Schachteln und bewahrten sie im Keller unter dem Laden auf, bis Sara sie fand und sagte, mit solchen Dingen dürften sie nicht spielen. Einmal, erzählte Papa, fanden sie eine Handgranate auf dem Boden, die lag im Gras und sah grün und verlockend aus, wie ein kleiner Apfel mit einem Stiel, von dem sie wussten, dass sie ihn nicht anfassen durften. Wenn sie das trotzdem täten, würde sich der Apfel in winzige Stücke auflösen und Schaden anrichten, deshalb erzählten sie niemandem davon. Stattdessen legten sie die Granate so vorsichtig sie konnten in einen Kasten, den sie im Wald hinter unserem Haus vergruben. Und dort blieb sie, bis Papa mir die Geschichte viele Jahre später erzählte, als wir auf der Treppe vor dem Haus saßen und Eis aßen.

Ich war sechs, vielleicht sieben Jahre alt. Ich fragte Papa, wo die Granate jetzt sei. Er nahm mich an der Hand, ging mit mir durch den Garten, durch ein Loch in der Hecke, von dem ich nichts gewusst hatte, und weiter in den Wald hinein. Wir gingen über das weiche Moos, er mit seinen riesigen Stiefeln, ich mit meinen winzigen, bis wir eine kleine Steinplatte unter einem Baum erreicht hatten. Er hob die Steinplatte hoch und entfernte die Erde darunter. Ein Kasten tauchte auf. Darin lag die Granate, genauso schön, wie Papa sie beschrieben hatte. Ich fragte, ob sie noch immer funktionierte, und er sagte, er glaube schon, aber er wisse es nicht. Du darfst nicht allein herkommen, sagte er, das ist gefährlich. Ich versprach, das nicht zu tun. Das ist unser Geheimnis, sagte er, deins und meins. Es war schön, mit Papa ein Geheimnis zu haben. Ich trug es mit mir herum wie einen Zettel in der Jackentasche, zeigte es niemals irgendwem, sprach nie darüber, nicht einmal mit ihm.

Am nächsten Morgen wartete der Container schon auf mich. Er war so vor der Gartenmauer aufgestellt, wie ich gebeten hatte, sodass ich von der Terrasse aus etwas hineinwerfen konnte. Vor dem Kamin riss das alte Eisbärfell den Schlund auf. Zwei Zähne waren herausgefallen und über das Parkett gekullert, ich hob sie auf und warf sie in den Mülleimer, dann schleifte ich das Fell hinter mir her auf die Veranda und bugsierte es über das Geländer. Nippesfiguren, Blumentöpfe und Bücher nahmen denselben Weg, jeder Gegenstand traf das Metall mit einem eigenen Klang, als ob die Dinge mit dieser dumpfen Melodie Abschied voneinander nähmen. Als ich einmal angefangen hatte, war es schwer, anzuhalten. Nur ab und zu warf ich einen Blick in den Container, auf die Reste dessen, womit ich aufgewachsen war und was jetzt Kerben und Beulen bekommen hatte.

Woher kamen sie, all diese Dinge? Ich wusste es nicht, denn ich hatte meine Eltern nie danach gefragt. Als ich klein war, tauchten sie einfach auf: eine neue Vase, eine dekorative Lampe, ein Tisch für die neuen Gegenstände, die Mama wieder und wieder umarrangieren konnte. Manchmal kamen Möbel mit den Schiffen, die in der Eisenhütte Stahl holten, sie brachten Esszimmerstühle, Kronleuchter und Teppiche, die Mama irgendwo in Europa gefunden und an Bord gebracht hatte, denn Papa kannte den Kapitän des einen Schiffes. Wenn diese Sachen geliefert wurden, schien ihnen etwas Fremdes anzuhaften, ein ganz eigener Geruch, der in unsere Zimmer strömte und sie neu und anders machte.

Ich nahm eine Puppe aus dem Bücherregal, eines der wenigen Dinge, deren Vorgeschichte ich kannte. Sie hatte im Koffer gelegen, als Papa einmal aus Japan zurückgekommen war, er war zwei Wochen weg gewesen, ich bekam als Mitbringsel einen seidenen Kimono, während die Puppe nach oben ins Regal gesetzt wurde, damit ich sie nicht erreichen könnte. Sie war nicht zum Spielen. Sie war nur zur Zier. Es kam trotzdem vor, dass ich sie herunterholte, wenn niemand mich sehen konnte, ich hatte immer Angst, sie zu beschädigen, aber ich konnte es doch nicht lassen, sie war so schön mit ihrem weißen Gesicht und den klumpigen Füßen. Ich war daran gewöhnt, Geschenke zu bekommen, oft interessierten mich vor allem die Dinge, die ich *nicht* bekommen konnte, Schmuckstücke und Halstücher, die Papa für Mama gekauft hatte, elektronische Geräte, die er meinen Brüdern mitbrachte, Dinge, die es in Norwegen nicht gab, die aber auf die genau richtige Weise blinkten und Geräusche machten.

Einige Male begleitete Mama Papa auf seinen Reisen. Dann kam Mamas Mutter aus Oslo, um auf uns aufzupassen, sie schleppte große Koffer, die Papa die Treppe hochwuchtete, gab uns Kampferdrops und höllisch starke Lakritzbonbons, die sie auf Kreuzfahrten gekauft hatte. Ihre Handtasche war wie eine tragbare Rumpelkammer, sie zog alles Mögliche heraus, Bonbons, Nagellack und Lippenstifte, mit denen sie sich anmalte. Als sie einmal bei uns war, saßen wir den ganzen Tag vor dem Fernseher und sahen uns die Hochzeit von Prinz Charles und Lady Diana Spencer an. Es war mitten im Sommer, Mama und Papa waren verreist, in England drängten sich die Leute auf den Straßen, sie schwenkten Fähnchen und johlten und freuten sich, denn endlich hatte der Kronprinz eine gefunden, die er heiraten wollte. Das Brautkleid war aus dicker Seite mit großen Puffärmeln und einer acht Meter langen Schleppe, und es war besetzt mit zehntausend Perlen. Das Kleid sah schrecklich schwer aus. Lady Diana verschwand fast in diesem gewaltigen Hochzeitsstaat. Später erzählte Oma mir, die beiden hätten geheiratet, weil ihre Großmütter eng befreundet waren.

Über dem Sofa hing ein Ölgemälde von Vegard, Thomas und mir. Eine Frau aus Korgen hatte es gemalt, als wir einmal am Strand eine Sandburg bauten, wir trugen helle Sommerkleidung, die wir zum Spielen sonst nie anzogen. Als ich klein war, war dieses Gemälde die erste Station auf einer festgelegten Route durch das Haus gewesen, mit Mama als Reiseführerin und Publikum, das zumeist aus Kollegen von Papa aus Mo, aus Geschäftsverbindungen aus dem Ausland und aus Jugendfreunden von Mama aus Oslo bestand. Onkel Rolf und Tante Barbara bewunderten dieses Bild ebenfalls bei jedem ihrer Besuche, standen davor, als ob es das erste Mal wäre, schauten zu mir und meinen Brüdern hoch und kommentierten, wie groß wir doch geworden seien, ehe sie sich lobend über die Veränderungen im Haus äußerten. Ich fand, dass das Haus sich nur veränderte, weil sie da waren, es wurde zu etwas anderem, als ob ganz Kalifornien aus ihren geräumigen Koffern zum Vorschein käme.

Ich wusste nicht, was ich mit dem Bild machen sollte. In der Wohnung konnte ich es auf keinen Fall haben, alle würden das doch für einen Witz halten. Wegwerfen konnte ich es aber auch nicht, diesen unwiderlegbaren Beweis dafür, dass wir einmal drei gewesen waren, dass ich eine kleine Schwester gewesen war. Glatte, helle Gesichter, umkränzt von wogenden Haaren, ich noch ein Baby, meine große Windel war mit dicken Pinselstrichen wiedergegeben. Ich ging hinüber und berührte das Gemälde, kratzte an Thomas' Fuß herum. Das war nicht schlimm, das Bild war ja für niemanden außer mir von Wert. Vorsichtig nahm ich es von der Wand, schlug es lose in Packpapier ein und schrieb mit schwarzem Filzstift *behalten* darauf.

Ich hatte den Schreibtisch fast geleert, als das Telefon klingelte. Im Display leuchtete in Grün der Name *Katinka* auf, ich dachte, sie riefe vielleicht aus beruflichen Gründen an, aber nicht nur, denn ich war die Einzige in der Redaktion, mit der Katinka befreundet war. Sie stand auf der Straße, als sie anrief, im Hintergrund hörte ich eine Straßenbahn scheppern. Es sei öde ohne mich im Büro, sagte sie, ich freute mich, als sie das sagte, denn ich wusste, dass es ehrlich gemeint war.

»Schaffst du denn alles?«, fragte sie.

»Ich glaube schon. Es geht ziemlich schnell. Aber ich weiß nicht, ob der Container groß genug ist.«

»Du wirfst doch wohl nicht alles weg?«

»Nein, einiges will ich verschenken. Und der Makler meint, ich sollte mich an ein Auktionshaus wenden.«

»Meine Güte, das hat er gesagt?«

»Ja, aber es sind vor allem alte Möbel und so was. Die sind sicher nichts wert.«

»Überleg es dir genau, ehe du was wegwirfst.«

»Mach ich.«

»Du bist wirklich effektiv.«

»Du sagst das, als ob das etwas Schlechtes wäre.«

»Nein, das ist gut. Aber vielleicht bereust du es nachher ein bisschen.«

Ich fragte mich, wie Katinka sich das Zimmer vorstellte, in

dem ich mich hier aufhielt, welche Bilder sie sich von meinem Elternhaus machte, das ich ihr so oft detailliert beschrieben hatte. Sie hatte mehrmals vorgeschlagen, dass wir zusammen in den Norden fahren könnten, sie war niemals weiter nördlich als Trondheim gewesen, aber ich fand immer eine Ausrede.

»Ach ja, Canon hat angerufen«, sagte Katinka. »Wegen der London Fashion Week, die machen da ein Event für die Presse. Hast du Lust hinzufahren?«

»Jetzt im September?«

»Ja, da wird eine neue Kollektion gelauncht. Ich dachte, du könntest hinfahren. Darüber schreiben. Mal rauskommen. Sie laden ein.«

Das war das Wort, das Katinka benutzte, wenn Canon mein Flugticket bezahlte, mich in einem Hotel unterbrachte, das sich die Zeitschrift niemals hätte leisten können, mich am Flughafen abholte und zu ihrem Event fuhr, das kein besonders wichtiges sein konnte, weshalb wir, ein kleines Magazin aus Norwegen, eben dazu eingeladen wurden.

»Das mach ich gern«, sagte ich.

»Du kannst ja ein paar Tage dranhängen, wenn du willst«, sagte Katinka. »Du hattest in diesem Jahr doch fast noch keinen Urlaub.«

»Ich hab doch jetzt Urlaub.«

»Aber doch keinen richtigen. Ich leite dir die Mail weiter, dann kannst du sie ja über die Ankunftszeit und so was informieren, okay? Die müssen das bis morgen wissen. Und du, easy, ja? Übernimm dich nicht!«

Ich blieb mit dem Telefon in der Hand am Schreibtisch sitzen. London im September. Das würde schön werden. Ich könnte Katinkas Vorschlag befolgen, einige Tage anhängen, in diesem netten kleinen Restaurant in South Kensington essen, mir ein oder zwei Ausstellungen ansehen, auf diese Weise würde ich wenigstens einen Teil der Reise selbst bezahlen. Keine andere Zeitschrift lehne bezahlte Reisen ab, es gebe keinen Grund, warum wir das tun sollten, meinte Katinka. Ich wusste zwar, dass man in den Redaktionen der seriösen Zeitungen solch ein Angebot nur lachend vom Tisch gewischt hätte, aber unser Magazin hatte eben auch Verpflichtungen den Leserinnen gegenüber.

Ich leerte die Schreibtischschubladen, das alte Diktiergerät, die Notizblöcke, die Rechenmaschine, deren Batterie seit Langem tot war. Versuchte, durch die Tür einen der Füller wegzuwerfen, die Papa von McKinsey bekommen hatte, der Füller traf den Türrahmen und drehte sich auf dem Parkett um sich selbst. Ich hob ihn auf und trug ihn zusammen mit allem anderen auf die Terrasse, blieb dort einen Moment stehen und blätterte noch einmal in Papas Terminkalender, halbwegs über das Geländer gebeugt. Er war ebenfalls in London gewesen. Eine kurze Reise im April. Fast jeden Monat schien er irgendwo hingereist zu sein, im Frühling vor dem Unglück. Ich starrte wieder hinunter in den Container. Starrte alles an, womit meine Eltern unser Zuhause gefüllt hatten. Dann drehte ich mich um und ging ins Haus, legte den Terminkalender auf den Schreibtisch und griff zum Telefon. Ola meldete sich sofort.

»Bist du zu Hause?«

»Ja, wieso?«

»Ich bin ja gerade beim Aufräumen. Und ich würde dir gern etwas zeigen. Kann ich vorbeikommen?«

»Jetzt?«

»Wenn das geht?«

»Ja, na klar. Komm einfach, du.«

Ola war mit Kochen beschäftigt. Ich konnte den Geruch schon auf dem Hofplatz wahrnehmen, als ich mit offener Autotür einen Moment lang stehen blieb, unsicher, ob ich klingeln oder einfach reingehen sollte. Dann schlenderte ich zur Scheune hinüber, wo ich als Kind gespielt hatte, als Opas Bruder hier in Berg wohnte. Damals war die Scheune mit Heuballen gefüllt gewesen, jetzt war sie leer und wirkte in sich zusammengesunken, nur Reste von roter Farbe waren an dem ausgetrockneten Holz noch zu sehen. Hinter der Scheune fielen die Felder sanft zum Wasser hin ab, die Nachmittagssonne stand tief über dem Meer, schien den ganzen Fjord in geschmolzenes Metall zu verwandeln. Irgendetwas kam in mir zur Ruhe, als ich dort stand, als ob ich in ein altes Gleis glitte, ohne dass irgendwer mich zu zwingen brauchte.

»Willst du nicht reinkommen?«

Ola stand mit einem Geschirrtuch in der Tür.

»Ich musste mich nur mal kurz umschauen. Ich war eine Ewigkeit nicht mehr hier.«

»Nicht, seit ich hier eingezogen bin, oder?«

»Nicht, seit Opa gestorben ist.«

Im ganzen Haus roch es nach Wild. Es war gut möglich, dass Ola das Tier selbst geschossen hatte. Im Wohnzimmer brannte ein Feuer im Kamin, dabei war es draußen nicht kalt, Ola wollte das Feuer der Gemütlichkeit wegen. Das Haus war jetzt anders, er hatte eine Wand herausgerissen, das ganze Erdgeschoss geöffnet, auch die Küche sah größer aus. Hier draußen in Berg hatte er sich ein Zuhause geschaffen, mit Zetteln und Magneten, die an der Kühlschranktür hingen, Kräutern auf dem Fensterbrett und haufenweise Schuhen im Flur.

»Ist das da das Buch?«, fragte ich und zeigte auf das Manuskript auf dem Küchentisch.

»Ja, es ist eigentlich fertig. Ich geh nur noch mal drüber.«

»Das ist ja viel dicker als die anderen.«

»Ich weiß. Ich bin selbst ein bisschen überrascht.«

»Kommt es dieses Jahr noch raus?«

»Ich glaube schon. Die wollen das so.«

Mit »die« war der Verlag gemeint, der Olas erstes Buch veröffentlicht hatte, als er fünfundzwanzig war, der Verlag hatte dafür gesorgt, dass er für Preise nominiert wurde, hatte Schullesungen und Zeitungsinterviews arrangiert, während Ola eigentlich in Ruhe gelassen werden wollte. Dennoch machte er mit, wusste, wenn seine Bücher sich gut genug verkauften, würde es ausreichen, alle drei Jahre ein Buch zu veröffentlichen, während er von Stipendien lebte und seiner Mutter dabei half, den Laden am Leben zu erhalten.

»Möchtest du Wein?«

»Ich bin doch mit dem Auto.«

»Ein Gläschen kannst du doch trinken?«

Ola stellte den Topf auf den Tisch. Ich fragte mich, ob er jeden Tag so ausgefeilte Mahlzeiten zubereitete oder ob es an meiner Anwesenheit lag. Der Tisch war mit Weingläsern und Servietten gedeckt. Sogar die Tischdecke sah frisch gebügelt aus.

»Der Makler meint, ich sollte einige von den Möbeln verkaufen«, sagte ich.

»Natürlich solltest du das«, sagte Ola. »Da sind schöne Sachen bei. Du weißt, dass eure Esszimmermöbel jetzt wieder hergestellt werden? Die kosten ganz schön viel, wenn du sie neu kaufen willst.«

»Ja, das weiß ich. Möchtest du sie haben?«

»Gern. Aber nur, wenn ich dafür bezahlen darf.«

»Das kann ich nicht zulassen, Ola. Das verstehst du doch, oder?«

Ich schaute hinüber ins Wohnzimmer, zu den Bildern, die an den Wänden hingen, junge Künstler, die Ola auf dieselbe Weise liebte und bewunderte, wie sie ihn liebten und bewunderten. Die Esszimmermöbel würden sich dort drüben gut machen, dachte ich, Platz war jedenfalls genug. Genug für eine ganze Familie, aber ich hatte von Ola niemals etwas in dieser Richtung gehört, und ich sah auch keine Anzeichen für die Anwesenheit anderer Menschen hier im Haus. Einmal, als ich ihn in Trondheim besucht hatte, hatten wir über Dinge gelacht, die seine Verflossenen hinterlassen hatten, Platzdeckchen, Teetassen und Schüsseln, die Ola selbst niemals gekauft hätte und die wir geschmacklos fanden. Überall in seiner kleinen Studentenbude gab es Spuren von beendeten Beziehungen.

»Was wolltest du mir zeigen?«, fragte er.

Ich griff in meine Handtasche, schob ihm Papas Terminkalender hin. Er blätterte darin, hielt ab und zu inne, wie ich es auch getan hatte. Anfangs fiel ihm nichts Besonderes auf. Er schaute sich nur Verabredungen und Vorhaben an, die mit Papas spitzer, zurückhaltender Schrift vermerkt waren.

»Viel beschäftigter Mann, dein Vater«, sagte er.

»Ja«, sagte ich. »Nur im Herbst nicht.«

»Der ist leer. Aber das ist ja vielleicht kein Wunder.«

»Nein?«

Ich beugte mich vor, schob meinen Teller beiseite.

»Überleg doch mal, Ola. Papa war dauernd unterwegs. Er musste zu Vorstandssitzungen nach Oslo und auf Geschäftsreisen ins Ausland, manchmal fuhren er und Mama auch zusammen. Sie gingen ins Ballett und ins Theater, und so was muss doch sicher ziemlich weit im Voraus geplant werden, ganz zu schweigen von Firmenbesuchen in einem anderen Erdteil. Ist es da nicht doch seltsam, dass er für den Herbst keinen einzigen Termin notiert hatte? Keine Besprechung. Keine Auslandsreise. Nichts.«

Ola schaute wieder in den Terminkalender. Fuhr mit der Hand über die Seiten, als gäbe es dort etwas, das er hervorkratzen könnte.

»Du hast recht. Das ist seltsam«, sagte er.

Ich ließ mich auf dem Stuhl zurücksinken. Stocherte ein wenig mit der Gabel im Essen, deutete ein Nicken an, als Ola fragte, ob ich mehr wollte.

»Kannst du dich an Papa in diesem Frühling erinnern?«, fragte ich. »Ob er anders wirkte? Du warst doch damals oft bei uns zu Hause, ist dir irgendwas aufgefallen?«

Ola überlegte.

»Er wirkte vielleicht manchmal ein bisschen müde. Vor allem, wenn er von einer Reise zurückkam, ich weiß nicht, er hat einmal erzählt, dass er achtundvierzig Stunden unterwegs gewesen war, er kam irgendwo aus Australien. Aber ansonsten ist dein Vater in meiner Erinnerung sehr guter Laune. Sogar, wenn er das Haus voller Kinder hatte.«

»Er hat euch nie weggeschickt?«

»Nein, nie. Wenche hat das gemacht, wenn sie es nicht mehr aushielt.«

Ich lächelte ein wenig. Steckte den Terminkalender wieder

in meine Handtasche, schob sie unter den Stuhl. Irgendwann würde ich zu Sara gehen und ihr dieselben Fragen stellen müssen, aber mir graute davor, bei Ola war das einfacher. Außerdem hatte Sara vielleicht sowieso schon alles vergessen.

»Noch Wein?«, fragte Ola.

»Dann muss ich hierbleiben.«

»Kannst du das nicht?«

Ich wusste nicht, wie Ola diese Einladung meinte. Ein Gästezimmer vermutlich, obwohl wir auch schon miteinander geschlafen hatten, aber das war lange her. Die Vorstellung, mich im Bett an Ola zu schmiegen, wirkte jetzt absolut fremd. Ihm gegenüberzusitzen und mir das zu wünschen, das fühlte sich aber genauso an wie früher.

Wir saßen im Wohnzimmer und redeten. Ola legte Musik ein, schöne, melancholische Melodien. Ab und zu schielte ich zu den Fotografien im Bücherregal hinüber, von seinen Schwestern, die nach Süden gezogen waren, von Vegard und Ola als Kinder und von seinen Eltern als frischgebackenem Ehepaar.

»Sie waren so jung«, sagte ich. »Sara ist fast nicht wiederzuerkennen.«

»Das war, ehe sie den Laden übernommen haben«, sagte Ola. »Ich weiß nicht einmal, ob das so sein sollte. Ich glaube, Opa hatte immer noch die Hoffnung, dass Leif das machen würde.«

»Warum unbedingt Leif?«

Ola zuckte mit den Schultern.

»Alte Gewohnheit, nehme ich an.«

»Leif ist nie nach Finneide zurückgekommen, oder?«

»Nein, er hatte ziemlich schnell eine Stelle im Ministerium gefunden. Opa wollte es nicht einsehen, aber ich glaube, meine Mutter wusste ziemlich früh, dass aus ihrem kleinen Bruder nie ein Kaufmann werden würde.«

»Ich weiß schon gar nicht mehr, wann ich Leif zuletzt gesehen habe. Ich glaube, einmal in Oslo, als ich noch klein war.«

»Er und Bjørn waren ja befreundet«, sagte Ola.

»Stimmt, als sie klein waren. Aber ich glaube, sie haben dann später den Kontakt verloren.«

»Das kommt wohl manchmal vor. Sie haben ja auch nicht in derselben Stadt studiert.«

Ich nickte.

»Mama hat mir erzählt, dass Sara und mein Vater einmal zusammen waren. Hast du das gewusst?«

»Ja, davon habe ich gehört.«

»Ich glaube, Mama fand das witzig.«

»Die beiden Damen hatten jedenfalls keine Schwierigkeiten damit.«

»Nein, und nach dem Unglück hat Sara sich doch rührend um Mama gekümmert. Nur mich kann sie nicht leiden.«

»Das stimmt nicht.«

»Sie sagt jedenfalls nicht viel, wenn ich in der Nähe bin.«

»Du machst sie eben unsicher.«

»Aber damals war das doch wohl nicht so?«

»Da wäre ich mir nicht so sicher.«

Wir saßen in den entgegengesetzten Sofaecken. Als ich klein war, hatte ich mich so oft ich konnte zwischen Ola und meine Brüder gequetscht, sie tolerierten meine Anwesenheit nur, wenn ich keinen Pieps sagte und mich so gut wie unsichtbar machte, aber das spielte keine Rolle, solange ich bei ihnen sitzen und Olas Wärme spüren konnte. Danach hing Olas Geruch in meiner Kleidung, ging auf meine Haare über, jeden Abend schlief ich in einem regelrechten Rausch ein.

»Du hast morgen sicher eine Menge zu tun«, sagte er und stand auf.

Er nahm die Weingläser und ging damit zum Spülbecken. Im Kamin war nur noch ein wenig Glut zu sehen. Ich wollte noch gar nicht schlafen gehen, aber die Flasche war jetzt leer, und da war es vielleicht besser so. Ich durfte hier nichts erwarten.

»Das Gästezimmer ist die erste Tür rechts«, sagte er. »Das Bett ist frisch bezogen.«

»Meine Güte. Hast du oft Gäste, oder was?«

»Mama übernachtet manchmal hier.«

Ich nahm meine Tasche und stieg langsam die Treppe hoch. Hatte nichts bei mir, aber für die Nacht brauchte ich ja eigentlich auch nichts. Am Waschbecken lag ein rosa Haargummi. Ich dachte, dass der bestimmt Sara gehörte, auch wenn das Gummi zu kindlich für sie wirkte. Das Bett im Gästezimmer war schon aufgeschlagen. Das Bettzeug war mit Schmetterlingen bedruckt, es war nicht für mich bestimmt, aber als ich mich ausgezogen hatte und mich hineinlegte, kam es mir doch so vor. Als ob Ola darauf gewartet hätte, dass ich kommen würde.

Er war noch immer unten in der Küche beschäftigt. Gläser klirrten, Schranktüren fielen mit einem dumpfen Knall ins Schloss. Eine Art Alltagsmusik aus ferner Vergangenheit, die ich fast vergessen hatte.

Bei Sara und Arvid hatte ich im Herbst nach dem Unglück zum ersten Mal übernachtet. Mama war nach Paris gefahren, sie hatte vorher nichts gesagt, ich protestierte auch nicht, für mich bedeutete es, dass ich jeden Tag mit Ola zusammen sein konnte. Ich bekam das Zimmer von Hilde, der jüngeren Tochter im Haus, sie ging in Mo aufs Gymnasium. Marit, die ältere, würde bald zum Studium nach Trondheim ziehen, beide hatten Freunde, von ihnen war nicht viel zu sehen in der Zeit, in der ich dort wohnte. Ola half mir bei den Schulaufgaben, ich glaube, Sara hatte ihn darum gebeten, es wurde auffällig still, wenn sie und ich allein im Haus waren. Schon damals merkte ich, dass sie anders war, dass in ihrer Fürsorge etwas Reserviertes lag, denn sie sah mich nur selten an, wenn wir miteinander redeten, aber sobald ich mich umdrehte, konnte ich ihren Blick spüren, als ob sie mich trotzdem die ganze Zeit im Auge behielt.

An den Tagen, an denen ich dort wohnte, durfte ich hinter der Ladentheke aushelfen. Ola brachte mir alles bei, zeigte mir, wie ich die Preise in die Kasse eingeben und wie ich die Quittungen sortieren sollte, nachdem ich sie abgerissen hatte. Ich durfte auch die Waren in die Anschreibehefte eintragen, ich notierte alles mit meiner schönsten Handschrift, das dauerte seine Zeit, aber die Kundschaft hatte es nicht eilig. Sie unterhielten sich mit Arvid, während ich die Einkäufe aufschrieb, ich brauchte nicht zusammenzuzählen, das machte Sara, wenn das Heft voll war. Oft kamen Mädchen und lungerten am Tresen herum, schauten eine Weile zu, kauften vielleicht aus einem Impuls heraus eine Limo oder einen Nagellack und schielten dabei zu Ola rüber. Ich war deshalb nicht eifersüchtig, denn bei Ladenschluss mussten die Mädchen weggehen, ich aber durfte mit nach oben in die Wohnung kommen, wo Sara schon das dampfende Essen auf dem Tisch stehen hatte. Ab und zu schaute Ola beim Essen zu mir herüber, und ich bekam ganz heiße Wangen.

Sara ließ mich die letzte Folge vom *Denver Clan* unter der Bedingung sehen, dass Ola mir dabei Gesellschaft leistete. Ich glaube, er hatte begriffen, dass das wichtig für mich war, obwohl ich ihn mehrmals zu anderen hatte sagen hören, die Handlung der Serie sei völlig an den Haaren herbeigezogen und oberflächlich. Ich musste sie haben, Krystle, Blake, Alexis und die anderen. Das waren Menschen, auf die ich zählen konnte. Wenn Ola die Serie idiotisch fand, dann sagte er das jedenfalls nicht zu mir, stattdessen fragte er mich nach den Personen, wer in welche Intrige verwickelt war, ich erzählte, so ausführlich ich konnte. Ab und zu sah ich seine Füße an, die vor dem Sofa ausgestreckt waren, seine Hände, die die Teetasse hielten, ich fand, Ola hatte so schöne Hände. Keine Arbeitspranken, wie Arvid, Olas Hände schienen für etwas anderes geschaffen zu sein als dafür, Waren zu stapeln und Buch zu führen, aber Ola redete nie darüber, was er später gern werden würde.

Nach der letzten Folge lag ich weinend im Bett. Darüber war ich froh, denn ich dachte oft, ich müsste mehr weinen, dass es auf der ganzen Welt nicht genug Tränen für das gäbe, was ich erlebt hatte. Mit jedem Tag, der verging, fühlte ich mich etwas weniger traurig, als ob mich das Leben in eine andere Richtung bewegte, mich in die Länge zog und größer machte, einen Zentimeter pro Monat, hatte die Schulschwester gesagt. Ich stürzte mich in all das Neue hinein, spürte es am ganzen Leib, während Mama sich noch immer an das Alte klammerte. Ich sah, dass sie das brauchte. Einige Male hatte ich Angst, sie dort zu stören. Es kam vor, dass ich ohne Grund weinte, dann, wenn alles in mir voll war und einfach überlaufen musste, wie an dem Abend nach der dramatischen letzten Folge, in der Krystle und Alexis fast in einer Hütte verbrannt wären. Ola musste mich gehört haben, denn er kam in mein Zimmer, trat an mein Bett und ging in die Hocke.

»Bist du traurig?«, fragte er.

»Ein bisschen«, antwortete ich.

»Fehlen sie dir?«

»Ja.«

»Mir auch«, sagte Ola.

Seine Trauer hatte Ähnlichkeit mit meiner. Wir waren auf dieselbe Weise traurig, während Mamas Trauer fremd und anders wirkte. Ola fragte, ob er sich zu mir setzen solle, ich nickte, er ließ sich auf den Boden sinken, nahm meine Hand und zog sie zu sich. Er muss dort gesessen haben, bis ich eingeschlafen war; als ich aufwachte, war er verschwunden. In dieser Nacht schlief ich besser als seit vielen Wochen, es war ein tiefer und schwerer Schlaf, ganz ohne Sorgen. In all den schlaflosen Nächten, die nun folgten, und das waren viele, sah ich das hier vor mir: Ola, der in mein Zimmer kam und meine Hand genauso hielt wie an jenem Abend. Noch als Erwachsene konnte ich mir das vorstellen, nie den erwachsenen Ola, sondern den jüngeren, denn es war immer das kleine Mädchen, das nicht schlafen konnte, und es war immer der fünfzehn Jahre alte Junge, der sie tröstete.

Auf dem Küchentisch lag ein Zettel, mit dem Ola mir mitteilte, er sei nach Korgen gefahren, aber ich könne bleiben, solange ich wolle. Die Kaffeemaschine war schon befüllt, ich brauchte nur auf den Knopf zu drücken, und schon blubberte es los. Ich nahm ein paar Sachen fürs Frühstück aus dem Kühlschrank, öffnete das Glas mit Saras Marmelade und packte mein Brot so voll, dass die Marmelade mir beim Essen über das Kinn lief. Auf dem Küchentisch lag Olas Manuskript. Er musste daran gearbeitet haben, ehe er gefahren war, vielleicht war es seine Absicht gewesen, dass ich einen Blick hineinwarf. Ich zog es zu mir, sah mir das oberste Blatt an, wo in Kursivschrift der Titel stand: *Brüder.* Dann legte ich das Blatt wieder beiseite, dachte, ich müsste wohl doch erst um Erlaubnis bitten, das Buch war ja noch nicht fertig, aber ehe ich richtig überlegt hatte, hatte ich die ersten Seiten schon gelesen.

Ola schrieb über zwei Jungen. Sie gingen an einem Bahndamm entlang, und jeder hatte ein Fünfkronenstück. Nach einer Weile blieben sie stehen und legten die Münzen auf die Schienen, dann stellten sie sich in der Nähe auf und warteten darauf, dass der Zug die Münzen platt fuhr. Ich konnte mich an dieses Spiel erinnern. Keine Münze sah danach noch aus wie die andere, sie sahen nicht mehr gleich aus. Ich las noch eine Seite, dann eine weitere, es war anders als alles, was Ola bisher geschrieben hatte. Im Buch war Vegard wieder lebendig. Die blonden Haare, die neckenden Augen, die Art, wie er andere am Arm zog, ungeduldig und beschützerisch zugleich. Ich konnte meinen Bruder sprechen und lachen hören, deutlicher als seit vielen Jahren, alles, was schon im Begriff gewesen war, mir verloren zu gehen.

Tief berührt schob ich das Manuskript an seinen ursprünglichen Platz zurück. Ola sollte nicht glauben, dass ich mich hier selbst bediente. Rasch räumte ich den Küchentisch ab, ging nach oben, um das Bett abzuziehen, schaute mich im Zimmer um, es war jetzt, bei Tag, hell und gemütlich. Ich zog den einen Kissenbezug ab, dann überlegte ich mir die Sache anders und bezog das Kissen wieder, es könnte ja zu weiteren Übernachtungen kommen. Vor dem Fenster wehte der Wind fjordeinwärts. Boote wogten im Wasser, rote Bojen verschwanden in den Wellen und tauchten wieder auf. Hinten an dem mit Gras bewachsenen Abhang entdeckte ich einen Roller, den irgendwer dort hingeworfen hatte.

Mitten auf der Landzunge lag der Hof, auf dem mein Großvater geboren worden war. Das Wohnhaus lag dicht an der Straße, mit durchsichtigen Gardinen und Topfblumen in den Fenstern, ich drosselte das Tempo, als ich vorüberfuhr, versuchte hineinzuschauen. Mein Vetter zweiten Grades hatte den Hof übernommen. Er wirtschaftete mit Milchkühen und Weideland und allem, was dazugehörte, viel mehr wusste ich eigentlich nicht über ihn. Bei Bjerka bog ich vor dem Tunnel nach links ab, fuhr dann die Anhöhe hoch, wo der Friedhof lag, hier gab es keine Kirche, die lag in Korgen, zehn Minuten weiter in Richtung Süden. Ich dachte, ich hätte Blumen kaufen müssen, aber in Bjerka gab es keinen Blumenladen mehr, nur Fertigsträuße, die im Supermarkt verkauft wurden, sie sahen aus wie Kuchendekoration. Der Parkplatz war leer. Ich stapfte vorsichtig durch das Gras, zog die Jacke fester um mich, der Wind trug den Geruch nach Salz und Tang mit sich. Vom hinteren Ende des Friedhofs aus konnte ich bis zum anderen Ufer des Sørfjords blicken. Ein Segelboot jagte über den Sund, eine weiße, sonnengefüllte Schwinge in dem vielen Blau.

Auf dem Grabstein meiner Familie standen die Namen in der Reihenfolge, in der sie für tot erklärt worden waren. Vegard und Thomas oben, dann Papa und unten Mama. Der Stein war hell und schlicht, ganz unten gab es einen kleinen Gedenksatz: *Wer geliebt wird, ist niemals fort.* Auf dem Grab waren Begonien gepflanzt, langweilige Blumen, die Dürre und heftigen Regen vertragen konnten und die auf dem halben Friedhof verbreitet waren. Ich bückte mich und zupfte einige tote Blätter von den Pflanzen, sammelte sie in der Hand, dann ging ich zu einer Mülltonne und warf sie weg. Die Blüten verdeckten Mamas Namen fast, als ob sie, als sie den Stein bestellte, nicht daran gedacht hätte, dass sie eines Tages ebenfalls hier ruhen würde. Ich würde das nicht. Das wusste ich immerhin. Wo oder neben wem auch immer ich in die Erde gelegt werden würde, konnte ich nicht sagen, denn so weit hatte ich nicht gedacht. Nur hier nicht.

In der Reihe davor lagen die Gefallenen aus dem Zweiten Weltkrieg. Junge Männer, die bei einem Bombenangriff über dem Sørfjord ums Leben gekommen und die hier in Reih und Glied nebeneinander zur ewigen Ruhe gebettet worden waren. Der jüngste Soldat war neunzehn gewesen. Der älteste fünfunddreißig. Ein Grab war ohne Namen. *Known unto God* stand dort nur, als Kind hatte ich oft hier gestanden und den anonymen Stein angesehen und mir überlegt, dass es irgendwo eine Mutter und einen Vater gab, die sich fragten, wo wohl ihr Sohn war. Und ich stand hier mit der Antwort. Ich konnte es ihnen nicht sagen. Sie waren jetzt selbst tot. Als Kind hatte ich manchmal gesehen, dass der Küster Blumen auf ihre Gräber gepflanzt hatte, Erika im Herbst und Begonien im Frühling, das machte mich froh, denn nun wusste ich, dass sich auch um die Soldaten gekümmert wurde. Sogar auf dem Grab des Namenlosen blühte und wuchs es das ganze Sommerhalbjahr hindurch.

Wir waren fünf Jahre lang an jedem Sonntag hier, Mama und ich. Sie hockte vor dem Grab und jätete Unkraut, ich lief hin und her und spielte zwischen den Grabsteinen, obwohl das verboten war. Ich sah, wie der Wind an Mama zerrte, wie sie manchmal mit dem Finger über die Namen meiner Brüder strich, wie sie die dünne Moosschicht wegkratzte, die sich dort festgesetzt hatte. Wenn wir uns ins Auto setzten, streichelte sie mich auch, eine vorsichtige Hand an meiner Wange, während sie sagte, sie sei froh, weil sie mich habe.

Aber Mama sah nicht froh aus. Sie wirkte nur traurig, als ihre Hand wieder auf ihre Knie sank.

Wir fuhren heimwärts, vorbei am Sørfjord und der Stelle, wo der Erdrutsch heruntergegangen und wo an der Felswand eine Gedenktafel angebracht worden war, eine einfache graue Platte, in die die Namen der Umgekommenen eingemeißelt waren. Das Grab der Natur, wie der Pastor es formuliert hatte, aber Mama ging niemals dorthin, und sie schaute auch nicht aus dem Fenster, wenn wir dort vorüberfuhren. Stattdessen behielt sie die Straße im Auge, ihr Blick war trübe und leer, als ob Papa tief in ihr existierte, an einem Ort, zu dem nur sie den Weg finden konnte.

Nina wollte gerade Feierabend machen, als ich das Hotel betrat. Sie hatte ihre Uniform abgelegt und trug jetzt Jeans und Mantel, um den Hals hatte sie einen Schal, den sie unter den Gürtel ihres Mantels gesteckt hatte. Das sah elegant aus. Ich fragte mich, ob sie das bewusst getan oder ob es sich einfach so ergeben hatte, weil sie in Eile war.

»Hast du noch Frühstück bekommen?«, fragte sie.

»Nein, das hab ich nicht geschafft. Ich komme gerade erst.«

»Du hast also doch zu Hause geschlafen?«

Ich nickte. Dass ich draußen in Berg bei Ola übernachtet hatte, wollte ich Nina nicht erzählen. Wenn wir jünger gewesen wären, hätte ich es sofort gesagt, aber jetzt waren wir erwachsen, Ola war noch immer wunderbar, aber er war auch eigen geworden, saß allein auf seinem Hof und schrieb dünne Bücher ohne Handlung.

»In einer Stunde gibt es im Søilen Mittagstisch«, sagte Nina.

»Ich hab was gegessen«, sagte ich. »Ich muss mich nur umziehen.«

Sie schaute an mir herunter, meine Hose, inzwischen ziemlich staubig, war von Marc Jacobs, aber das wusste Nina nicht. Ich nahm an, dass Nina die Hose langweilig fand, wie auch meinen einfarbigen Pullover und meine flachen Schuhe. Als Kind war sie immer mutiger gewesen als ich, war in T-Shirts in

Neonfarben zur Schule gekommen, solchen, die nicht gebügelt oder geschleudert werden durften, denn das hätte sie ruiniert. Ich beneidete Nina um die T-Shirts. Ich wusste, dass Mama mir niemals etwas so Knalliges kaufen würde.

»Stian lässt ausrichten, du sollst mal bei der Bank vorbeischauen«, sagte Nina. »Wenche hatte da offenbar noch Konten.«

»Ich dachte, die würden automatisch aufgelöst?«

»Nein, das musst du erledigen. Stian hat gesagt, du könntest einfach reinkommen.«

Ich bat Nina um Stians Nummer. Die konnte sie auswendig, das fand ich beeindruckend. Die einzige Nummer, die ich mir hatte merken können, war die von Mamas Festnetzanschluss, den es nicht mehr gab, aber noch lagerten die Ziffern bei mir im Kopf und nahmen Platz weg.

»Bleibt es bei morgen Abend?«, fragte Nina.

»Ja, sicher.«

»Um sieben?«

»Sieben ist gut.«

»Ich hab auch meine Eltern eingeladen, ich hoffe, das ist dir recht. Sie würden dich sicher gern treffen.«

»Natürlich. Das ist doch schön.«

Sie ging über den Parkplatz und setzte sich ins Auto, stellte die Handtasche auf den Beifahrersitz, mit derselben Umsicht, die sie auch einem Kind erwiesen hätte. Ich blieb stehen und schaute ihr hinterher, hatte noch immer keine Lust, sie zu besuchen, aber es würde leichter sein, jetzt, wo Rita auch kam. Egal, wie der Abend ausfiel, nun würde Rita die Verantwortung dafür übernehmen, dafür sorgen, dass alle es nett miteinander hätten, die Stimmung glätten, wie sie es mit einer knittrigen Tischdecke machen würde.

Ein Windstoß schob mich durch die Tür der Helgeland Sparebank. Stian kam mir mit den Händen in den Taschen entgegen, er hatte offenbar schon gewartet, außer mir war keine Kundschaft in der Filiale.

»Na, da bist du ja«, sagte er und umarmte mich.

»Hier treibst du dich jetzt also herum«, sagte ich.

»Ja, die Filiale in Finneide mussten wir leider schließen.«

Ich schaute mich um, einige Angestellte saßen hinter Schreibtischen. Klappernde Tastaturen, halb volle Kaffeetassen hier und da. Ich kannte hier niemanden.

»Tut mir leid, dass ich erst jetzt komme«, sagte ich. »Ich dachte, die Konten meiner Mutter seien längst aufgelöst.«

»Die lösen sich nicht von selbst auf, aber du brauchst deshalb kein schlechtes Gewissen zu haben. Wir hätten dich informieren sollen, aber wir drängeln nicht gern. Jetzt kümmern wir uns drum, und dann ist es erledigt.«

Ich folgte Stian zu seinem Schreibtisch. Er hatte kein eigenes Büro, war wohl nur ein ganz normaler Kundenberater. Früher war er Schulsprecher und Kapitän der Kreismannschaft im Fußball gewesen, hatte älter gewirkt als die anderen Jungs, die sich hinten im Bus zusammendrängten, während Stian vorn saß und sich mit dem Fahrer unterhielt. Schon jetzt hatte er einen grauen Haaransatz. Er war gekleidet wie seine Kollegen, Anzughose und Hemd. Ein ganz normaler Mann in ganz normalen Kleidern.

»Dann lass mal sehen«, sagte er und warf einen Blick auf den Bildschirm. »Wenche hatte zwei Konten, ein Sparkonto und ein Girokonto für ihre Witwenrente. Sie hatte auch ein kleines Darlehen aufgenommen, aber das wurde einige Jahre vor ihrem Tod abgelöst.«

»Ein Darlehen auf das Haus, meinst du?«

»Ja, so war das wohl, auch wenn deine Eltern das Haus längst übernommen hatten, als das Darlehen aufgenommen wurde.«

»Bist du sicher, dass sie ein Darlehen hatte? Hat sie nicht nach dem Tod meines Vaters eine hohe Lebensversicherung ausgezahlt bekommen?«

»Das weiß ich nicht, aber ich nehme es an. Die Eisenhütte war für ihre gute Hinterbliebenenversorgung bekannt. Deine Mutter hatte eine ziemlich großzügige Witwenpension. Bei ihrem Tod hatte sie noch Geld auf dem Sparkonto, nicht viel, gut fünfzigtausend Kronen. Die gehören natürlich dir. Ich brauche nur ein Konto, auf das ich sie überweisen kann.«

»Fünfzigtausend?«

»Fünfzigtausendfünfhundertundzweiundachtzig Kronen, um genau zu sein.«

Stian reichte mir einen kleinen Notizblock, und darauf notierte ich meine Kontonummer.

»Ich brauche nur den Erbschein, dann kann ich alles im Laufe dieser Woche erledigen. Du kommst doch zum Essen, oder? Das hat Nina jedenfalls gesagt.«

»Ja, das hatte ich vor.«

Er reichte mir zum Abschied die Hand, förmlicher als die Umarmung zur Begrüßung. Hielt die Tür für mich auf, als ich wieder hinaus in die Fußgängerzone ging, getragen vom Wind, der immer in einer Schneise zwischen den Einkaufszentren auf der Lauer lag. Beim Stadtmuseum bog ich nach rechts in den Park ab, vorbei an der alten Sonnenuhr, die noch immer ihren Schatten auf den Rasen warf, dachte daran, was Sara über das Dach gesagt hatte, dass nicht alles neu gedeckt werden müsste. Ein kleiner Teil reichte. Ich ging durch die Rezeption, in die alte Halle mit der Treppe, wo ein Kellner einen Servierwagen aus einem der Festsäle schob, dort wurden Konfirmationen und

Hochzeiten gefeiert, Arrangements, die noch immer mit einem gewissen Stil durchgeführt werden sollten.

Das Badezimmer im ersten Stock war noch immer feucht vom Dampf. Die Tapete hatte Stockflecken, genau wie in meinem alten Zimmer. Ich dachte, dass die Hotelbetreiber die alte Holzvilla sicher am liebsten abreißen würden, die stand da wie eine Brandfalle und ein Fass ohne Boden, mit all ihren abgenutzten Teppichböden und den abblätternden Farbschichten. Aber niemand durfte sie anrühren, dafür sorgte der Denkmalschutz. Ich duschte und trocknete mich ab, schlüpfte in ein Handtuch gewickelt in mein Zimmer, zog eine alte Jeans und ein T-Shirt hervor, die ich in meinem alten Schrank gefunden hatte, für mein eigenes Geld in einem Billigladen gekauft, ein Jahr ehe ich von zu Hause ausgezogen war.

Als ich in den Spiegel schaute, erkannte ich mich selbst nicht wieder.

Ola saß vor dem Haus in Finneide und wartete. Er hatte seinen Pullover ausgezogen und die Hemdsärmel aufgekrempelt. Als ich angefahren kam, stand er auf, fuhr sich mit der Hand durch den struppigen Schopf. Ich dachte, es sei ungerecht, dass er sich so gut hielt, wo er so wenig dafür tat, er, der sich auch bei Autorenporträts oder Interviews nie besondere Mühe gab, er stand einfach da in seiner alten Jeans und dem T-Shirt, der schwarzen Jacke, die er immer trug und die er mit einer identischen ersetzte, sobald die alte die ersten Verschleißerscheinungen zeigte. Den Pullover, der neben ihm lag, hatte ich schon sehr oft gesehen. Die schwarzen Stiefel, nur zur Hälfte geschnürt. Ich war auch nicht viel besser, wie ich dort stand, in den alten Jeans, deren Knöpfe ich noch immer schließen konnte.

»Ich musste nur bei der Bank etwas erledigen«, sagte ich.

»Schon gut«, sagte Ola. »Ich war unten bei Mama.«

Auf der Treppe stand eine Ofenform, die mit Alufolie bedeckt war. Das war die Form, mit der Sara nach dem Unglück so oft gekommen war, immer war sie mit irgendeinem Auflauf gefüllt, den Mama und ich leicht aufwärmen konnten, wir baten Sara immer ins Haus, aber sie blieb niemals lange. Erst nachdem ich nach Oslo umgezogen war, kam sie, um mit Mama Kaffee zu trinken und zu plaudern, ich konnte mir nie vorstellen, worüber sie redeten.

»Lasagne?«

Ola nickte.

»Sie fand es nicht richtig, dass du nur Tiefkühlpizza hast.«

»Das ist lieb. Sag ihr das bitte von mir.«

Ich trug die Form ins Haus, dachte, dass Ola vielleicht zum Essen bleiben könnte, es war mehr als genug für zwei. Er stand in der Tür zur Bibliothek und schaute sich um, mir ging auf, dass er lange nicht mehr dort gewesen war, die Bibliothek sah jetzt anders aus, ohne Ziergegenstände und Vorhänge. Sie hatte etwas von ihrem Gewicht verloren, wirkte plötzlich wie ein ganz normales Zimmer.

Er ging zu dem Gemälde von Vegard, Thomas und mir, hob eine Ecke des Packpapiers hoch.

»Was willst du damit?«, fragte er.

»Das weiß ich ehrlich gesagt nicht«, sagte ich.

Ola trat einen Schritt zur Seite, schaute sich das Bild an. Ich rechnete mit irgendeiner Bemerkung über den Wert alter Dinge, dass man es sich gut überlegen müsse, ehe man etwas wegwarf, aber er sagte:

»Das kann ich gut verstehen.«

Dann lachte er.

Ich dachte, dass nur wir beide das durften.

»Und die Kartons da?«, fragte er.

»Die werf ich weg«, sagte ich.

»Doch wohl nicht die Modellflugzeuge? Das ist doch feines Spielzeug. Gib die einem Kind, das Spaß an so was hat.«

»Glaubst du, Kinder spielen noch mit so was?«

»Aber sicher. Die spielen doch auch mit Lego. Gibt es oben im ersten Stock nicht einen ganzen Haufen Legosteine?«

Wir gingen die Treppe hoch zu dem Zimmer, das wir Spielzimmer nannten, das Gästezimmer gewesen war, als meine

Großeltern hier gewohnt hatten. Ich hatte dort meine Barbiepuppen aufbewahrt, die Legosteine, die ich mit Vegard und Thomas teilte, irgendwann hatten wir uns ein Wasserbett und einen Commodore 64 erquengelt, den Onkel Rolf aus den USA mitgebracht hatte. Immer waren irgendwelche Jungs da, um mit meinen Brüdern zu spielen, sie lungerten mit ihren Joysticks auf dem Wasserbett herum, während wir, die Mädchen aus meiner Klasse und ich, uns auf dem Boden zusammendrängten. Die Mädchen kamen nicht, um mich zu besuchen, aber das machte mir nichts aus. Sie mussten trotzdem an der Tür nach mir fragen, *Ist Elin zu Hause?*, sagten sie, als wäre mein Name ein geheimes Codewort, das sie aussprechen mussten, um eingelassen zu werden und die Treppe hochlaufen zu können.

Nach dem Unglück kamen sie nicht mehr so oft, und wenn doch, dann, das war mir klar, weil ihre Mütter es ihnen aufgetragen hatten. Rita schleppte Nina an den Tagen mit, an denen sie bei uns putzte. Ola brachte Tüten voller Einkäufe oder Essen, das Sara gekocht hatte, lehnte aber immer dankend ab, wenn Mama ihn hereinbat. Ich glaube, darüber war sie froh, es tat ihr weh, Ola zu sehen, diesen Jungen, der ihr in kurzer Zeit über den Kopf gewachsen war.

Er ging zum Wasserbett und legte die Hand auf die Matratze. Betastete sie ein wenig, dann ließ er sich darauffallen, unter dem alten Frotteelaken schwappte das Wasser

»Komm«, sagte er und streckte mir die Hand hin.

Ich ließ mich ebenfalls fallen, rutschte zu Ola hinüber. Machte mehr Wellen, als nötig gewesen wäre.

»So haben wir immer gesessen, nicht wahr?«, fragte er.

»Ja«, sagte ich.

»Und du wolltest immer neben mir sitzen.«

Er drehte sich zu mir um, stupste meine Schulter an, wie er das früher oft getan hatte. Ich hatte gelernt, in diese Gesten nicht zu viel hineinzudeuten, Ola nicht auf irgendeine Weise zu interpretieren, in der Regel meinte er nichts Besonderes damit. Als ich klein war, konnte sich eine ganze Welt von Möglichkeiten eröffnen, durch einen Arm oder ein Bein, die mich berührten, eine Hand, die mich kitzelte, ein Auge, das zwinkerte.

Ola wälzte sich aus dem Bett, griff nach meiner Hand und half mir beim Aufstehen. Ging durch das Zimmer und hob einen der zusammengefalteten Pappkartons auf.

»Wo soll der Kram hin?«, fragte er.

»Ins Auto, würde ich sagen. Dann kann ich direkt alles zur Heilsarmee fahren.«

»Die Puppen auch?«

»Alles.«

»Die willst du nicht behalten?«

»Nein. Falls ich Kinder kriege, sollen die nicht mit so was spielen müssen.«

»Du willst also Kinder haben?«

Ich wandte mich ab, mit glühendem Gesicht. Hob eine Puppe vom Boden auf, ein molliges Baby, von Barbie auf die Welt gebracht. Das Baby war mit einer rosa Wiege und einer Nuckelflasche ausstaffiert gewesen, die ich nur mit Mühe und Not zwischen den Fingerspitzen halten konnte. Als Kind hatte ich dieses Spiel niemals sattbekommen.

Im Laufe des Nachmittags leerten wir alle Schlafzimmer. Warfen alte Bettwäsche und Decken in den Container, Mamas Parfümflaschen, die viele alte Schminke, die noch immer in der Reihenfolge dalag, in der Mama sie benutzt hatte. Es ging schneller, jetzt, da Ola bei mir war, er trug für mich die Kartons zum Auto, während ich in die Küche hinunterging, um im Backofen die Lasagne warm zu machen, ich deckte im Esszimmer mit dem, was an Service noch vorhanden war. Als er hereinkam, ging er zum Tisch, bückte sich und betastete die Beine, in seinen Bewegungen lag eine Art Zärtlichkeit. Vielleicht tat ihm der Tisch leid, weil ich ihn nicht behalten wollte.

»Ich hab im Keller eine Flasche Wein gefunden«, sagte ich. »Ich weiß nicht, ob der trinkbar ist, aber vielleicht willst du mal probieren?«

»Gern.«

»Du fährst nicht mehr heute?«

»Nein, ich schlafe bei Mama. Sie erwartet eine Warenlieferung.«

Ich lächelte, bohrte den Korkenzieher in den trockenen Korken.

»Du bist genau wie die Italiener, Ola. Schläfst bei deiner Mama, obwohl du stramm auf die vierzig zugehst.«

Ola lächelte, aber ich konnte sehen, dass er das eigentlich nicht witzig fand, denn schon nach wenigen Sekunden verschwand sein Lächeln. Er setzte sich an den Tisch und griff zu. Eine Weile saßen wir so da, ohne etwas zu sagen.

»Das mit den Italienern war nicht so gemeint«, sagte ich.

»Das weiß ich«, sagte Ola.

»Es ist schön, dass du Sara hilfst. Sie hat hier ja nur dich.«

»Meinst du, ich würde nicht hier wohnen, wenn Mama nicht wäre?«

»Ist es denn nicht so?«

»Nein, nicht ganz.«

»Warum wohnst du denn dann hier?«

Ola kaute. Dachte nach.

»Weil es billig ist.«

»Nur deshalb?«

»Nicht nur, aber das ist das Wichtigste. Der Hof kostet sehr wenig, und das meiste von den Renovierungsarbeiten habe ich selbst erledigt. Der Wald bringt auch was ein. Solange ich hier wohne, brauche ich nichts anderes zu tun, als zu schreiben.«

»Du meinst also, du würdest in der Stadt wohnen, wenn das nicht so teuer wäre?«

»Nein, das glaube ich nicht. Hier ist es friedlich. Man kann sich leicht konzentrieren.«

»Fühlst du dich nicht manchmal einsam?«

»Nein. Nie.«

Ola beugte sich vor und schnitt noch ein Stück Lasagne ab, das er auf meinen Teller legte, ehe er sich selbst auch noch eins nahm.

»Aber ich habe meine Bude in Trondheim behalten«, sagte er. »Ich bin häufiger dort.«

»Um zu schreiben?«

»Unter anderem.«

»Und du willst da nicht wohnen?«

»In der Studentenbude?« Ola lachte kurz. »Aber was ist mit dir? Hast du dir nicht überlegt, das Haus zu behalten? Es gibt Leute, die das machen, weißt du. Die ihr Elternhaus als Ferienhaus nutzen.«

»Wäre ein teures Ferienhaus.«

Ich schaute mich im Wohnzimmer um. Alle Lampen brannten, in dem warmen Licht fand ich, dass es kein schöneres Haus gab. Aber wenn ich aus der Tür trat, wurde es eng, all die Wege, die nirgendwo hinführten, die in Wald und Feld verliefen. Ich wünschte, ich könnte das Haus mitnehmen, es abmontieren und an einem anderen Ort wieder aufbauen, wie die Arbeiter beim Bau der Nordlandbahn es mit ihren Häusern gemacht hatten.

»Glaubst du, du kommst noch mal her?«, fragte Ola.

»Davon bin ich überzeugt.«

»Du hast wohl nicht so viel, zu dem du zurückkommen kannst.«

»Ich habe Verwandte.«

»Zu denen du auch Kontakt hast?«

»Nein, eigentlich nicht.«

»Immerhin hast du uns.«

»Ja, das weiß ich. Und du kommst doch auch mal nach Oslo. Im Herbst, nicht wahr? Dann können wir uns ja treffen.«

Ola sah nicht aus, als ob er glaubte, dass das so bald passieren würde. Wir sahen uns schließlich nur selten, wenn er in den Süden kam, in der Regel meldete er sich, wenn er an irgendeiner Veranstaltung mitwirkte, und ich ging dann hin, fand es schön, zu erleben, wie Ola vor Menschen interviewt wurde, denen seine Bücher gefielen, die sie offenbar auf ganz andere Weise verstanden als ich. Danach tranken wir ein Glas Wein. Manchmal lud er mich zum Essen ein, meistens waren auch noch sein Lektor und irgendwelche anderen Autoren dabei, es kam nicht oft vor, dass wir allein waren.

»Na, jetzt muss ich wohl machen, dass ich weiterkomme«, sagte Ola.

Ich ging mit hinaus in den Flur und sah zu, wie er sich die Schuhe anzog, sah die feinen Härchen in seinem Nacken. Ehe er ging, umarmte er mich. Ein wenig länger als normal, aber nicht so lange, dass es seltsam gewesen wäre. Danach blieb er stehen und sah mich an.

»Ich will es dir nicht unnötig schwer machen, Elin«, sagte er.

»Nein. Das ist mir klar.«

»Ich bin deine Familie. Das weißt du, nicht wahr?«

»Ja, das weiß ich«, sagte ich.

Er beugte sich vor und küsste mich auf die Stirn, wie ein Vater oder ein Bruder oder ein sehr alter Freund. Ich blieb stehen und schaute hinter ihm her, während er mit der Jacke in der Hand die Auffahrt hinunterging, dann die Briefkästen umrundete, es dauerte nicht lange, bis er von der abendlichen Dunkelheit verschluckt wurde. Das Gras am Wegrand war hoch und dicht. Dort wuchsen Blumen, kleine und ausdauernde. Ich sah mich selbst dort gehen, dreizehn Jahre alt, fast vierzehn, nachdem Ola nach Trondheim umgezogen war, als er nicht mehr da war, um auf mich aufzupassen. Ich war allein. Voller Sehnsucht. Ich wünschte mir einen Freund, aber in mir war so vieles verletzt und vernarbt.

Dort wollte ich niemanden haben.

In dem Jahr, in dem ich auf die Mittelschule kam, bat ich Mama um Geld für neue Anziehsachen. Ich war jetzt so groß wie sie, alles in meinem Schrank war zu kurz, zu eng oder zu kindlich. Mama ging nicht mehr mit mir einkaufen, sie zog nur ihren Geldbeutel heraus und drückte mir ein paar Scheine in die Hand – eine Summe, die mehr als ausreichend war, sie gab mir nicht einen einzigen mahnenden Ratschlag. Ich fuhr mit dem Bus nach Mo und ging zu Loe, dort kauften Nina und die anderen Mädchen ein, ich suchte nach Sachen, in denen ich sie gesehen hatte, weiten Hosen und Pullovern mit großer Schrift, Jacken mit aufgekrempelten Ärmeln. Ich war größer als Nina. Die Sachen ließen meinen Körper anschwellen. Auf dem Kleiderbügel sahen sie gut aus, aber wenn ich sie anzog, schien sich alles verändert zu haben. Die Kleider waren richtig. Ich war falsch. Die Hose bekam ich nicht einmal über die Oberschenkel. Die Verkäuferin schlug mir vor, eine Nummer größer zu nehmen, ich glaube, sie wusste, dass das die Sache nicht besser machen würde, aber sie wollte die Hose gern loswerden. Ich ließ alles in der Umkleidekabine hängen und ging zu Meyer, um mir einen Milchshake zu kaufen, den ich trank, während ich auf den Bus nach Hause wartete.

»Und, hast du was gefunden?«, fragte Mama, als ich zurückkam. Sie saß im Sessel und las *House Beautiful.*

»Die hatten nichts, was mir passte.«

»Wie meinst du das? Hast du nicht mehrere Größen anprobiert?«

»Das half nichts.«

»Das kann doch nicht sein.«

Ich dachte, sie habe gut reden, sie mit ihrem gertenschlanken Körper. Ich hatte den von Oma, war gebaut wie eine Bauersfrau, das hatte die Schulschwester gesagt.

»Soll ich mal mitkommen?«, fragte Mama.

»Ja, vielleicht«, sagte ich.

Sie machte ein kleines Eselsohr in die Seite, hatte offenbar etwas gesehen, worauf sie Lust hatte. Ich glaubte allerdings nicht, dass es Zweck hatte, die entsprechenden Sachen zu markieren. In den Zeitschriften, die sie las, gab es ja wohl nichts, das in Mo verkauft wurde.

Am nächsten Tag gingen wir wieder zu Loe. Mama voraus in hochhackigen Stiefeln, die Umhängetasche an der Hüfte, sie ging auf eine Weise, die allen klarmachte, dass sie nicht von hier war. Sie kam und nahm die ganze Stadt in Besitz. Sie nickte dem Verkäufer kurz zu, ich glaube nicht, dass er sie kannte. Das hier war kein Geschäft, in dem sie für sich selbst einkaufte. Sie fuhr mit der Hand über die Kleider an den Gestellen, pflückte hier und da gezielt ein Kleidungsstück heraus, als ob sie von Anfang an gewusst hätte, was sie suchte. Sie hielt mir die Sachen vor den Leib, schob mich in die Umkleidekabine und zog den Vorhang zu. Das Ergebnis war ebenso niederschmetternd wie beim ersten Mal.

»Ich hab doch gesagt, dass das nicht passt.«

»Das sehe ich.«

Mama legte die Sachen trotzdem auf den Tresen und bezahlte für alles, eine Hose, die in der Taille zu weit war, zwei Pullis und eine Jacke. Ich hatte keine Energie, zu protestieren, dachte, sie sollte doch machen, was sie wollte, ich würde diese Sachen jedenfalls nicht anziehen. Wir gingen weiter durch die Fußgängerzone, wo die Betonplatten die Regentropfen aufsaugten, kaum dass sie gelandet waren, weiter zum Rathaus und in den Trachtenladen, wo eine Frau vor einer Wand aus Wollknäueln saß. Die Angestellte erkannte Mama offenbar.

»Wir haben ein paar Sachen, die umgeändert werden müssen«, sagte Mama.

»Das lässt sich machen. Gehen Sie dann schon mal in die Umkleidekabine?«

»Nicht für mich. Für meine Tochter.«

Die Sachen passten mir so wenig wie beim ersten Mal. Die Frau aus dem Laden sah das offenbar auch so, denn sie zerrte und zog die ganze Zeit daran herum. Dann holte sie ein kleines Nadelkissen hervor und begann, an allerlei Stellen in der Hose Nadeln anzubringen, sie arbeitete zielstrebig und konzentriert, deshalb musste ich still stehen, wenn ich nicht gestochen werden wollte.

»Geben Sie mir eine Stunde«, sagte die Frau zum Schluss.

Wir aßen im Søilen zu Mittag, während wir warteten. Mama fragte nach einem Tisch am Fenster, für die Einkaufstour hatte sie eine lange Hose und einen eleganten Mantel angezogen, kleine Creolen in den Ohren. Als wir hereinkamen, ließen die anderen Gäste sie nicht aus den Augen, ich glaube, das wusste sie, sie schien sich in dieser Situation zu sonnen. Auch nachdem wir uns gesetzt hatten, schielten die anderen zu uns herüber, ich dachte, dass das, was ihre Aufmerksamkeit erregte, genau das war, was sie auf Distanz hielt. Mama aß Salat, sie hatte die Serviette auf dem Schoß liegen, hob das Essen mit kontrollierten Bewegungen zum Mund. Ich aß meinen Hamburger mit den Händen. Sie ließ mich gewähren. Ich sagte nicht viel, als wir dort saßen, in dem halb vollen Speisesaal, mitten in den Geräuschen der anderen Menschen.

Im Trachtenladen hatten sie die Hose hinten eingenäht. Sie saß jetzt richtig, ich brauchte nicht mal einen Gürtel, konnte sie einfach zuknöpfen. Die Pullis waren unverändert, Mama hatte andere Pläne damit, das begriff ich, als wir wieder auf die Straße traten. Wir gingen ins Einkaufszentrum und dort in einen Laden für Unterwäsche, ich war dort schon vorbeigekommen, hatte mich aber nie hineingetraut. Die Verkäuferin trug ein Maßband um den Hals. Sie machte sich gerade an Unterhosen und Seidenhemdchen zu schaffen, die auf winzig kleinen Plastikkleiderbügeln hingen.

»Das ist meine Tochter«, sagte Mama. »Sie braucht einen BH.«

Die Verkäuferin nahm Maß an meiner Brust. Sie reichte mir zwei schwarze BHs, mit denen ich in die Umkleidekabine ging. Als ich einen BH angelegt hatte, sah ich, dass etwas mit meinem Körper passierte. Er wurde angehoben. Ich war noch immer groß, aber auf eine andere Weise.

»Der ist vielleicht ein bisschen weit«, sagte die Verkäuferin und zupfte an den Trägern.

»Wir nehmen den trotzdem«, sagte Mama. »Dann hat sie was zum Reinwachsen.«

Wir fuhren nach Hause, als die Läden schlossen. Mama umfasste das Lenkrad wie immer mit beiden Händen und löste den Blick nicht von der Straße, sie fuhr nicht mehr so oft. Ich saß da, die Einkaufstüten zwischen den Beinen, und lehnte den

Kopf ans Fenster, schaute hinaus auf den Fjord und die Bootshäuser am Straßenrand, alte Häuser, in denen niemand wohnte, Flüsse, die aus den umliegenden Tälern kamen. Ich hatte das alles schon oft gesehen. Trotzdem konnte ich mich nicht daran gewöhnen, wie schön es war.

Ich sah Mama an. Ihre Augen waren blank.

»Gut, dass du mitgekommen bist«, sagte ich. »Auf das mit dem BH wäre ich nicht gekommen.«

»Es ist jetzt Zeit dafür.«

»Drückt der nicht?«

»Anfangs schon, aber daran gewöhnst du dich.«

»Und du bist sicher, dass er passt?«

Mama nickte. »Vergiss nicht, dass du noch nicht ausgewachsen bist«, sagte sie, als spräche sie von einem Setzling oder einem Ableger.

Ich fuhr mit dem Auto zu Nina und Stian nach Utsikten. Als Kind war ich den Hang zu Fuß hochgekraxelt, hatte manchmal die Abkürzung über das Feld genommen, den kleinen Trampelpfad, der bei Regen zu einer Schlammpiste wurde. Es war kein weiter Weg, aber ich musste an dem Abend zurück ins Hotel, eine gute Entschuldigung für einen frühen Aufbruch. Ich hielt vor dem Haus und warf einen Blick in den Rückspiegel, betrachtete kurz mein eigenes Gesicht, dachte, ich hätte eine Flasche Wein mitbringen müssen, auch wenn ich selbst gar nichts trinken wollte. Ich blieb noch einen Moment sitzen und schaute aus dem Fenster, auf das Straßennetz mit den Häusern, die alle gleich aussahen. Sie lagen ziemlich dicht beieinander, getrennt durch Gärten und Stichstraßen, sie waren in den Siebzigerjahren alle aus denselben Fertighauskatalogen ausgesucht worden. Sie waren mit Darlehen bei der Bausparkasse finanziert und im Tempo des Bevölkerungswachstums in Finneide aufgestellt worden, allesamt mit Blick auf den Sørfjord, damals das absolute Verkaufsargument, dass alle Grundstücke viel Sonne abbekämen und man von überall auf den Fjord blickte.

Rita machte auf. Sie sah genauso aus wie immer, dieselbe braune Tönung, die sie auch damals schon benutzt hatte, ich glaube, sie kaufte sie bei Sara, als Beigabe gab es eine Plastikschale, Handschuhe und ein Stäbchen zum Mischen, dabei wurde das Waschbecken grau. Sie hatte Fältchen um die Augen und den Mund, aber keine runzlige Oberlippe wie so viele andere Frauen in ihrem Alter, denn Rita hatte nie geraucht, und sie trank auch nicht besonders viel. Als sie mich sah, umarmte sie mich sofort.

»Lass dich ansehen«, sagte Rita und trat einen Schritt zurück. »Du bist so dünn geworden. Dünn und lang. Von dir ist ja fast nichts mehr übrig.«

»Bist du mit dem Auto da?«, fragte Nina, sie kam in etwas aus der Küche, das aussah wie eine Mischung aus Cocktailkleid und Bademantel.

»Ich muss zurück nach Mo.«

»Du kannst doch wohl in eurem alten Haus übernachten? Und ein Glas Wein trinken?«

»Ich hab kein Bettzeug. Hab alles weggeworfen.«

»Du kannst gern was von uns leihen.«

Mir ging durch den Kopf, dass es ein langer Abend werden würde, wenn ich nur Mineralwasser trinken dürfte. Ich hängte meinen Mantel auf und zog ein Paar flache Wildlederschuhe an, die ich in der Handtasche mitgebracht hatte, denn genau wie Mama lief ich nicht gern auf Strümpfen herum, wenn ich anderswo zu Besuch war. Rita trug Pantoffeln. Ich nahm an, dass sie die hier im Haus stehen hatte, jetzt, wo sie Großmutter war. Im Wohnzimmer lief Stian mit einem Baby auf dem Arm hin und her, Rita nahm ihm das kleine Mädchen aus den Armen, saugte es sozusagen an sich. Ich hoffte, niemand würde mir die Kleine reichen, denn ich hatte keinen besonderen Draht zu Kindern.

Frank kam mit einer Packung Petterøes-Tabak in der Hand von der Veranda herein. Grauer Kinnbart, an den Knien ausgebeulte Hose, er hatte sich kaum verändert. Ein Lächeln, das sich über das ganze Gesicht ausbreitete. Der Geruch des Drehtabaks wie ein Windhauch aus alten Zeiten.

»Du mistest aus, habe ich gehört«, sagte er und umarmte mich. »Hast du die undichte Stelle im Dach reparieren lassen?«

»Nein, noch nicht.«

»Aber ansonsten ist das Haus doch gut in Schuss, oder?«

»Ja, schon. Der Garten übrigens auch.«

»Rita hat sich um den Garten gekümmert.«

»Wirklich, Rita?«

»Ab und zu«, sagte Rita.

»Der Garten ist tipptopp in Ordnung«, sagte Frank.

Ich überlegte, ob ich Rita Geld für die Gartenarbeit anbieten sollte, auch wenn ich sie ja nicht darum gebeten hatte. Ich freute mich durchaus über ihre Hilfe, es hätte eine Menge zusätzliche Arbeit für mich bedeutet, wenn der Garten einfach hätte wuchern dürfen, aber zugleich arbeitete Rita ja nicht mehr für uns, irgendwie kam es mir falsch vor, mich zu verhalten, als ob das noch der Fall wäre.

»Ich schulde dir vielleicht etwas für die Arbeit«, sagte ich schließlich.

»Nein, bist du verrückt«, erwiderte Rita.

»Dafür brauchst du doch nichts zu bezahlen«, sagte auch Frank.

»Das ist sehr lieb von euch«, sagte ich.

»So gehört sich das doch«, meinte Rita, und Frank erklärte noch: »Du sagst einfach Bescheid, wenn du Hilfe brauchst.«

Als ich klein war, hatte ich Rita manchmal beim Putzen geholfen. Ich stand auf einem Stuhl, mit einer Schüssel, in die sie den Kronleuchter legte und abwusch, ich hielt die Schüssel ganz fest, während Rita ein Kristallteil nach dem anderen abwischte. Mir fiel ein, dass Rita sich vielleicht etwas aus dem

Haus wünschte, sie kannte die Gegenstände dort schließlich besser als irgendjemand sonst, sie hatte sie so viele Jahre lang geputzt und gewaschen. Ich ging zu Nina in die Küche, dachte, ich könnte das erwähnen, wenn sich die Gelegenheit ergäbe.

»Meine Güte, ihr habt es aber wirklich schön«, sagte ich. »Habt ihr gerade renoviert?«

»Ja, es ist noch nicht lang her«, sagte Nina. »Und die Küche haben wir uns zuletzt vorgenommen. Wir haben das nach und nach gemacht. Du weißt ja, es hat alles seinen Preis.«

Offensichtlich hatten Nina und Stian eine Wand herausgebrochen, um Platz für die Küche zu schaffen, die Insel mit Herd und Spülbecken, wo Steckdosen und Dunstabzug in die Arbeitsfläche eingelassen waren. Nina schien darauf gewartet zu haben, dass ich etwas über die Einrichtung sagte, denn sie erzählte ziemlich detailliert, dass ein befreundeter Architekt in Mo alles entworfen habe und dann ein Schreiner aus dem Ort die Küche gebaut habe, inspiriert von Anzeigen schwedischer Küchenstudios in *Dagens Næringsliv*.

»Das war billiger«, sagte Nina, »das so zu machen.«

»Um einiges billiger sogar«, erklärte Stian, der aus dem Wohnzimmer hereinkam. »Und es sieht genauso aus.«

Ich hatte eigentlich nicht den Eindruck, dass es genauso aussah, aber ich konnte nicht richtig in Worte fassen, was den Unterschied ausmachte. Als ich klein war, waren die Küchen in Utsikten klein und einfach gewesen. Ich war hier ein und aus gegangen und hatte die Häuser nicht begriffen, wo alles auf den Kopf gestellt war, Wohnzimmer im Obergeschoss und Schlafzimmer unten, ganz anders als bei uns zu Hause. Sie hatten auch andere Arten von Möbeln, pflegeleichte Couchgarnituren aus Leder, Vorhänge, die nach Rauch rochen, Campingstühle auf der Veranda. Einige Male beneidete ich die Leute hier um diese Dinge, nicht weil sie schön waren, sondern weil ich wünschte, dass sich auch unsere Familie diesem gemeinsamen und vereinenden Stil anschließen könnte.

Wir aßen Filetsteak und tranken Amarone. Die Mahlzeit ließ das Eis schmelzen, das Gespräch lief wie von selbst, wir redeten über Reisen, Fernsehserien und gemeinsame Bekannte. Rita fragte mich nach meiner Arbeit in Oslo, ich antwortete, so gut ich konnte, aber wie immer fand ich, das, womit ich mich beschäftigte, klinge oberflächlich und albern, wenn ich es anderen beschreiben sollte. Was ich zu erzählen hatte, war mir wichtiger und sinnvoller vorgekommen, in den Jahren, in denen ich bei der Tageszeitung gearbeitet und mich für meine Reportagen in alten Korrespondenzen und Protokollen vergraben hatte. Schließlich erhob sich Rita und half Nina dabei, das Dessert zu servieren, es war ein nach einem alten Rezept gekochter Karamellpudding, ich erinnerte mich daran aus meiner Kindheit, Rita und Mama hatten vor Weihnachten immer drei oder vier davon in alten Brotformen zubereitet. Damals waren sie oft tagelang in der Küche zugange gewesen, kochten Marmelade, buken, setzten Sauerteig an und stopften Würste, sie hackten, kneteten, rührten, wendeten, blanchierten und stellten Teig zum Aufgehen beiseite. Wenn sie fertig waren, legten sie alles in die Tiefkühltruhe, damit es nach Bedarf hervorgeholt werden könnte.

»Ich muss mal ein bisschen raus«, sagte Frank.

Er holt seinen Tabak von der Fensterbank und warf einen Blick in die Runde, um sich davon zu überzeugen, dass alle fertig waren.

»Kann ich mitkommen?«, fragte ich.

»Rauchst du?«, fragte Nina.

»Manchmal.«

»Aber doch keine Selbstgedrehten?«

»Wenn Frank mir hilft, dann wohl.«

Frank schien sich über die Situation zu amüsieren. Ich holte meinen Mantel und ging hinter ihm her auf die Veranda, er hatte da draußen eine Jacke hängen, ein Paar Pantoffeln stand bei der Tür. Meine ganze Kindheit hindurch hatte Frank bei sich und Rita im Sessel gesessen und geraucht, den Aschenbecher auf der Armlehne, die Füße auf einen Schemel gelegt. Er hatte oft nasse Haare, hatte Aufsicht in der Produktion in der Eisenhütte und duschte zweimal am Tag, in der Regel machte er Nachtschicht. Rita sagte, Frank werde nie ganz sauber, der Schmutz lagere sich in den Poren ab, müsse ausgeschwitzt werden. Als Frank mir später Sommerjobs bei Rana Metall besorgte, stellte ich fest, dass Rita recht gehabt hatte, auch ich wurde damals nie ganz sauber.

»Du kommst nicht mehr so oft hier in den Norden«, sagte Frank und zog einen Stuhl heran.

»Eigentlich bin ich wohl nie so oft hochgekommen«, sagte ich. »Mama wollte mich immer lieber in Oslo besuchen.«

»Sie war wohl auch häufig in den USA, nicht? Bei deinem Onkel?«

»Ja. Da hat sie sich wohlgefühlt.«

»Rita hat ab und zu bei Wenche vorbeigeschaut.«

»Ja, das weiß ich. Sara auch. Darüber hat sie sich gefreut.«

»Das war doch selbstverständlich.«

Ich schaute zu der kleinen Wandlaterne hoch, die über uns leuchtete. Versuchte, mich zu erinnern, ob ich jemals mit meinen Eltern hier oben in Utsikten gewesen war, ob sie hier Freunde hatten, die sie besuchten, aber das glaubte ich nicht. Mama hatte allerdings bei Rita Weihnachtsgeschenke vorbeigebracht, das wusste ich noch. Wir fuhren am 23. Dezember damit hoch und blieben zum Kaffee, Rita steckte meistens mitten im Weihnachtshausputz, zuerst putzte sie bei uns, dann putzte sie bei sich selbst, sie lief hin und her und räumte auf, während wir auf ihrem Sofa saßen und Plätzchen knabberten.

»Was für ein Glück für Nina und Stian, dass sie euch in der Nähe haben«, sagte ich. »Jetzt, wo das Baby da ist.«

»Schon, aber darum kümmert sich vor allem Rita. Ich arbeite noch immer die Woche über. Aber so ein Kleines ist natürlich toll, das ist klar.«

»Bist du noch immer im Schmelzwerk?«

»Ja, aber nicht mehr in Schicht. Nur noch tagsüber. Nachtarbeit setzt einem ganz schön zu, wenn man in die Jahre kommt, weißt du.«

»Du bist doch noch nicht alt, Frank.«

»Na ja, ich gehe auf die sechzig zu.«

»Wie lange arbeitest du jetzt schon da?«

»Seit neunundachtzig. Zuerst in der Eisenhütte. Achtundsechzig bin ich da als Lehrling hingekommen. Im selben Jahr wie dein Vater.«

»Stimmt, ihr habt gleichzeitig dort angefangen.«

»Ja, aber wir haben ja eigentlich nicht zusammen gearbeitet. Bjørn saß in der Leitung, ich war in der Produktion. Wir hatten nur bei ein paar Einzelprojekten ein bisschen miteinander zu tun, bei der Produktentwicklung und so was. Unter anderem haben wir versucht, Stahlrohre für die Ölindustrie herzustellen. Spannende Zeit. Viel Optimismus. Später wurde es schwieriger, als die Stahlkrise dann richtig zuschlug.«

Frank legte das Blättchen auf den Tisch und fing an, es mit Tabak zu füllen, dann fuhr er mit der Zunge über das Papier und rollte es zusammen.

»Wann war das?«, fragte ich.

»Tja, das muss so Mitte der Siebzigerjahre gewesen sein. Ungefähr als ihr geboren wurdet, du und Nina. Aber richtige Probleme bekamen wir erst einige Jahre später.«

Frank kniff das Ende der Zigarette ab und reichte sie mir. Sie roch streng und würzig.

»Wie meinst du das?«, fragte ich.

»Die Eisenhütte fuhr damals doch viele Hundert Millionen Miese ein. Wir wurden vom Staat zwar stark subventioniert, aber wir bekamen nicht einfach so Geld von der Regierung. Die Firmenleitung musste einen Plan vorlegen, eine Strategie dafür, wie wir in Zukunft allein zurechtkommen könnten. Dein Vater hat diese Arbeiten geleitet.«

»Mein Vater hat sie geleitet?«

»Ja, nicht allein, natürlich. Er hatte eine Arbeitsgruppe in Oslo, Stahlausschuss hieß die, glaub ich. Ich war damals Betriebsrat, also hatte ich da ein bisschen Einblick. Außerdem war er viel auf Dienstreisen, auch im Ausland. Vor allem, um zu lernen, glaube ich, besonders die Japaner waren uns weit voraus.«

Ich dachte an Papa, der mit Reisetasche und Diplomatenkoffer im Flur stand, der sein Gepäck in die Hand nahm, zum Bahnhof schlenderte, in den Nachtzug nach Trondheim stieg und von dort nach Oslo flog. Ich hatte ihn nie gefragt, warum er verreiste. Hatte mich nie ordentlich verabschiedet. Für mich war es alltäglich, dass Papa wegfuhr.

»Später kamen Berater von McKinsey«, sagte Frank. »Junge Kerle, die aus Kopenhagen und London eingeflogen wurden, manchmal sah ich sie auf dem Fabrikgelände, sie trugen immer Anzug, redeten eigentlich nicht mit uns Arbeitern. Höchstens mal mit Betriebsingenieuren und Werkmeistern, aber meistens saßen sie oben bei der Werkleitung in Besprechungen, um herauszufinden, wo gespart werden könnte. Dann fuhren sie zurück und stellten ihre Rechnungen auf.«

Frank schüttelte den Kopf.

»Tausend Mann. Wir mussten die Belegschaft um tausend Mann reduzieren. Das war ein Viertel. Außerdem sollten wir investieren, wir sollten einen neuen Stahlofen kaufen und das Feinwalzwerk umbauen, und die Produktion sollte auf vollen Touren laufen oder am besten noch gesteigert werden. Wenn wir das schafften, meinte die Werkleitung, würden wir einen kleinen Überschuss erwirtschaften.«

Der Rauch schlängelte sich durch meinen Hals nach unten. Es tat gut, obwohl die Zigarette viel stärker war als die Marke, die ich sonst rauchte. Anders als Frank inhalierte ich kaum.

»Tausend Mann«, sagte ich. »Das muss hart gewesen sein.«

»Klar war das hart. Vor allem für Bjørn, der den Stellenabbau hauptsächlich organisieren sollte. Es ging natürlich nach Dienstalter, wer zuletzt eingestellt worden war, musste zuerst gehen, aber die Chefs konnten sich nicht sklavisch an dieses Prinzip halten, denn in den letzten Jahren hatten sie etliche neue Leute angeheuert, vor allem im Technologiebereich, von denen sie total abhängig waren. Vor allem waren wir Schichtarbeiter betroffen. Das wusste Bjørn, deshalb verlegte er sein Büro nach unten, in die Produktion, um näher bei uns zu sein, er mit seinem Stab. Das sorgte natürlich für ein stärkeres Gemeinschaftsgefühl, für einen größeren Mannschaftsgeist. Sie saßen da ein halbes Jahr, hielten Besprechungen mit den Abteilungsleitern ab, um die Gleichung aufgehen zu lassen, es kam vor, dass wir aus der Produktion dazugeholt wurden und unsere Sicht der Dinge vortragen konnten, und Bjørn hörte immer aufmerksam zu. Das ging ziemlich gut, jedenfalls zu Anfang, als der Prozess noch einigermaßen freiwillig verlief.«

»Aber dann wurde es schwieriger?«

»Viel schwieriger. Es waren Kollegen da, die nicht aufhören wollten. Männer, die ihr ganzes Arbeitsleben im Werk verbracht hatten, seit der Betrieb in den Fünfzigerjahren aufgenommen worden war. Jetzt wurden sie nicht mehr gebraucht. Natürlich war das bitter. Einige von diesen Kerlen betrachteten deinen Vater als den eigentlichen Feind, und in schwachen Momenten konnte es passieren, dass ihnen Gemeinheiten rausrutschten. Bjørn ließ das alles über sich ergehen, er war stark, aber ich konnte sehen, dass es ihn traf. Er wirkte ziemlich mitgenommen, vor allem in den letzten Monaten, als es in die nächste Runde ging. Da fühlte ich mich auch nicht mehr sicher, ich hatte mir zwar alle möglichen Sonderkompetenzen erarbeitet, von denen die Produktion abhängig war, aber man wusste ja nie. Rita und ich hatten gerade das Haus gekauft. Wir hatten ein Darlehen aufgenommen.«

»Die nächste Runde? Du meinst, es gab dann noch eine Runde?«

Frank nickte. »Der Stahlmarkt ging wieder zurück. Am Anfang waren wir eine Belegschaft von viertausend Leuten gewesen. Jetzt sollten wir mit tausend zurechtkommen. Die ganze Abteilung, für die Bjørn die Leitung hatte, die, die erzbasierte Stahlproduktion betrieb, sollte stillgelegt werden. Er hatte diese Entscheidung selbst getroffen, aber ich sah ja, wie die an ihm zehrte.«

Ich machte mich an einem Splitter in der Tischplatte zu schaffen, der sich gerade löste. Als ich daran zog, wurde es schlimmer.

»Das wusste ich nicht«, sagte ich.

»Er und Wenche wollten euch sicher schonen«, sagte Frank. »Wir hatten gerade mit der Stilllegung angefangen, als das Unglück passierte. Bjørn war damals nicht so oft dabei, er war eine Zeit lang krankgeschrieben gewesen, wirkte in mehrerlei Hinsicht irgendwie abwesend. Er zog wieder ins Verwaltungsgebäude hoch, kam nicht mehr zu den Abteilungsbesprechungen, ich glaube, dieser ganze Prozess hat ihn arg mitgenommen. Dein Vater war hoch angesehen gewesen, ehe das passierte, er kam doch aus der Gegend, stand mit beiden Füßen fest auf dem Boden, nicht wie der Konzerndirektor, der aus Oslo kam und sich jeden Morgen von einem Chauffeur abholen ließ. Bjørn fuhr selbst durch das Tor, stempelte wie wir anderen auch, aber nach allem, was passiert ist, weiß ich nicht. Nicht dass die Leute ihn nicht mehr respektiert hätten, aber …«

Frank starrte die Tischplatte an.

»Sie konnten ihn wohl nicht mehr so gut leiden.«

Ich schaute auf den Fjord hinaus, der schwarz und unruhig dalag und die Stelle verbarg, wo der Erdrutsch niedergegangen war. Wellen brachen sich im Wasser, weiße Risse in der Dunkelheit. Ich konnte mich nicht daran erinnern, dass Papa überhaupt krankgeschrieben gewesen war. War er zu Hause gewesen? Hatte er im ersten Stock im Bett gelegen, wenn ich aus der Schule gekommen war? Solche Erinnerungen hatte ich nicht.

»Nach all diesen Dingen hab ich Papa nie gefragt«, sagte ich.

»Nein, aber da darfst du dir keine Vorwürfe machen«, sagte Frank. »Mein Vater war bei der Eisenbahn, und ich habe ihn auch nie danach gefragt. Er war Schwede. Kam aus einem kleinen Ort in Dalarna. Ich war fünfzig, als ich zum ersten Mal mit Rita hingefahren bin.«

Frank drückte die Zigarette aus und ließ sie in eine Bierdose fallen, die er unter dem Tisch stehen hatte. Ich machte es mit meiner genauso, hatte sie die ganze Zeit in der Hand gehalten, dachte, dass meine Finger jetzt sicher nach Tabak rochen.

»Als das Unglück passierte, war das, was in der Eisenhütte vor sich ging, vergessen«, sagte Frank. »Es wurden Menschenketten gebildet, um Bjørn und die anderen Umgekommenen zu suchen. Tag und Nacht haben wir am Strand Ausschau gehalten, viele sind mit eigenen Booten auf den Fjord hinausgefahren. Ich war selbst über eine Woche lang jeden Nachmittag dabei.«

»Ich weiß. Das hat Mama viel bedeutet.«

»Es war wirklich schwierig. Ton, weißt du. Der deckt alles zu. Ich weiß noch, wie wir Julius gefunden haben, den, der unten am Strand gewohnt hatte, wir hielten seinen Kopf zuerst für einen Stein. Aber was erzähl ich da, wir wollen doch jetzt nicht über so was reden.«

»Das ist schon in Ordnung. Ich habe fast alles gelesen, was über das Unglück geschrieben worden ist. Das geht auch ziemlich ins Detail.«

»Stimmt, du bist ja Journalistin.«

»Jetzt nicht mehr.«

»Aber du hast doch solche Fälle ausgegraben, oder nicht?«

»Manchmal.«

»Dann weißt du, wie man Sachen herausfindet.«

Frank nahm die Tabakpackung und steckte sie in die Tasche. Am Esstisch saßen Nina und Stian mit ihren halb vollen Weingläsern. Rita räumte ab, nahm die Gegenstände mit derselben Leichtigkeit wie immer vom Tisch, ging zum Spülen in die Küche. Ich nahm mir ein Geschirrtuch und fing an abzutrocknen, wie ich das als Kind immer gemacht hatte. Frank kam herein und setzte sich auf einen Barhocker, blätterte in einer Zeitung, die dort lag, über ihm surrte die Dunstabzugshaube. Wir rochen beide nach Rauch, das verband uns in gewisser Weise.

»Fangt jetzt doch nicht damit an«, sagte Nina, die die leeren Weingläser brachte.

»Aber dann haben wir es hinter uns, ist das nicht gut?«, fragte Rita.

Ich schaute auf die Uhr am Herd. Inzwischen war es halb elf, das war eine gute Zeit für den Aufbruch. Ich umarmte Rita und Frank, sagte zu Stian, ich hätte das mit dem Erbschein nicht vergessen, ich würde ihn schicken, sobald ich wieder in Oslo wäre. Nina brachte mich bis vor die Tür. Ihr Blick fiel auf die Kartons hinten im Kofferraum.

»Willst du das alles mit nach Oslo nehmen?«, fragte sie.

»Nein, das ist für die Heilsarmee«, sagte ich. »Klamotten und Spielzeug und so was. Ist da vielleicht was bei, das euch interessiert?«

»Aber klar doch«, sagte Nina. »Ihr wart immer so schön angezogen.«

Ich öffnete die Heckklappe und zog einen Karton heraus. Er enthielt die Kinderkleidung meiner Brüder. Weiter hinten standen die Modellflugzeuge und die Legokiste.

»Oh, Burberry und so was«, sagte Nina.

»Aber das ist für Jungs. Da ist auch noch irgendwo ein Karton mit Mädchensachen. Warte mal, gleich hab ich ihn.«

»Das ist doch nicht so wichtig.«

»Aber der hat doch hier gestanden! Komisch.«

»Ist schon gut«, sagte Nina und lächelte. »Stian und ich planen noch weitere Kinder. Wer weiß, vielleicht wird es beim nächsten Mal ein Junge.«

Ich nickte, zweifelte nicht daran, dass es so kommen würde, denn alles in Ninas Leben wirkte genau geplant. Sie zeigte auf einen anderen Karton, auf den ich mit schwarzem Filzstift »Porzellan« geschrieben hatte.

»Das ist doch Porzellan aus den Siebzigern«, sagte Nina. »Ich glaube, so was wird gar nicht mehr hergestellt.«

»Möchtest du das haben? Kannst du gerne.«

»Bist du sicher?«

Sie hob eine Tasse hoch, drehte sie ein wenig hin und her. Meine Eltern hatten das Kaffeeservice zur Hochzeit bekommen, es war weiß mit goldenem Rand, alles in einer Größe, die zu endlosen Nachschenkrunden aufforderte. Ich fand, dieses Service passte nicht in meine Wohnung. Jetzt, wo Nina die Tasse in den Händen hielt, hatte ich aber auch keine große Lust, es ihr zu überlassen.

»Kein Problem«, sagte ich. »Nimm es nur.«

Ich schlenderte unter den Straßenlaternen davon, vorbei an dunklen Auffahrten mit Doppelgaragen am Ende, an Nachtschwärmern, die dem Licht der Außenlampen zustrebten, an einer einsamen Zigarette, die auf einer Veranda aufleuchtete. Ich ging den langen Hang am Feld hinab, passierte die Bushaltestelle mit dem Wartehäuschen, wo ich so oft allein gewartet hatte, und die Transformatorstation, die halb Finneide mit Strom versorgte. Am Ende der Auffahrt lag das Haus in der Dunkelheit. Die Fenster voller Mondschein. Die Außenlampe war abmontiert worden, aber ich brauchte sie nicht, der Schlüssel traf beim ersten Versuch, und ich schloss die Tür auf.

In dem Jahr, in dem ich achtzehn wurde, hatte ich einen Sommerjob bei Rana Metall. Ich wohnte damals in Oslo bei meiner Großmutter, kam nur zum Jobben in den Ferien zurück nach Finneide. Im Schmelzwerk verdiente ich viel mehr, als ich in einem Café oder einem Laden bekommen hätte, ich machte so viele Nachtschichten wie nur möglich, das gab richtig viel Geld. Frank teilte die Schichten ein, es kam durchaus vor, dass sie junge Aushilfen in der Abstichhalle einsetzten, ich war das erste Mädchen, das dort arbeitete, aber das machte nichts, denn sobald wir Overalls und Schutzvorrichtungen angelegt hatten, sahen alle gleich aus. Ich arbeitete gern nachts, stand in der großen heißen Halle und stach Roheisen ab, Bäche aus flüssigem Metall, das vor unseren Augen brodelte und spritzte. In den Pausen saß ich mit den Männern aus der Produktion in der Kantine, mehrere erinnerten sich an meinen Vater, sagten, er sei großzügig gewesen und habe gezeigt, dass die Arbeiter ihm wichtig waren, sogar in schweren Zeiten. Einige fragten, ob ich Ingenieurin werden wolle. Ich sagte, nein, Journalistin. Du bist also hier, um Geld zu verdienen, sagten sie, und ich stimmte ihnen zu.

Meine Gehaltsabrechnungen lagen noch immer in einer Schublade in Papas Arbeitszimmer. Mama hatte sie offenbar zusammen mit allen Papieren aus der Eisenhütte aufbewahrt, allen Strategieberichten und Jahresabrechnungen, sie lagen in Aktenschränken, die unter den Schreibtisch geschoben worden waren. An der Wand hingen Papas Zeugnisse vom Bergbaustudium in Trondheim zusammen mit seinem Doktordiplom aus Paris und einem Klassenfoto aus Steinkjer, jeder Schüler mit schwarzer Mütze mit einem Bommel an einer langen Schnur. In einer der anderen Schubladen fand ich einen Heuervertrag für einen Sommerjob, den er auf der *Bergensfjord* gehabt hatte, als Reservemann auf dem Amerikaschiff, er war damals neunzehn Jahre alt gewesen, neunhundert Kronen hatte er auf zwei Fahrten nach New York verdient. Im nächsten Sommer hatte er ein Praktikum in einer Eisenhütte bei Lyon gemacht, auch dazu gab es einen Bericht, vier mit Maschine beschriebene Seiten. Hatte ich Papa jemals Französisch sprechen hören? Das musste doch vorgekommen sein, wo er so ausführlich in dieser Sprache schreiben konnte, es war mir nur nicht weiter aufgefallen. Wenn wir Gäste hatten, fand ich, dass er fremd klang, wenn Leute aus dem Ausland oder aus Oslo kamen und sein Akzent einfach verschwand, als ob er aus einem Buch vorläse.

In einer Ledermappe hatte Mama Broschüren und Postkarten aus Orten gesammelt, die wir in den Ferien besucht hatten. Dort lagen Prospekte aus Museen, die sie gern besuchte, Visitenkarten der Hotels, wo wir gewohnt hatten, eine Reiseroute, die sie einmal festgelegt hatte, als wir von Paris zur Côte d'Azur hinuntergefahren waren. In der Mappe fand ich auch etwas, das ich zuerst für eine Hotelbroschüre hielt. Aber dann begriff ich, dass es ein in französischer Sprache verfasster Maklerprospekt war. Ich legte ihn auf den Schreibtisch und blätterte mehrmals hindurch, begriff nicht, was er hier zu suchen hatte, zwischen den vielen Ferienerinnerungen. Das Grundstück war ein Landsitz, gelegen am Rand eines Dorfes in der Nähe von Lyon, taxiert auf eine halbe Million Kronen. Geschützte ländliche Lage, verhieß der Prospekt. Charme und Charakter. Eine fantastische Möglichkeit.

Möglichkeit wozu denn?

Ich konnte mich nicht erinnern, dass meine Eltern über solche Pläne gesprochen oder dass wir jemals in der Gegend Ferien gemacht hätten, der Name des Dorfes sagte mir nichts.

Ich legte den Maklerprospekt zu den übrigen Unterlagen, ging damit hinaus auf die Terrasse und wollte alles in den Container werfen. In der Nacht hatte es geregnet. Zierkissen, Bettwäsche und Vorhänge waren mit Wasser vollgesogen, in zwei von Mamas Zeitschriften war die Druckerschwärze ausgelaufen. Dann überlegte ich mir die Sache anders, nahm den Prospekt aus der Mappe und blätterte noch einmal hindurch. Hatte Mama davon geträumt, wenn sie im Sessel saß und die Zeitschriften las, die Papa ihr unterwegs gekauft hatte? Ein Landsitz im Ausland? Das war möglich, aber über solche Dinge hatte sie nie mit mir gesprochen. Ich starrte in den Container, starrte alles an, was meine Eltern besessen hatten und was jetzt mir gehörte. Die Gegenstände lagen dort, stumm wie immer, erzählten mir nichts.

Am Nachmittag fuhr ich bei Sara vorbei, um die Auflaufform zurückzugeben. Sie hatte gerade den Laden geschlossen, der Werbeaufsteller, der vor der Tür gestanden hatte, war hereingenommen worden, der Parkplatz hatte sich geleert. Ich ging auf die Rückseite des Hauses und klingelte, blieb draußen stehen und wartete, die Plastiktüte schlug mir gegens Bein. Drinnen hörte ich Schritte. Ein Radio lief. Ich presste die Stirn an das Glas und drückte mit aller Kraft auf die Türklinke, bis die Tür aufglitt und mir der Geruch von Kaffee und Seife entgegenschlug.

»Sara?«, rief ich.

Niemand antwortete.

Ich machte einen Schritt ins Haus hinein. Es kam mir seltsam vor, so ungebeten dort zu stehen. Als Kind war ich hier nach Lust und Laune aus und ein gegangen, aber seit Ola ausgezogen war, konnte ich das nicht mehr mit derselben Selbstverständlichkeit tun. Die Zimmer hier waren von einer Missstimmung geprägt, die sich in den Jahren seit dem Unglück nach und nach eingestellt hatte, denn seit die E6 durch den Tunnel verlief, war es den Leuten im Dorf überlassen worden, den Laden am Laufen zu halten. Das hatte Arvid zu schaffen gemacht, denn der war für die Abrechnungen zuständig gewesen. Ola hatte mir erzählt, dass sein Vater den Ernst der Lage erst Jahre später eingestanden hatte. In der Zeit, als Ola seinen Wehrdienst geleistet hatte, war Arvid eines Nachmittags im Hinterzimmer umgekippt, er lag dort zwischen Bananenkisten und Küchenpapierrollen, bis Sara ihn einige Stunden später fand.

»Sara, bist du da?«

Es war dumm zu warten. Vielleicht war sie unten im Lager mit irgendwas beschäftigt, ich konnte die Form doch einfach in den Flur stellen und weiterfahren. Erst als ich schon wieder gehen wollte, sah ich ihren Schatten in der Tür.

»Ich hab dich nicht gehört«, sagte Sara.

»Funktioniert die Klingel nicht?«

»Nein, ich glaube nicht.«

Sie stand da in ihrer Strickjacke, hatte die Arme verschränkt, als ob ihr kalt wäre. Das Sonnenlicht stahl sich durch die Küchenfenster und legte sich über die blanken Schranktüren, die Sara in all den Jahren immer wieder geputzt und gewienert hatte.

»Danke für die Lasagne«, sagte ich und reichte ihr die Form.

»Du musst doch was essen.«

»Schon, aber das wäre ja nicht nötig gewesen.«

»Ist doch nicht der Rede wert.«

Mir war klar, dass es wichtig war, dass es nicht der Rede wert war. Es sollte nichts sein, wofür man sich bedanken musste.

»Bist du da oben denn schon fertig?«, fragte sie.

»Fast«, sagte ich. »Ich muss noch ein paar Kleinigkeiten erledigen. Und dann hätte ich noch ein paar Fragen, die ich dir gern stellen würde.«

»Fragen?«

»Als der Makler bei mir war, hatte er eine alte Taxierung für das Haus, von vierundachtzig. Darum hatte sich offenbar Arvid gekümmert. Ich hab mich nur gefragt, ob du etwas darüber weißt.«

»Ich kann mich erinnern, ja.«

»Hat Arvid Häuser verkauft?«

»Manchmal.«

»Aber unseres doch nicht?«

»Nicht dass ich wüsste. Bjørn und Wenche wollten ein Darlehen aufnehmen, so hatte ich das verstanden. Sie wollten bestimmt das Haus als Sicherheit geben, um die bestmöglichen Zinsen zu erhalten.«

Sara schaute zur Tür hinüber. Ich machte ein paar Schritte ins Zimmer, legte meinen Mantel auf einen Küchenstuhl. Die Schuhe behielt ich an. Ich konnte sehen, dass es ihr nicht gefiel, dass ich dort stand und ihren Boden schmutzig machte.

»Weißt du, wozu sie das Darlehen brauchten?«, fragte ich.

»Ich glaube, es war die Rede von einem Ferienhaus«, sagte Sara.

»Einem Ferienhaus? Meine Großeltern hatten doch eins. Da waren wir nie. Papa hat es nach Opas Tod verkauft. An Leute aus Mosjøen, sie haben es abgerissen und ein neues bauen lassen.«

»Davon weiß ich nichts. Ich habe deine Eltern nicht nach solchen Dingen gefragt.«

Ich schaute zum Stuhl hinüber, überlegte, ob ich mich setzen sollte, blieb aber stehen. Sara bot mir nichts an, weder Wasser noch Kaffee, auch nichts von dem Gebäck, das sie in der Tiefkühltruhe hatte, wie ich wusste, und das sie üblicherweise hervorholte, wenn Besuch kam.

»Ging es vielleicht um dieses Haus?«, fragte ich.

Ich zog den Prospekt aus der Tasche und legte ihn vor Sara auf den Tisch. Sie beugte sich vor und betrachtete das Foto.

»Das kann es gewesen sein, ja.«

»Sara, das ist ein Landsitz. Er kostete damals dreimal so viel wie das Darlehen, das sie aufgenommen haben. Warum hast du gesagt, dass sie ein Ferienhaus kaufen wollten?«

»So haben sie das selbst genannt.«

»Das ist doch ein Herrenhaus.«

»Sie wollten wohl nicht protzen.«

»Aber es ist viel zu groß für eine Familie. Und es liegt so weit im Binnenland. Meine Eltern wollten immer an die Küste, sie lagen gern am Strand, wir sind immer ans Meer gefahren. Dieses Haus steht mitten im Nirgendwo.«

Sara zog sich in sich zusammen. Stur und hart stand sie vor mir, wie eine kleine Schildkröte.

»Davon weiß ich nichts«, sagte sie. »Ich weiß nur, dass sie davon gesprochen haben, ein Ferienhaus in Frankreich zu kaufen. Arvid durfte es niemandem erzählen, das war ihnen wichtig. Aber er hat es mir erzählt. Das wussten sie wohl auch.«

»Ich finde, du weißt ziemlich viel, Sara. Du weißt mehr, als du mir erzählst.«

Sie wandte sich ab.

»Ich habe gesagt, was du wissen musst.«

Ich nahm den Prospekt und steckte ihn wieder in die Tasche. Schaute zum Esszimmer hinüber, wo wir gegessen hatten, am ersten Weihnachtsfest nach dem Unglück, als Mama und ich es nicht über uns brachten, zu Oma nach Oslo zu fahren. Damals gab es hier andere Geschmäcker und Gerüche, anderen Schmuck, Kleinigkeiten – solche Dinge, die uns retteten.

»Na ja, wie auch immer«, sagte ich zu Sara. »Jedenfalls hatte Mama bei ihrem Tod kein Haus in Frankreich.«

»Dann haben sie wohl keins gekauft.«

»Aber was haben sie mit dem Darlehen gemacht?«

»Das kann ich nun wirklich nicht wissen.«

Ich schaute die Wand hinter Sara an, wo an einer kleinen Pinnwand Fotos und Weihnachtskarten hingen. Es waren Bilder ihrer Töchter, die nach Südnorwegen gezogen waren, von deren Kindern, den vielen Enkelkindern. Eins von ihnen, ein kleines Mädchen, war auf einem Bild allein zu sehen, die anderen zusammen auf einem zweiten. Ein drittes Foto zeigte Sara zusammen mit einem Mann in ihrem Alter, sie hatten die Arme umeinander gelegt, und mir war klar, dass es Leif sein musste, obwohl ich ihn seit Jahren nicht mehr gesehen hatte.

»Er kommt wohl nicht oft nach Hause, dein Bruder?«, fragte ich und nickte zu dem Bild hinüber.

»Nein, er hat in Oslo alle Hände voll zu tun«, sagte Sara.

»Aber jetzt ist er doch im Ruhestand, oder? Papa hat oft von ihm erzählt.«

Jetzt kam Leben in Sara. Sie beugte sich zu mir vor.

»Was denn?«

»Na ja, nur solche alltäglichen Geschichten. Wie sie immer zusammen gespielt und sich gegenseitig besucht haben. Papa hat erzählt, sie wollten von unserem Haus aus einen Tunnel zum Laden graben, damit sie sich auch nachts besuchen könnten.«

Sara lächelte. Einen kurzen Moment nur, dann war das Lächeln verschwunden.

»Du und Papa, ihr wart damals ein Paar, oder?«, fragte ich.

»Das stimmt.«

»Das hat Mama erzählt. Aber du warst um einiges älter als Papa.«

»So viel älter war ich jetzt auch nicht.«

»Zwei Jahre sind ziemlich viel, wenn man so jung ist, oder nicht?«

Ihr Gesicht verschloss sich wieder. Es war jetzt Zeit, den Rückzug anzutreten. Ich bedankte mich ein weiteres Mal für die Lasagne, Sara begleitete mich in den Flur, wollte sich wohl davon überzeugen, dass ich wirklich weg war. Kaum hatte ich die Tür geschlossen, da hörte ich, wie der Schlüssel im Schloss umgedreht wurde, energische Schritte, die langsam verhallten. Ich ging zum Parkplatz, dachte, dass sich vieles verändert hatte, seit ich weggezogen war, denn als ich klein war, hatte niemand in Finneide seine Haustür abgeschlossen.

Ola ging in den Garten und pflückte Äpfel. Er trug Gummistiefel, nachts wurde es jetzt kalt, und tagsüber war das Gras feucht. Die Zweige der Apfelbäume krümmten sich unter der Last der Früchte. Sie trugen schwerer denn je, waren dafür geschaffen, für die kalten Verhältnisse im Norden. Ich fragte mich, was Ola mit so vielen Äpfeln anfangen wollte, wo er doch allein lebte, vielleicht verschenkte er sie. Er ging mit ruhigen Bewegungen zwischen den Bäumen umher, er beschäftigte sich gern mit solchen Dingen, wenn er nicht schrieb.

»Woher weißt du, ob sie reif sind?«, fragte ich.

»Du musst sie anfassen«, sagte er. »Sie lösen sich von selbst, wenn sie so weit sind. Du darfst sie nicht zwingen. Dann werden sie sauer.«

Ich blieb eine Weile stehen und sah ihm beim Pflücken zu. Ola tat, was er gesagt hatte, streckte die Finger zu den Zweigen aus, drehte die Äpfel ein wenig und zog sie vorsichtig herunter. In seinen Händen sahen sie klein aus.

»Ich hab gesehen, dass du angerufen hast«, sagte er.

»Ich wollte nur fragen, ob ich ein paar Sachen bei dir unterstellen kann. Bis ich weiß, was damit passieren soll.«

Ola schaute zum Wagen auf dem Hofplatz hinüber.

»Stell sie solange in die Garage. Ich bring sie dann nach und nach auf den Dachboden.«

»Ich glaube, das Ölgemälde darf vielleicht nicht so lange in der Garage stehen.«

Er lächelte.

»Du hast es also mitgenommen.«

Ich ging zum Auto hinüber und zog die Kartons heraus. Auf jeden hatte ich mit Filzstift den Inhalt notiert: Fotoalben, alte Dias, Kleidungsstücke, die ich behalten wollte, für die ich im Koffer aber keinen Platz hatte. Ich brachte alles in die Garage und stellte es an einer trockenen Stelle ab, dann blieb ich stehen und schaute mich um, sah die Skier an, die unter der Decke hingen, ordentlich zusammengefaltete Planen, eine ganze Wand voller Birkenholzscheite. Ganz hinten standen mehrere Kartons. Sie sahen aus wie die, die ich gebracht hatte. Als ich näher trat, sah ich meine eigene Handschrift auf den Deckeln.

»Findest du dich zurecht?«

Ola stand mit einem Korb in jeder Hand im Tor.

»Ja, sicher«, sagte ich.

Ich zeigte auf die Kartons.

»Und was ist mit denen da?«

»Die, ja …«

»Sind die nicht aus unserem Haus?«

Ich hob den einen Deckel herunter. Im Karton lagen meine Barbiepuppen, dicht zusammen, Arme, Beine und Haare ineinander verwickelt.

»Ich hätte dich erst fragen müssen«, sagte Ola. »Statt sie einfach mitzunehmen.«

»Das sind doch Spielsachen für Mädchen.«

»Wie gesagt, ich hätte fragen müssen.«

»Die hatte ich eigentlich Nina versprochen.«

»Wenn du nichts dagegen hast, würde ich sie gern behalten.«

»Du willst die Barbiepuppen behalten?«

Ich prustete los. »Du meine Güte, Ola, hast du etwa irgendeiner Frau ein Kind gemacht, oder was?«

Er sagte nichts. Stand nur da mit seinen schweren Körben.

»Also bitte, Ola, nun sag doch was!«

Er sah die Kartons an. Und dann mich.

»Ja, was soll ich sagen«, begann Ola. »Ja, ich habe eine Tochter. Sie ist fünf.«

Ich dachte, Ola hätte mich genauso gut schlagen können. Es brannte im Gesicht, schmerzte und kochte, alles, was in mir hart war, löste sich auf und schwemmte hinaus. Er hatte mich jetzt losgelassen, hinter sich gelassen. War weitergegangen und hatte sich eine Familie zugelegt, oder jedenfalls ein Kind. Das Kind wohnte auch hier, das begriff ich jetzt, vor einigen Tagen hatte ich in ihrem Zimmer übernachtet. Das Haargummi im Badezimmer. Die Bettwäsche. Der Roller, den ich vom Fenster aus gesehen hatte. Alles gehörte ihr. Etwas musste er aber auch weggeräumt haben, denn das Zimmer sah nicht aus wie ein Kinderzimmer. Er hatte sie vor mir versteckt.

Ich starrte Ola an, als wären die Antworten in seinem Gesicht zu lesen. Er versuchte nicht, irgendetwas zu erklären. Drehte sich nur um und ging ruhig mit seinen Körben ins Haus.

»Fünf Jahre?«

Ich stand in der Küchentür, folgte Ola mit dem Blick, als er zum Tisch ging und die Körbe abstellte.

»Sie heißt Therese.«

»Und sie wohnt bei dir?«

»Manchmal. Aber meistens ist sie bei ihrer Mutter in Trondheim.«

»Kenne ich sie?«

Ola schüttelte den Kopf. »Sie ist aus Bjerka. Du kennst sie nicht.«

»Wo hast du sie denn kennengelernt? In der Kneipe, oder was?«

»In Trondheim. Warum fragst du mich das alles? Das hat doch überhaupt nichts mit dir zu tun.«

Er kehrte mir den Rücken zu und schälte Äpfel. Lange rote Streifen fielen auf den Küchentisch. Sie hingen noch immer aneinander, als er sie in den Mülleimer warf.

»Siehst du sie denn oft, deine Tochter?«, fragte ich.

»So oft ich kann. Deshalb habe ich das Zimmer in Trondheim behalten, um mit ihr zusammen zu sein. Und sie ist oft an den Wochenenden hier.«

»Und Sara? Weiß sie davon?«

»Natürlich. Sie freut sich darüber, auch wenn es ihr lieber gewesen wäre, wenn ich Thereses Mutter geheiratet hätte, aber das stand nie zur Debatte.«

»Warum nicht? Du musst sie doch gerngehabt haben, schließlich habt ihr zusammen ein Kind gemacht.«

Ola seufzte.

»Ich kann nicht mit dir reden, wenn du so bist.«

Er wischte sich die Hände ab und ging in die Speisekammer. Holte einen Kochtopf, stellte ihn auf den Herd und legt die Äpfel hinein, einen nach dem anderen.

»Die Mutter wohnt also in Trondheim?«

»Ja. Da studiert sie.«

»Sie studiert? Wie alt ist sie denn überhaupt?«

»Sie ist achtundzwanzig. Sie macht gerade ihren Master an der TU. Warum willst du das eigentlich alles wissen? Dir kann das doch egal sein. Du wohnst in Oslo, bald hast du hier kein Haus mehr, dann kommst du auch nicht mehr her, das hast du doch selbst gesagt. Also werden wir uns wahrscheinlich kaum noch sehen.«

»Verdammt noch mal, Ola, das stimmt so nicht, das weißt du doch. So will ich das jedenfalls nicht.«

»Ja, aber was willst du dann? Sag es mir. Denn ich habe ehrlich gesagt keine Ahnung. Du tauchst immer dann auf, wenn ich ein neues Buch habe oder wenn du aus irgendeinem Grund in den Norden kommen musst, und dann soll ich für dich da sein, genau wie früher, bis du wieder verschwindest und abtauchst. Ich habe keine Ahnung, was das bedeutet oder was ich für dich bedeute, ich weiß nur, dass ich auf diese Weise nicht mit dir zusammen sein will. Aber du bist wohl nicht in der Lage, dich anders zu verhalten, und ich auch nicht, denn immer, wenn du herkommst, wirst du wieder zum Kind, und ich muss auf dich aufpassen.«

Ola seufzte, warf einen faulen Apfel in den Mülleimer.

»Ich hab keinen Nerv mehr, auf dich aufzupassen, Elin.«

Er wandte sich ab.

»Ich habe jetzt eine Tochter, auf die ich aufpassen muss.«

Ich ließ mich auf einen Küchenstuhl sinken. Und die Hände in den Schoß. Das war so ungerecht, was Ola gesagt hatte, so durch und durch falsch, weil ich doch immer ganz bewusst vermied, ihn um Hilfe zu bitten. Ich rief nie vorher an, wenn ich herkam, erwartete nichts, lehnte dagegen oft dankend ab, wenn er Hilfe anbot. Wenige Augenblicke später sprang ich auf und marschierte hinaus auf den Hofplatz, zur Garage, packte die Kartons mit dem Spielzeug und schleppte sie ins Haus. Ola sah mir zu, während ich sie durch die Küche und die Treppe hochtrug, wo ich sie vor der Tür des Zimmers fallen ließ, in dem ich geschlafen hatte. Im Zimmer standen jetzt Bücher. Eine rosa Nachttischlampe. Als ob das ganze Zimmer neu erschaffen worden wäre.

Ich setzte mich aufs Bett und legte eine Hand auf die Bettdecke. Ola stand in der Tür, lehnte sich an den Türrahmen, die Hände in den Hosentaschen.

»Sie muss deine Sachen nicht haben«, sagte er.

»Dir muss nur klar sein, dass es noch viele Jahre dauern wird, bis meine alten Klamotten ihr passen«, sagte ich.

»Ich dachte, sie könnte vielleicht damit spielen.«

»Sich verkleiden? So, wie Mama mich verkleidet hat?«

»So war das nicht gemeint.«

»Aber das hat sie getan.«

Ola seufzte.

»Ich fand dich hübsch, als du klein warst, Elin. Ich finde dich noch immer hübsch.«

Er kam zu mir und setzte sich neben mich. Legte nicht den Arm um mich wie sonst, nahm nicht meine Hand wie ein Freund oder ein Bruder. Ich begriff, dass wir nicht mehr auf diese Weise miteinander umgehen würden.

»Warum hast du mir nichts gesagt?«, fragte ich.

»Ja, das war blöd.«

»Als du zuletzt in Oslo warst und wir mit den anderen Autoren Wein trinken waren … da hast du das mit keinem Wort erwähnt. Und auch nicht auf Mamas Beerdigung.«

»Ich dachte, du wärst dann vielleicht traurig.«

»Traurig?«

»Ja. Und um ehrlich zu sein, siehst du jetzt ziemlich traurig aus.«

Ich schaute zu Boden. Spielte wieder ein bisschen an der Bettdecke herum. Holte tief Luft und sah Ola an, ließ meinen Körper an seinen sinken, an dieses Zuverlässige, zu dem ich immer wieder zurückkehrte. Er legte nicht den Arm um mich. Schob mich nicht weg. Unten in der Küche blubberten die Äpfel auf dem Herd, der Geruch schlich sich süßlich und sanft die Treppe hoch. Wir blieben eine Zeit lang so sitzen.

Die Kartons standen noch immer mitten im Zimmer. Ich bückte mich und hob den einen Deckel hoch, zog ein Kleid mit blauer Stickerei heraus, das ich sofort erkannte. Hielt es ins Licht, schob die Hand durch den Riss, den ich vor vielen Jahren geschaffen hatte, damals, als ich verzweifelt versuchte, es auszuziehen.

Dann hatte sie es also doch aufbewahrt.

»Das behalte ich«, sagte ich.

Ola schaute das Kleid an, die zerrissene Stelle.

»Und die anderen Sachen?«, fragte er.

»Die kann sie haben.«

Als ich zum ersten Mal mit Ola schlief, waren wir in der Wohnung meiner Großmutter. Sie hatte ihn eingeladen, er war in Oslo, zu einer Besprechung mit einem Verlag, der an seinen Texten interessiert war, ich hatte nicht einmal gewusst, dass Ola schrieb, niemand wusste das. Ich war in diesem Jahr achtzehn geworden, Oma deckte den Tisch mit Weingläsern, servierte Getränke, die klebrig schmeckten, in zerbrechlichem Kristall. Wir saßen im Wohnzimmer und redeten, und wenn der Herd piepte, sprang Oma auf und lief hinüber zu dem Wasser, das kochte, und zu dem Backofen, der leuchtete, band die Schürze um, während sie umrührte, den Ofen herunterdrehte, abgoss, auftat. Dann band sie die Schürze ab und kam wieder zu uns, Prost, sagte Oma und füllte die Gläser, ehe wir etwas sagen konnten.

Der Braten wurde auf einer Platte serviert, die Kartoffeln in einer Schüssel, die Soße in einer Sauciere, zwei Runden, dazwischen eine Pause. Oma lief in der Küche ein und aus, sorgte dafür, dass alles warm blieb. Ola aß ruhig und konzentriert, seine Hände ordentlich um das Besteck geschlossen, wir sprachen über sein Ingenieursstudium in Trondheim, über den Roman, an dem er arbeitete und der vielleicht veröffentlicht werden sollte. Ab und zu schaute er sich um, ließ den Blick über Omas Möbel wandern, die zwar nicht bequem, aber elegant waren, über Bilder und Kissen, die sie gestickt hatte, über Keramikfiguren, die sich an Lampenfüßen hochwanden und die Hände dem Licht entgegenstreckten.

Zum Nachtisch gab es Grießpudding mit Himbeersoße. Danach servierte Oma Plätzchen und Kaffee, ich trank keinen Kaffee, beschloss aber, so zu tun, weil mich das erwachsener wirken ließ. Während der Mahlzeit hatten wir eine ganze Flasche Wein geleert, waren jetzt locker und entspannt, Ola und ich, unsere Arme berührten einander, als wir auf dem Sofa saßen. Oma merkte das bestimmt, ich glaube, dass sie deshalb unsere Gläser immer wieder füllte. Nach dem Essen ging sie schlafen. Ola und ich blieben auf dem Sofa sitzen. Ich rutschte dicht an ihn heran, war jetzt mutiger geworden, schmiegte den Kopf an seinen und wollte ihn küssen.

Er schob mich vorsichtig weg, ich finde, damit warten wir besser noch, sagte er, aber er konnte nicht sagen, womit wir warten sollten.

Ich rutschte wieder an ihn heran. Diesmal konnte er sich nicht mehr richtig wehren. Wein und Essen hatten uns fügsam gemacht, wir wickelten unsere Arme umeinander, verknoteten uns geradezu. Ich stand auf und nahm Ola an der Hand, führte ihn in mein Zimmer, löschte das Licht und zog mich aus. Stand vor ihm, verlegen und zielstrebig zugleich, schlug die Decke zur Seite und setzte mich aufs Bett. Eine Zeit lang waren wir ganz still. Ich hab das noch nie gemacht, sagte ich zu Ola. Das weiß ich, sagte er, bist du sicher, dass du das willst? Ich nickte, schaute zur Decke hoch, während Ola mit den Händen über meinen Körper strich. Da oben war eine kleine Stuckrosette, so rund und fein, das Zimmer war früher einmal die gute Stube gewesen, hatte Oma gesagt, so ein Raum, der im Alltag nicht benutzt wurde, der nur darauf wartete, dass etwas Besonderes passierte. Ich sah Ola an, sein Körper war warm und schwer, als er sich über mich legte. Ich hab Angst, flüsterte ich. Ich weiß, sagte Ola.

Der Fotograf kam am Montagmorgen. Er stellte im ganzen Haus Lampen auf, sie sahen aus wie schwarze Regenschirme, leuchteten wie kurze Blitzeinschläge zwischen den Wänden auf. Das Tageslicht reichte offenbar nicht, egal, wie großzügig unsere Fenster das Licht hereinließen. Er hatte eine Stylistin mitgebracht, darum hatte ich nicht gebeten, aber er sagte, ich brauche nichts dafür zu bezahlen, also ließ ich sie einfach machen. Sie hatte vier Tragetaschen aus dem Möbelhaus Skeidar dabei, sie waren vollgestopft mit Kissen, Decken und Ziergegenständen, von denen ich wusste, dass Mama sie nie im Leben gekauft hätte, und die meiner Ansicht nach auch nicht ins Haus passten, aber dazu sagte ich nichts. Ich wollte doch verkaufen. Und zwar so schnell wie möglich. Wenn dazu schlechter Geschmack nötig war, dann von mir aus.

Ich stand im Wohnzimmer und sah zu, wie die Stylistin Kerzenleuchter und Zierkissen auf den leeren Flächen verteilte. Die ganze Woche hatte ich damit verbracht, alles Verschlissene zu entfernen, nur die schönsten Möbel standen noch da, auf diese Weise würden die Zimmer luftig wirken, hatte der Makler gesagt. In Wirklichkeit aber wurden Kratzer und Flecken sichtbar, Macken im Parkett, Risse in der Decke. Mehr denn je wurde deutlich, dass das Haus renoviert werden musste. Die Stylistin machte sich an einem Filzstiftfleck zu schaffen, bückte sich nach einer Tüte und zog eine Vase heraus. Danach ging sie in den Garten, holte vier trockene Zweige und steckte sie hinein.

Sie waren im ersten Stock am Werk, als die Türklingel ging. Auf der Türschwelle stand Ola mit den Händen in den Hosentaschen. Ich zeigte in Richtung Zimmerdecke, um anzudeuten, dass dort Leute waren, hatte Lust, ihm zu erzählen, was die machten, damit wir zusammen darüber lachen könnten. Doch dann sah ich, dass er nicht allein war. Unten vor der Treppe stand ein Mädchen. Ich erkannte sie von einem der Bilder an Saras Pinnwand, sie hatte keine große Ähnlichkeit mit ihrem Vater, kam wohl eher nach der Mutter – die musste hübsch sein, dachte ich. Die Kleine hatte blonde Locken, ihre Nase war von Sommersprossen bedeckt.

»Therese wollte sich nur bedanken«, sagte Ola. »Für das Spielzeug und die Anziehsachen.«

Ich sah das Mädchen an. Dachte, es sei zu früh, ich sei noch nicht bereit, mit diesem kleinen Menschen Bekanntschaft zu schließen, zugleich bedeutete es etwas, dass Ola sie mitgebracht hatte. Erst jetzt sah ich, was sie anhatte: eine meiner alten Blusen, gekauft in einem kleinen Badeort an der Grenze zu Italien, eins der wenigen Kleidungsstücke, die Mama mir erlaubt hatte selbst auszusuchen. Ich dachte, dass die Bluse ihr gut stand, dass sie zu der lila Hose passte. Zu den Schuhen, die blinkten, als sie einen Schritt zur Seite trat.

»Du bist also Therese«, sagte ich.

Sie nickte.

»Ich bin Elin«, sagte ich und reichte ihr die Hand, begrüßte sie wie einen erwachsenen Menschen. Ihre Fingerchen lagen schlaff in meiner Faust.

»Es ist schön, dass jemand das alte Spielzeug brauchen kann«, sagte ich. »Ich habe noch andere Sachen von früher, als ich klein war. Hast du Lust, sie dir mal anzusehen?«

Sie nickte, schaute zu Ola hoch, um sich davon zu überzeugen, dass sie das durfte. Ich ging ins Wohnzimmer, sie kam hinterher, wirkte erleichtert darüber, dass es zwischen uns jetzt eine gewisse Ordnung gab. Ich zog eine der Puppen aus meinem Koffer, die Papa aus Japan mitgebracht hatte.

»Guck mal«, sagte ich. »Möchtest du damit spielen?«

Sie nickte.

»Das ist lieb von dir«, sagte Ola.

Therese setzte sich mit der Puppe auf den Boden, zog sie aus, was ich nie gedurft hatte. Sie zog sie an, zog sie aus, zog sie wieder an. Sie spielte so, wie ich es auch getan hätte.

»Du kannst sie gern behalten, wenn du möchtest«, sagte ich.

Wir saßen in den Sesseln, Ola und ich, plauderten, während wir Kaffee tranken, schauten hinüber zu dem Container, der jetzt fast voll war.

»Du, diese Kartons, die du bei mir zwischengelagert hast«, sagte Ola. »Die kann ich gern zu dir fahren, wenn du willst.«

»Nach Oslo, meinst du?«

»Ja, ich muss sowieso runterfahren, wenn das Buch erscheint. Und bestimmt auch schon vorher. Dann kann ich das Auto nehmen.«

Er schaute aus dem Fenster. Hatte die Pulloverärmel hochgeschoben, fuhr sich mit der Hand über den Oberschenkel.

»Wohnst du dann im Hotel?«, fragte ich.

»Ja, im Bristol.«

»Du kannst gern bei mir übernachten, wenn du willst.«

»In deiner Wohnung?«

»Ja. Wenn du willst.«

In dem Moment, in dem ich es ausgesprochen hatte, bereute ich es auch schon. Ich wusste, dass Ola gern im Bristol übernachtete, dass er nicht oft so verwöhnt wurde.

»Ich wohne gern bei dir«, sagte er.

»Sicher?«

Ola lachte.

»Oder war das nicht ernst gemeint?«

»Doch, doch, unbedingt.«

»Ich ruf dich an, sobald ich weiß, wann ich komme.«

Auch das war neu, dass Ola anrufen wollte. Das machte er sonst nie. Er schickte in der Regel einfach eine SMS, wenn er da war. Jetzt beugte er sich über den Tisch vor und drückte meine Hand, eine Geste, die sich unmöglich in irgendeine Richtung deuten ließ, aber meine Freude darüber ließ sich nicht unterdrücken.

Therese drehte uns den Rücken zu, achtete nicht auf mich. War in einer Welt verschwunden, in der es nur sie und die Puppe gab. Das erste Kind im Haus, nach mir.

»Ich hab ein bisschen in dem neuen Buch gelesen, als ich bei dir war«, sagte ich zu Ola.

»Das hatte ich gehofft«, sagte er. »Deshalb hatte ich es dorthin gelegt.«

»Was du da geschrieben hast, ist schön. Über Vegard. Ich weiß nicht, ob ich es geschafft hätte, ihn so zu beschreiben. So lebendig. Nicht aus der Erinnerung.«

»Ich kann mich auch nicht an ihn erinnern«, sagte Ola. »Nicht an sein Aussehen jedenfalls oder seine Stimme, all diese Dinge verschwinden einfach. Aber das Gefühl, mit ihm zusammen zu sein, daran erinnere ich mich.«

Ich schaute zur Couchgarnitur hinüber, zu dem Umriss des Ölgemäldes, das einmal dort gehangen hatte.

»Ich weiß auch noch, wie es war, Brüder zu haben«, sagte ich. »Das verschwindet nicht.«

»Tut das weh?«

»Nein. Es ist eigentlich ziemlich schön. Ich bin noch immer die kleine Schwester. Was wehgetan hat, war, über sie hinauszuwachsen.«

Ich drehte mich um und sah Ola an. Fragte mich, ob er weitere Kinder wollte, aber ich brachte es nicht über mich, ihn danach zu fragen. Er nahm seine Kaffeetasse vom Tisch, trug sie in die Küche, ging zu Therese und sagte, sie müssten jetzt fahren. Ich brachte sie zum Auto. Therese saß ganz ruhig im Kindersitz, während Ola sie anschnallte. Dann schloss er die Tür und legte die Arme um mich. Drückte mich nicht, es war einfach eine Umarmung, eine nette Geste. Sie dauerte viel länger als gewöhnlich. Dann fuhren sie los.

Im Haus waren Fotograf und Stylistin dabei, zusammenzupacken. Sie hatten den Zierkram aus dem ersten Stock entfernt, die Lampen zusammengeklappt und in schwarze Säcke gesteckt, jetzt konnten sie hinausgetragen werden. Im Erdgeschoss waren die Wohnzimmer noch immer mit allem aufgetakelt, was die Stylistin bei sich gehabt hatte, so seltsam fremd, wie sie es auch bei den neuen Besitzern sein würden. Bald würden auch andere Bilder an den Wänden sein, andere Fingerabdrücke an den Türen, Kerben im Parkett, deren Vorgeschichte ich nicht kannte. Aber das war in Ordnung. Es war nicht mehr mein Haus.

»Was meinen Sie?«, fragte die Stylistin, die offenbar auf einen Kommentar gewartet hatte.

»Sie haben wirklich einen super Job gemacht«, sagte ich.

Sie nickte, warf einen Blick auf die Vasen und die geliehenen Kissen, nahm alles in sich auf, wie wenn eine Kamera in einer dieser Fernsehsendungen über frisch renovierte Räume fegte. Danach drehte sie sich mit blanken Augen zu mir um, offenbar gerührt von ihrem eigenen Tagewerk.

»Oh du meine Güte«, sagte sie. »Wollen Sie das alles wirklich verkaufen?«

Frühjahr 2008

Was nicht gestohlen oder verbrannt ist, findet sich wieder ein, sagte meine Großmutter immer. Sie meinte damit Gegenstände, die verschwunden waren, wie Ohrringe, die hinter Sofakissen landeten, Knöpfe, die auf den Boden kullerten, Schals, die unbemerkt vom Stuhlrücken rutschten. Da lagen sie dann und warteten darauf, gefunden zu werden, während Menschen sich nichts ahnend daraufsetzten, sie mit der Schuhspitze anstießen, sie aufhoben und sie in einen Karton mit der Aufschrift »Vergessene Sachen« legten. Als kleines Kind dachte ich oft, dass Oma recht hatte. Immer wenn ich ein Haargummi oder einen Aufkleber in einem der Legokästen meiner Brüder fand, fiel dieser Spruch mir wieder ein, denn die Dinge hatten ja die ganze Zeit dort gelegen, sie hatten sich nicht auf unerklärliche Weise in Luft aufgelöst. Selbst jetzt, während ich nach einem Armband suchte, das ich sehr lange nicht mehr benutzt hatte, glaubte ich Oma zu hören, in der Wohnung, in der sie bis zu ihrem Tod gelebt hatte und die jetzt mir gehörte.

Ich suchte im Schmuckkasten, im Badezimmerschrank, in der kleinen Schlüsselschale im Flur, aber am Ende gab ich auf. In der Einladung der französischen Botschaft hatte gestanden, der Empfang werde pünktlich beginnen, ich geriet langsam in Zeitdruck, obwohl ich alles schon am Vorabend zurechtgelegt hatte: eine lange Hose, eine schlichte Bluse, schwarze Schuhe.

Wie immer hatte ich mich genau an die Einladung gehalten, nicht wie Katinka, die sich nach Lust und Laune anzog, die nicht einmal die Wettervorhersage checkte, ehe sie sich für ein Outfit entschied. In meinem Schrank hatte ich unzählige Varianten der gleichen Kleidungsstücke, Blusen, Hosen, Pullis, Kleider und Schuhe, die alle Ähnlichkeit miteinander hatten; alles, was ich besaß, hing dort, sorgsam durchdacht. Katinka war die Erste gewesen, die mich deshalb gelobt hatte, sie hatte gesagt, es bedeute, den eigenen Stil gefunden zu haben, sich mit sich selbst wohlzufühlen. Sieh dir bloß mal Karl Lagerfeld an, sagte Katinka, der hat in diesem Jahr acht Kollektionen entworfen und war doch jeden Tag gleich gekleidet.

Ich stakste die Treppe hinunter, als das Taxi klingelte, hob meine Hose etwas an. Die Schuhe hatte ich mir als Einstand in der Redaktion selbst zum Geschenk gemacht. Wenn ich aufrecht stand, verschwanden sie unter den Hosenbeinen, und ich sah viel größer und schmaler aus, als ich war. Ich konnte in den Schuhen zwar nicht gehen, aber das machte nichts, ich musste ja nicht gehen, ich musste einfach nur dastehen und Häppchen essen, sobald ich den kleinen gepflasterten Weg zur Residenz des französischen Botschafters hinter mich gebracht hätte, und dieser Weg lag sauber und eisfrei da, in der ansonsten verschneiten Villengegend.

Katinka wartete mit einem Glas in jeder Hand auf mich. Sie hatte sich darum gekümmert, dass ich eine Einladung bekam, ich sprach schließlich Französisch, wie sie betonte, außerdem meinte sie, es würde mir guttun, mal aus dem Büro herauszukommen. So betrachtete sie die meisten Veranstaltungen und Reisen, zu denen wir eingeladen wurden: eine Art Entschädigung für die vielen Stunden, die wir in unserer öden Bürolandschaft verbrachten. Katinka trug graue Jeans, die sie in ihre hohen Stiefel gesteckt hatte, und darüber etwas, bei dem es sich auch um das Oberteil eines Ballkleids hätte handeln können. Ein Dutzend Blicke fegte über sie hinweg, als wir den Salon betraten, Katinkas Anblick hatte auch eine Wirkung auf die anderen Anwesenden. Sie nahmen kleinere Korrekturen an ihrem Outfit vor, schoben ein Schmuckstück zurecht, zupften an einem Ohrring, zogen die Ärmel eines Sakkos hoch. Es lag eine gewisse Anstrengung in dieser Performance, die den gesamten Raum erfüllte.

»Ich glaube, das hat auch meine Großmutter benutzt«, sagte Katinka und nahm eins der Parfüms in die Hand, die hier gefeiert werden sollten.

Ich hatte mich wie üblich vorher schlaugemacht, wusste, dass dieses Parfüm auf dem Nachttisch von Filmstars und Musikern gestanden hatte, dass es eine Zeit lang der offizielle Duft am Königshof gewesen war. Aus Anlass des aktuellen Jubiläums lancierten die Hersteller nun ein Herrenparfüm, über das wir, so hofften sie, dann schreiben würden.

»Du musst für Ola eine Flasche mitnehmen«, sagte Katinka.

»Ja, vielleicht«, sagte ich.

»Glaubst du, das ist sein Ding?«

»Doch, bestimmt.«

Ich wusste nicht, ob Ola sich über Parfüm freuen würde. Das war nicht ausgeschlossen, aber vielleicht würde er es auch für albern halten. Er hatte in meinem Badezimmer eine Flasche Aftershave stehen, die war nach seinem dritten Besuch dort aufgetaucht, zusammen mit einem Deo und einer Zahnbürste, ich sah sie mir gern an, wie sie da auf der kleinen gläsernen Ablage über dem Waschbecken standen, wenn er nicht da war. Olas Sachen, die ihren Platz behaupteten.

»Ist er jetzt bei dir zu Hause, oder was?«, fragte Katinka.

»Nein, aber er kommt heute Nachmittag«, sagte ich. »Er wollte von Trondheim herfahren. Er war bei Therese.«

»Und da ist er alle zwei Wochen?«

»Nein, so eine Regelung haben sie nicht. Therese ist erst fünf, also wohnt sie bei ihrer Mutter. Aber Ola sieht sie, so oft er kann.«

»Verstehe.«

Ich sah Katinka an, dass sie rein gar nichts verstand. Schon seit ich sie kennengelernt hatte, erzählte ich von Ola, aber nur ab und zu, und immer wie von einem Menschen, der in meine Kindheit gehörte, eine alberne Jugendverliebtheit, die ich längst abgeschrieben hatte. Erst seit einigen Monaten tauchte er regelmäßig in unseren Gesprächen auf, so, wie er auch in meiner Wohnung auftauchte, schon zwei Wochen nachdem ich aus Finneide zurückgekommen war, hatte er zum ersten Mal bei mir übernachtet. Ich hatte das Bett im Gästezimmer für ihn bezogen, aber das wurde niemals benutzt. Obwohl Oma nicht mehr dort wohnte, schien ihr Geist über uns zu schweben, uns mit Wein vollzuschütten, uns wieder mutig zu machen. Diesmal war es Ola, der mich küsste. Nicht mit diesen lieben und freundlichen Küssen, die er mir schon gegeben hatte, als ich noch ein kleines Mädchen war, sondern mit einem Kuss, der etwas verlangte, der zugriff.

»Ist sein Buch denn gut?«, fragte Katinka.

Ich nickte.

»Deshalb war er so oft hier, weil das Buch sich so gut verkauft. Es wird wohl auch ins Schwedische und Dänische übersetzt.«

»Aber er kommt doch sicher auch, weil er dich sehen will?«

Ich wusste nicht, ob Ola wirklich kam, weil er mich sehen

wollte, aber Katinka sollte das ruhig glauben. Es lag eine gewisse Spannung darin, dass er einfach auftauchte, in meiner Wohnung hin und her lief und machte, was er wollte; er war ja schon so oft dort gewesen, schon, als Oma dort noch gewohnt hatte. Seine Tasche stand immer im Gästezimmer. Aber dort schlief er nie, er ging nur hinüber und holte sich, was er brauchte, Dinge, die er manchmal dort zurückließ und von denen ich mich fragte, ob er sie ganz bewusst bei mir deponierte.

Katinka hatte sich mit Ende zwanzig mit jemandem verlobt, den sie während des Studiums kennengelernt hatte, ihr Mann war Jurist und arbeitete bei einer Reederei und verdiente viermal so viel wie sie. Das war auch der Grund, warum Katinka Klamotten, Taschen und Schuhe von internationalen Modelabels kaufen konnte, von denen wir oft Bilder in der Zeitschrift brachten, die sich sonst aber niemand aus der Redaktion leisten konnte.

»Ich muss unbedingt das Buch lesen«, sagte sie.

»Ich kann dir ein Exemplar mitbringen. Ola hat ein paar in der Wohnung gelassen. Er hat nichts dagegen.«

Das Mikrofon piepte, als der Botschafter es einschaltete. Er hieß uns zu diesem Empfang willkommen, sprach über die Geschichte des Parfüms in seinem Heimatland, über seine gesellschaftliche und kulturelle Bedeutung, erhob es über seinen profanen Status als Produkt heraus und machte es zu etwas Umfassenderem, Größerem. Danach kam er zu uns, und wir wechselten ein paar Worte auf Französisch. Ich sah, dass Katinka davon beeindruckt war, auch wenn ich bei einer Verbform völlig falschlag und mich in einem Satz verirrte, aus dem ich keinen Ausweg fand. Irgendwann zog sie mich zu einem Tisch am Fenster, wirkte seltsam still. Es war ungewohnt, sie so zu sehen. Sonst war das meine Rolle.

»Ich muss dir etwas erzählen«, sagte sie und setzte sich. »Du darfst es aber niemandem verraten.«

»Das sagst du immer. Du weißt doch, dass ich das nicht tue.«

»Ja, ja, das weiß ich. Ich wollte eigentlich warten, aber das schaffe ich einfach nicht.«

Sie zog den Stuhl näher heran und legte mir die Hand auf den Arm.

»Ich bin schwanger«, sagte sie.

Ich sah Katinka an, ihr Oberteil, das straff in der Jeans steckte.

»Meine Güte. Bist du sicher?«

»Ja, natürlich. Ich war gestern beim Arzt. Mein Stichtag ist im September.«

»Herzlichen Glückwunsch, Katinka. Das ist doch wunderbar!«

»Ja, findest du?«

»Natürlich finde ich das. Freust du dich denn nicht?«

»Doch. Ich war nur nicht sicher, wie du reagieren würdest.«

»Was hast du denn gedacht? Dass mich das traurig machen würde? Natürlich freue ich mich für dich.«

Katinka sah mich an. Ich kaute auf einem rosa Macaron herum, es wurde pappig und weich in meinem Mund.

»Shit, du darfst doch nichts trinken«, sagte ich und nahm ihr das Glas weg.

»Ich tu nur so. Trink du das.«

»Dann bin ich gleich betrunken. Das weißt du.«

»Zwei Glas kannst du ja wohl vertragen.«

»Warum hast du kein Mineralwasser genommen?«

»Ich will nicht, dass jemand es erfährt. Die Leute hier kriegen echt alles mit. Und ich bin erst in der elften Woche. Es kann also noch immer alles Mögliche schiefgehen.«

Ich nahm Katinkas Glas und wischte die Lippenstiftspuren ab. Es gab irgendeinen Trick, um zu verhindern, dass Lippenstift abfärbte, aber ich hatte vergessen, wie das ging. Jetzt begriff ich, weshalb Katinka in den letzten Wochen so abwesend gewesen war, als ob alles um sie herum – tragbare Kleiderständer, die Massen von Kollektionsmustern, die viele Schminke und die Pediküreprodukte, die uns in die Redaktion gesandt wurden – sie überhaupt nicht mehr interessierte.

»Ich finde, du solltest mich vertreten«, sagte Katinka.

»Als Chefredakteurin, meinst du?«

»Ja. Nur für ein paar Monate, ich will eigentlich nicht so lange aussetzen, und ich habe keine Lust, eine Fremde auf meine Stelle zu lassen, die sich einbildet, dass der Job eigentlich ihr gehört. Außerdem wäre das doch ziemlich naheliegend. Du bist doch schon Chefin vom Dienst.«

»Ich weiß nicht, ob ich große Lust dazu habe.«

»Deshalb will ich ja, dass du das machst.«

»Aber du kannst das nicht einfach entscheiden.«

»Nein, natürlich nicht. Die Entscheidung liegt bei der Verlagsleitung, aber ich werde deutlich sagen, was ich mir wünsche. Und du musst dich bereithalten, wenn du willst.«

Ich leerte Katinkas Glas. Dachte daran, dass ich schon für sehr viel praktische Arbeit für die Zeitschrift zuständig war, ich verteilte Aufgaben und gab gute Ratschläge, nahm die Texte entgegen und redigierte sie. Was mir Probleme machte, war der andere Teil, die Repräsentation, die Katinka so lässig erledigte, morgens früh in einer Radiosendung über Sonnenbrillentrends reden, in den Abendnachrichten über Pelztierzucht und Schlankheitsterror diskutieren, sich mit Anzeigenkunden treffen, von denen wir lebten, die Quellen, aus denen wir tranken und mit denen Katinka jede Woche zu tun hatte, während sie deren Produkte auf den Seiten unserer Zeitschrift verstreute wie Samenkörner in ein frisch umgegrabenes Beet.

»Du hast keine Lust«, sagte sie. »Das sehe ich.«

»Ich glaube nicht«, sagte ich.

Das Mikrofon wurde wieder eingeschaltet. Der Botschafter erinnerte uns daran, dass wir beim Gehen unsere Geschenketüten mitnehmen sollten. Die Tüten waren vor der Wand aufgestapelt, weiße Tüten mit einer Schleife, es lag in der Natur dieses Arrangements, dass wir etwas mit nach Hause nehmen durften, so, wie der Absender im Gegenzug einige Zeilen erwartete, eine Notiz zumindest, eine Viertelseite, wenn wir beschlossen, großzügig zu sein.

»Ich weiß, was du denkst«, sagte Katinka. »Ich werde dir helfen.«

»Dazu wirst du wohl keine Zeit haben. Du wirst zu sehr damit beschäftigt sein, Mutter zu sein.«

»Nicht so sehr, um dir nicht sagen zu können, was du zu tun hast.«

»Das sagst du jetzt.«

»Es ist mein Ernst. Und du brauchst nicht so sichtbar zu sein wie ich, wenn dir das Angst macht.«

Katinka sah ihre Hände an, sie trug dünne Reifen um das Handgelenk, die sie nicht selbst gekauft hatte, sondern die in schönen Schachteln mit ihrem Namen darauf in die Redaktion geschickt worden waren.

»Es wäre mir sogar lieber, wenn du das nicht wärst.«

Frau Arnesen fuhr gerade die Treppe herunter, als ich nach Hause kam. Sie hatte sich einen Treppenlift bis in den obersten Stock bauen lassen, wo sie wohnte, auf diese Weise konnte sie weiterhin ein und aus gehen, obwohl ihre Beine nicht mehr wollten, langsam kam sie das Geländer entlanggeschwebt. Frau Arnesen hatte immer in dieser Wohnung gelebt. Sie kam aus einer Familie von wohlhabenden Zahnärzten, denen einmal das ganze Haus gehört hatte, jetzt hatte sie nur noch den zweiten Stock, wo zwei Wohnungen zu einer großen Einheit mit einem Balkon an jeder Seite zusammengefasst worden waren. Einmal hatte ich einen Makler weiter unten in der Schønings gate gefragt, was die Wohnung wohl einbringen würde an dem Tag, an dem Frau Arnesen nicht mehr dort wohnte. Ich beschrieb ihm, wie die Wohnung aussah, betonte, dass eine Totalrenovierung nötig sein würde. Er hatte eine vorsichtige Einschätzung abgegeben. Wenn ich den Wert von Omas Wohnung und das Geld aus Finneide zusammennahm, könnte ich es schaffen, selbst mit der Renovierung, in meinen Gedanken war schon alles instand gesetzt. Das Haus war zwar noch nicht verkauft, aber Frau Arnesen hatte ihre Wohnung ja auch noch nicht verlassen, im Gegenteil, sie sah entmutigend frisch und munter aus, als sie mit einem kleinen Ruck am Ende des Geländers landete.

»Bei dem Wetter bist du mit den guten Schuhen unterwegs?«, fragte sie.

»Ich bin mit dem Taxi gekommen«, sagte ich und schob den Rollstuhl zu ihr hin, überlegte dabei, wie viel all diese Hilfsmittel und Dienstleistungen, die sie in Anspruch nahm, die Gesellschaft wohl kosten mochten.

Den Treppenlift hatte sie allerdings selbst finanziert, und das galt auch für die Heizkabel unter dem kleinen Stück Bürgersteig vor unserem Haus, das immer schneefrei blieb. Sie sagte nicht Danke, als ich ihr in den Rollstuhl half, nach einem langen Leben auf der Treppe fand sie wohl, eine Handreichung sei nicht zu viel verlangt, ich hielt auch die Tür für sie auf, ohne dass sie darum gebeten hätte, und sie fuhr aus eigener Kraft hindurch.

»Fast niemand trägt noch gute Schuhe«, murmelte sie, ehe sie den Rollstuhl anließ und mit der Hand auf dem Schaltknüppel über den Bürgersteig glitt.

Ich nahm die Post mit hoch in die Wohnung, steckte den Schlüssel ins Schloss und spürte das Gewicht der Wohnungstür, das geriffelte Glas, das eine Art Offenheit signalisierte, das in Wirklichkeit aber gar nichts verriet. Die zwei Gläser Sekt hatten mich träge gemacht. Es war keine gute Idee, so früh am Tag zu trinken, im Büro hatte ich überhaupt nichts mehr auf die Reihe bekommen. Während ich Wasser in die Badewanne laufen ließ, sah ich die Post durch, zwei Rechnungen waren dabei, eine Zeitschrift, die ich abonniert hatte, und schließlich ein Umschlag, auf dem mein Name und meine Adresse mit der Hand geschrieben waren.

Ich hielt den Umschlag ins Licht, um besser sehen zu können. Fragte mich, wer sich solche Mühe gemacht hatte, so schön zu schreiben, riss den Umschlag vorsichtig auf. Drinnen lag eine Einladung, so eine, wie man sie in großen Buchhandlungen kaufen kann, Teile der Information waren mit Füller eingetragen. Der Brief kam von Leif, Olas Onkel, der zum Geburtstag einlud. Er wurde siebzig. Ich ließ mich auf einen Stuhl sinken und schaute die kleine Karte an, versuchte, mich zu erinnern, wann ich Leif zuletzt begegnet war, es musste gewesen sein, als ich noch ein Kind war. Jetzt lud er mich zu seinem Geburtstag ein. Hatte Ola seinem Onkel von mir erzählt? Meinte er, wir sollten zusammen hingehen? Ich konnte es mir gut vorstellen, Ola und ich bei dieser erwachsenen Feier, im noblen Teil von Ullevål, denn dort wohnte Leif, das wusste ich.

Die Badewanne war jetzt fast voll, und ich zog mich aus, hätte gern Ola angerufen, gefragt, wann er kommen würde, aber ich wollte nicht zudringlich wirken. Kleine Inseln aus Badeschaum bildeten sich an der Oberfläche, ich legte mich hinein, ließ mich ganz und gar von ihnen bedecken. Als Oma noch lebte, hatten wir dieses Badezimmer geteilt, ich war in Unterwäsche ein und aus gelaufen, sie schloss immer sorgfältig die Tür ab, ich war froh darüber, denn ich wollte eigentlich nicht wissen, was sie dort drinnen machte. Andeutungen gab es genug, die vielen Salben und Cremes, Hornhautfeilen und Binden, sie waren verteilt auf Regalfächer und Ablageflächen. Es kam vor, dass ich Oma für einen kurzen Augenblick im Unterrock sah, die Brüste, die schlaff auf dem Bauch lagen, die Ellbogen, von denen die Haut abblätterte, die Haut voller graublauer Adern, ich wandte mich dann ab, wollte nicht sehen. Irgendwann kam sie heraus, fertig geschminkt und geföhnt, die Haare weiß und luftig, die Nägel hart und rot. Selbst an den Tagen, an denen sie nur zu Hause war, wenn niemand zu Besuch kam, saß sie in ihrem Sessel, gepudert und bereit, und sah genauso aus wie immer.

Es war Omas Vorschlag gewesen, dass ich bei ihr wohnen sollte. Ich hatte schon selbst daran gedacht, hatte aber nicht gewagt, es laut zu sagen, unsicher, ob sie überhaupt Lust hätte, ihr Zuhause mit einem Teenager zu teilen. Sechzehn Jahre alt, hatte ich bei ihr vor der Tür gestanden, mit zwei Koffern und einem Rucksack, bereit für einen neuen Anfang, und den machte ich auch, in der Oberstufe der Schule Fagerborg. Ich saß da mit meinem Akzent und meinem schweren Pony, dem Rucksack voller Geheimnisse, kam aus einem Ort, von dem niemand je gehört hatte, aus einer Familie, der niemand je begegnet war, Menschen, von denen ich manchmal redete, als ob sie noch lebten. Die Vergangenheit war etwas, das ich gestalten konnte, ich konnte sie neu erschaffen und erzählen, denn ich wusste, dass niemand aus meiner Klasse dorthin fahren würde, woher ich kam. In Oslo gab es nichts von meinem alten Leben, keine Freundinnen aus meiner Kindheit und keine unmöglichen Verliebtheiten, keine mitfühlenden Blicke oder verlassenen Jungenzimmer, nur die alte Dame, die ab und zu in ihrem sorgfältig geknöpften Mantel am Schultor auftauchte und mit mir nach Hause ging.

Meine Großmutter redete über die Königsfamilie und über das Wetter, darüber, was sie im Fernsehen sehen wollte, über fünfzehn waagerecht und zwanzig senkrecht, über rechte und linke Maschen. Nur ausnahmsweise sprach sie über Dinge, die schwierig waren, und wenn, dann immer in seltsam unpersönlichen Formulierungen. *Man fühlte sich vielleicht ein bisschen einsam. Es war möglicherweise ein wenig beschwerlich.* Ein seltenes Mal erwähnte sie meinen Großvater, den ich niemals kennengelernt hatte, er war schon vor meiner Geburt gestorben, als Mama und Onkel Rolf Teenager waren. Er war Fahrstuhlkontrolleur gewesen, das wusste ich, es kam noch immer vor, dass ich seinen Namen sah, wenn ich in alten Mietshäusern in der Innenstadt Fahrstuhl fuhr. *Überprüft von E. Øverby* stand auf einer kleinen Plakette, das ist mein Großvater, sagte ich dann und zeigte darauf, wenn jemand bei mir war. Ich wusste nicht viel über Einar Øverby, nichts darüber, wie er und Oma miteinander gelebt oder wo sie einander kennengelernt hatten, denn darüber sprach sie nie. Die Ehe war so, wie sie für andere ausgesehen hatte, der Witwenstatus eine Art Auszeichnung, die sie ans Revers heftete, für lange und treue Dienste als Ehefrau.

Als Oma gestorben war, rief ich Ola an. Er setzte sich in Trondheim ins Auto und fuhr noch am selben Abend nach Süden, kam zu mir, während Mama und Rolf im Flugzeug über dem Atlantik saßen. Er blieb auch noch nach der Beerdigung, half mir, Omas Sachen auf den Dachboden zu bringen, die vielen Dinge, von denen ich mich nicht trennen konnte, weil sie mir so sehr fehlte. Die Wohnung gehörte jetzt mir. Ich musste dafür sorgen, dass sie auch so aussah. Mama gab mir Geld für IKEA. Du kannst doch nicht in einem Altersheim wohnen, sagte sie, kauf dir ein Sofa und einen Tisch, Möbel, die zu dir passen. Stundenlang wanderte ich durch das große Möbelhaus und suchte nach mir, nicht nach der alten Elin, sondern der neuen, die zwanzig Jahre alt und erwachsen war. Es gab dort Möglichkeiten, in den vielen Möbeln und Accessoires, aber ich fand es auch schrecklich anstrengend, am Ende ließ ich mich auf ein Sofa mit riesigen Kissen sinken, dachte, dass mir das Sofa gefiel, aber dann war ich doch nicht sicher. Vielleicht gab es mich überhaupt nicht dort in diesem riesigen Möbelhaus.

Mama kam zu Besuch, und wir gingen zusammen los. Sie benötigte nur zwanzig Minuten, um auszusuchen, was ich brauchte. Sie wusste, welches Bett und welchen Schrank ich haben müsste, welche Decken und Zierkissen, sie saß in der Küche und nähte auf Omas alter Nähmaschine Vorhänge, während Ola im Flur stand und Wände spachtelte. Diesmal blieb er bis zur Einweihungsparty, saß auf meinem neuen Sofa und sprach mit Leuten, die ich an der Uni kennengelernt hatte, und mit einigen alten Klassenkameraden vom Fagerborg. Ich räumte Gläser und Aschenbecher weg, fand es anstrengend, eine Party zu geben, wollte keine neuen Flecken in der Wohnung, jetzt, wo ich die alten los war. Als die letzten Gäste gegangen waren, half Ola mir beim Aufräumen. Am Ende bestellte er sich ein Taxi, um zu Leif zu fahren, ich bot ihm an zu übernachten, aber das wollte er nicht, er hatte damals in Trondheim eine neue Freundin, das erfuhr ich von Sara.

Ich war ihr einmal begegnet, dieser Freundin, als ich mit der Straßenbahn zum Buchladen Tronsmo gefahren war, wo Ola zusammen mit zwei anderen Debütanten interviewt wurde. Er hatte mir das Buch mit der Post geschickt, zusammen mit einem Zettel, auf dem er die Buchvorstellung erwähnte, er schrieb, es wäre nett, wenn ich kommen könnte. Ich war nicht zum ersten Mal in diesem Buchladen, war schon einmal mit der Straßenbahn hingefahren, um ein Buch von einem Beat-Autor zu kaufen, von dem mein Englischlehrer begeistert gewesen war, sie hatten ein eigenes Regal für diese Art Literatur. An jenem Abend saß Ola vor diesem Regal, zusammen mit einem Typen aus Stavanger und einem aus Tønsberg, ich war nervös seinetwegen, heiß und verschwitzt, schon als ich zur Tür hereinkam, dachte, er würde vielleicht anders aussehen, aber das tat er nicht. Ola war er selbst. In der ersten Reihe saß seine Freundin, groß und dünn, alles an ihr war irgendwie schlaksig, sie war viel hübscher als ich, aber ich wurde deshalb nicht eifersüchtig. Ich hörte zu, wie Ola über das Schreiben sprach, darüber, wie er mit dem Text gekämpft hatte, wie er in seinem Zimmer gesessen und sich als etwas ganz anderes gefühlt hatte als das, was die Leute sahen, als Autor. Und da begriff ich, dass es das Schreiben war, dem immer Olas größte Hingabe gelten würde.

Ich hörte jetzt seine Schritte im Hausflur, den Schlüssel im Schloss, den er bekommen hatte, damit er kommen und gehen könnte, wie er wollte. Anfangs ließ er ihn immer liegen. Beim vorigen Mal hatte er ihn mitgenommen, jetzt hörte ich, wie die Tür geöffnet wurde, ein dumpfes Geräusch, als irgendetwas Schweres die Zementfliesen traf.

»Hier drinnen«, sagte ich. »Im Badezimmer.«

Ola lehnte sich, noch in der Jacke, an den Türrahmen.

»Hier bist du?«

Sein Lächeln machte mich plötzlich verlegen. Ich ließ meinen Körper tiefer unter die Schaumflocken sinken.

»Katinka und ich waren bei einer Parfümpräsentation. Bist du gut durchgekommen?«

»Ja, kein Problem. Ich hab alle Kartons mitgebracht. Wo sollen sie hin?«

»Ins Gästezimmer.«

»Ich hol die letzten noch aus dem Auto. Bleib du nur in der Wanne.«

Er lief mit leichten Schritten die Treppe hinunter. Brachte die beiden letzten Kartons. Das Gemälde war das Einzige, bei dem ich gesagt hatte, er solle es noch stehen lassen, ich wusste nicht, wo ich es haben wollte, dachte, dass es einen Winter auf Olas trockenem Dachboden doch sicher vertragen könnte.

»Ich hab heute Post von deinem Onkel bekommen«, sagte ich. »Einladung zum Siebzigsten.«

»Ja, stimmt. Onkel Leif wird siebzig.«

»Hast du keine bekommen?«

»Doch, bestimmt. Die liegt wohl im Briefkasten.«

»Du gehst doch hin?«

»Ja, klar. Ich dachte, wir könnten zusammen gehen.«

»Dann musst du mir helfen, ein Geschenk für ihn zu kaufen.«

»Mit so was kennst du dich doch aus.«

»Aber ich kenne ihn ja gar nicht. Als ich ihm zuletzt begegnet bin, war ich noch nicht mal erwachsen.«

»Wir können vielleicht zusammen ein Geschenk aussuchen?«

Ich sah das Geschenk vor mir, von irgendeinem Verkäufer eingepackt, während Ola und ich warteten. Eine kleine Karte mit unseren Namen. Von Ola und Elin. Das hatte etwas Ordentliches. Etwas Solides.

Ola zeigte auf die Tüte im Flur.

»Was ist das?«

»Ein Herrenparfüm. Das hab ich für dich mitgebracht.«

»Für mich?«

Ola nahm die Schachtel mit dem Parfüm aus der Tüte, wirkte erstaunlich vorfreudig. Er riss das Siegel ab und öffnete den Flakon, hielt ihn sich an die Nase und roch daran. Am Ende ließ er sich auf den Hocker neben der Badewanne sinken und fing an, aus der Pressemitteilung vorzulesen.

»Hier steht, dass es nach Wald riecht«, sagte er. »Zeder, Limone, Minze, Rum und Bergamotte. Der Duft gibt dem Begehren die Zügel frei, erlaubt es dem Mann, sich gehen zu lassen und der zu sein, der er ist, sodass er seinen tierischen Instinkten folgen kann, wenn er will, ohne sich Fesseln anlegen lassen zu müssen.«

Ola lachte laut. Das Lachen hallte von den Fliesen wider. Ich konnte selbst hören, wie albern es war, was er da vorlas, dennoch konnte ich nicht mitlachen, sondern fühlte mich beleidigt. Ich wurde sauer und übellaunig, wie ich da in der Badewanne lag.

»Es riecht gut«, sagte Ola und versprühte Parfüm im Raum, als ob er ein Kleidungsstück imprägnieren wollte.

»Wie schön, dass du das findest.«

»Entschuldigung. Ich wollte mich nicht darüber lustig machen.«

»Ist schon gut. Ich weiß, dass das ziemlicher Bullshit ist.«

»Das ist deine Arbeit.«

Er stellte das Parfüm weg und beugte sich über die Wanne, fuhr mit der Hand über meine Wange. Seine warme Hand wanderte weiter zu meiner Stirn, strich mir die Haare aus den Augen, es fühlte sich so gut an. Ich liebte diese Hände so sehr.

»Katinka ist schwanger«, sagte ich.

»Alles klar.«

»Was denn?«

»Na ja, du wirkst ein bisschen schlecht gelaunt.«

»Nein, ich freue mich. Freue mich für sie.«

»Natürlich freust du dich. Aber du denkst vielleicht, dass das jetzt auch für dich Konsequenzen haben wird, oder?«

Ich richtete mich halbwegs auf. Für einen kleinen Moment hielten wir die Köpfe aneinander, die Wangen feucht vom Dampf.

»Sie will mich als Vertretung«, sagte ich.

»Willst du das denn auch?«

»Ich weiß nicht. Ich glaube, ich bin vielleicht nicht dafür geeignet.«

»Es ist doch nicht für sehr lange, oder?«

»Nein. Nur für ein halbes Jahr.«

»Könnte doch eine schöne Herausforderung sein. Danach eröffnen sich dann vielleicht andere Chancen.«

»Aber mir gefällt meine Arbeit so, wie sie ist, Ola. Außerdem müsste ich ja auch für mich selbst eine Vertretung finden. Das wäre alles so anstrengend.«

»Ach, das klappt schon. Kennst du nicht einen ganzen Haufen Journalistinnen?«

Ola knöpfte seinen Hemdsärmel auf, steckte die Hand ins Wasser und strich über meinen Bauch. Wie ein kleiner Fisch schwamm die Hand hin und her, stahl sich nach unten, wusste genau, wohin sie wollte.

»Wann gehst du in den Verlag?«, fragte ich.

»Wie meinst du das?«, fragte er.

»Bist du nicht deshalb gekommen?«

Ola lächelte.

»Nein«, sagte er.

Der Makler rief mitten in den Fernsehnachrichten an. Ich ging zum Telefonieren ins Gästezimmer, setzte mich an den Schreibtisch und kritzelte ein bisschen auf einem Notizblock herum, den Ola dort hingelegt hatte. Es sei ein neues Gebot eingegangen, sagte der Makler, noch immer unter unserer Preisforderung, aber besser als das vorige. Ich war erleichtert, als er das sagte, denn es dauerte schon viel länger, das Haus zu verkaufen, als ich erwartet hatte. Ich sagte ihm, unser Preis sei vielleicht zu hoch gewesen, dass es in der Gegend vielleicht nur ein begrenztes Interesse an dieser Art von Haus gebe und dass ich diesmal vielleicht zuschlagen solle. Der Makler antwortete, das Gebot sei an sich akzeptabel und die Interessenten seien mir bekannt, das dürfe er mir erzählen. Wenn er das richtig verstanden habe, sei ich ja mit ihnen aufgewachsen. Nina und Stian Nilsen. Sie wohnten in Utsikten, sagte er, in einem Haus, das sie durch Renovierungen auf einen sehr hohen Standard gebracht hätten.

Ich stellte mir vor, wie Nina und Stian den Hang zu unserem Haus herabgefahren kämen, mit all ihren Habseligkeiten, wie sie vor der Gartenmauer hielten und alles ins Haus schafften, sich dort häuslich niederließen. Aller Wahrscheinlichkeit nach würden sie alles herausreißen. Die Fliesen im Badezimmer. Den Kamin in der Bibliothek. Die Kücheneinrichtung, die sich absolut nicht mit der messen konnte, die sie jetzt hatten. Ich sagte dem Makler, ich wolle die Sache überschlafen, und er sagte, das verstehe er gut, es sei eine große Entscheidung, kein Grund, etwas zu übereilen.

Durch die Tür sah ich Ola auf dem Sofa, mit der Kaffeetasse in der Hand. Dreimal in diesem Winter war er nach Finneide gefahren, um Schnee vom Dach zu schaufeln. Wir konnten so nicht weitermachen, das wusste ich, dennoch merkte ich jetzt schon, dass ich das Haus nicht Nina und Stian überlassen wollte.

Ich nahm den Deckel von einem der Kartons, die Ola mitgebracht hatte. Darin lagen die alten Fotoalben, mit denen Mama sich solche Mühe gegeben hatte, für jedes Jahr, in dem wir eine fünfköpfige Familie gewesen waren, eins. Es gab Bilder von Vegard und Thomas auf der Schaukel im Garten, von Ola und mir auf einer Schneewehe, es war in der letzten Maiwoche, und von Onkel Rolf und Tante Barbara in Liegestühlen unter der Birke mitten im Juli. Tante Barbara trug wogende Sommerkleider und auffälligen Schmuck, Onkel Rolf hatte Mokassins an, den ganzen Sommer lang ohne Socken, er und Papa rauchten Zigarren, während Mama ihnen von einem Tablett Drinks servierte. Katinka hatte mich einmal gefragt, ob es mich nicht traurig machte, alte Bilder meiner Familie anzusehen, aber das war nicht so, stattdessen verspürte ich eine Art Erleichterung. Meine Kindheit erschien mir manchmal wie etwas, das ich nur geträumt oder mir zusammengereimt hatte, etwas, das bewiesen werden musste, für mich selbst und für andere, wieder und wieder, und die Fotoalben waren Beweise.

In der Regel fotografierten Mama oder Papa, nur ausnahmsweise waren sie beide auf dem Bild, das war schwieriger, sie mussten den Selbstauslöser einstellen oder andere fragen, wie einmal an einem Sommertag auf einem Rastplatz bei Stjørdal, als wir an einem schweren Holztisch mit festmontierter Bank saßen, auf den Mama eine Tischdecke gelegt hatte. Das machte sie immer, wenn wir am Straßenrand aßen, die anderen Touristen sahen uns an, diese Dame im langen Sommerkleid und mit lackierten Nägeln, die mit Tellern und Servietten deckte und die Servietten in die Gläser steckte, damit sie nicht weggeweht wurden. Ich saß da und wagte nicht, aufzuschauen, wusste nicht, ob sie lächelten, weil sie uns seltsam fanden oder weil sie auch selbst gern eine Tischdecke gehabt hätten.

Das letzte Album war kleiner als die anderen, ich konnte mich nicht erinnern, es schon einmal gesehen zu haben. Als ich darin blätterte, stellte ich fest, dass es aus der Zeit stammte, ehe Thomas und ich geboren worden waren, als Vegard noch ein Baby war. Die Bilder stammten offenbar aus einer Großstadt, Mama war anders gekleidet als sonst, sie trug lange Kleider mit schmalen Trägern und einem hohen Schlitz, durch den ihre Beine zu sehen waren, als wäre sie aus einer Zeitschrift ausgeschnitten. Auch Papa sah anders aus, er trug eine doppelreihige Jacke und eine Hose mit Schlag, dazu Schuhe mit Blockabsätzen, die ihn noch größer machten. Es war, als ob jemand ihn mit Farbe und Glitzer bestreut hätte. Vegard trug eine Strampelhose. Er füllte sie ganz und gar aus. Auf fast allen Bildern waren sie zusammen, zu dritt.

»Gibt's was Neues?«

Ola stand in der Tür.

»Jemand hat ein Gebot gemacht.«

»Ein gutes?«

»Ja, das waren Nina und Stian.«

Ola ging zum Schreibtisch, sagte nichts, überließ mir alles, was mit dem Haus zu tun hatte. Manchmal hätte ich ihn gerne gefragt, ob er nicht nach Trondheim ziehen wollte, um seine Tochter jeden Tag sehen zu können, mehr da zu sein, wenn sie in die Schule käme und später ins Teenageralter, um sie auf dem ganzen Weg ins Erwachsenenleben zu begleiten. Ich tat es nicht, denn es ging mich nichts an. Ich war nur froh, dass ihre Mutter, Mari, in Trondheim wohnen bleiben wollte, dass sie offenbar nicht vorhatte, nach Bjerka zurück zu ziehen, denn das hätte Olas viele Reisen in den Süden gestört, die immer bei mir zu enden schienen.

»Ist das Vegard?«, fragte Ola und zeigte auf das Album auf dem Schreibtisch.

»Ja«, sagte ich. »Als er ganz klein war. Das war vor mir und Thomas. Ich glaube, das ist in Paris, aber ich erkenne keinen der Orte, die wir dort immer besucht haben. Es steht auch nichts dazu im Album. Ich kann mich nicht erinnern, diese Bilder schon mal gesehen zu haben.«

»Wer hat sie aufgenommen?«

»Wie meinst du das?«

»Deine Eltern sind auf fast allen zusammen.«

Jetzt, wo Ola das erwähnte, sah ich es auch. Auf den meisten Fotos waren Mama und Papa zu sehen, immer mit Vegard zwischen sich, einige Male lässig und fast schläfrig, als ob irgendwer sie ganz zufällig eingefangen hätte. Hinter der kleinen Familie kroch ein dunkler Fleck über das Gras.

»Da ist noch jemand«, sagte Ola.

»Das sehe ich. Ein Schatten.«

»Ein Freund deiner Eltern vielleicht.«

»Ja, oder einfach jemand, der zufällig vorbeikam«, sagte ich. »Schau mal, hier ist er wieder.«

Wir sahen ihn, Ola und ich auch, den Schatten, der auf immer mehr Bildern auftauchte. Eine Person, die offenkundig dort war, die im Album aber trotzdem fehlte und kein Teil der Erzählung war, die beim Einkleben der Fotos entstand. Auf einem Bild saßen Mama und Papa in einem Restaurant, während Vegard in seinem Kinderwagen schlief. Am anderen Tischende stand ein halb voller Teller. Die Gabel ruhte auf der Kante. Die Serviette lag auf dem Stuhl. Eben noch hatte dort jemand gesessen.

»Gibt es Negative?«, fragte Ola.

»Nein, das musste ich alles wegwerfen«, sagte ich. »Aber warte mal kurz.«

Ich zog einen der anderen Kartons zu mir heran. Auf dem Boden, unter einer Schicht aus Kleidern, lag eine Serie von Dias in weißen Plastikschachteln, jedes Diafoto in einem eigenen Rahmen. Sie waren auf dem Dachboden aufbewahrt worden, zusammen mit den alten Negativen, die von Feuchtigkeit und Sonnenlicht zerstört worden waren, aber die Dias konnten mehr aushalten. Ich nahm eins heraus, versuchte, es ins Licht der Deckenlampe zu halten.

»Sieht man was?«, fragte Ola.

»Nur die Umrisse von Menschen. Ich kann nicht erkennen, wer das ist.«

»Was, wenn du versuchst, sie entwickeln zu lassen?«

»Oder wenn ich einen Projektor besorge?«

»Vielleicht haben sie einen in dem Gebrauchtwarenladen in der Jacob Aalls gate?«

»Daran hab ich auch gleich gedacht.«

Es wäre bestimmt auch möglich, Frau Arnesen zu fragen, sie hatte ihr ganzes Leben in diesem Haus verbracht, sicher war ihr Dachbodenraum voll mit altem Kram. Ich schaute auf die Uhr, dachte, dass sie um diese Zeit schlafen ging, sie aß immer gegen zwölf, denn sie bekam aus einem in der Nähe gelegenen Seniorenzentrum Essen auf Rädern.

»Ich kümmere mich später darum«, sagte ich und schob den Karton wieder unter den Schreibtisch.

Ich knipste das Licht aus, nun war das Arbeitszimmer dunkel. Ich legte Ola eine Hand auf den Arm, zog ihn halbwegs hinter mir her, aber er blieb im Türrahmen stehen.

»Was überlegst du?«, fragte ich.

»Dieses Zimmer«, sagte er. »Das gefällt mir. Vielleicht kann ich mich ein paar Tage zum Schreiben hierhin setzen.«

Ich sah Ola an.

»Meinst du, das würde klappen?«

»Ich weiß nicht«, sagte er.

Er lächelte, fast verlegen.

»Aber ich dachte, ich könnte es probieren.«

Katinka wurde krankgeschrieben, und die Verlagsleitung schickte mich zu einem Kurs für Führungskräfte. Sie wollten mich als Vertretung haben, sagten sie, und ich nahm das Angebot zögernd an, das Einstellungsverfahren bestand darin, dass der Geschäftsführer mich in sein Büro bestellte und mir erklärte, wie schwierig es wäre, für nur wenige Monate eine brauchbare Chefredakteurin zu finden. Er wolle mich gehaltsmäßig hochstufen, sagte er, aber nicht so hoch wie Katinka, da ich nicht so viel Erfahrung hatte wie sie, und in meinen Ohren klang das vernünftig. Im Führungskräfte-Kurs lernte ich, dass es nicht vernünftig war, ich hätte mehr verlangen müssen. Es war ein Kurs für Frauen, wir saßen im Kreis und teilten unsere Erfahrungen miteinander, in der Mitte thronte die Kursleiterin. Wie die anderen hatte ich mich so angezogen, wie es meiner Ansicht nach für angehende Führungskräfte in einem Kurs üblich war, ich trug einen schwarzen Blazer, den ich damals gekauft hatte, als Katinka mich zum Bewerbungsgespräch eingeladen hatte und mir aufgegangen war, dass ich nichts zum Anziehen hatte. Ich hatte den Blazer bei diesem Gespräch getragen, danach nie wieder, und jetzt hatte ich ihn wieder hervorgeholt, als ob darin eine Kraft läge, die beweisen könnte, dass auch in mir eine Chefredakteurin steckte.

Die Kursleiterin dozierte. Ich machte mir eifrig Notizen.

Das gefiel ihr anscheinend nicht, denn plötzlich kam sie auf mich zu und fragte:

»Was ist das für ein Stift?«

Ich sah den Kugelschreiber an, den ich mitgebracht hatte. Er war aus durchsichtigem Kunststoff mit einem blauen Käppchen, dem anzusehen war, dass ich daran genagt hatte.

»Mit so einem Stift kommst du vielleicht in Norwegen durch«, sagte die Kursleiterin. »Aber wenn du mit so was zu einer geschäftlichen Besprechung in Frankreich erscheinst, kannst du die Sache gleich vergessen.«

Ich begriff nicht, was die Kursleiterin meinte oder wie ich das in eine Notiz fassen sollte, also legte ich den Block weg und hörte zu. Die Kursleiterin sprach über Schuhe. Sie sprach darüber, wie Frauen sich anzogen und dass in diesen Entscheidungen Macht lag, für Frauen in höherem Grad als für Männer. Diese Macht konnten wir nutzen. Wir konnten auch beschließen, sie nicht zu nutzen, das Einzige, was wir nicht durften, war, nicht darüber nachzudenken. Wir durften nicht glauben, dass unsere Wahl in Bezug auf Schuhe und Kugelschreiber keine Rolle spielte.

Ich trug fast nie hohe Absätze, vor allem nicht im Büro, weil ich damit nicht durch die Sorgnfrigate zur Straßenbahnhaltestelle in der Valkyriegate schlendern konnte, was ich jeden Morgen tat. Katinka dagegen hielt sich jeden Tag acht Zentimeter über dem Erdboden. Sie wurde allerdings auch von ihrem Mann oder im Taxi zum Büro gefahren; ich glaube, in all den Jahren, seit wir uns kannten, hatte sie niemals eine Monatskarte besessen. Wenn sie die Bürotür öffnete, hatte sie bereits eine ihrer wichtigsten Aufgaben erledigt, nämlich, sich für diesen Tag anzuziehen, und dafür erntete sie Anerkennung und Bewunderung, nicht nur in der Redaktion, sondern überall, wo sie im Laufe des Tages auftauchte: bei Presseagenturen, in Fotostudios, in Besprechungsräumen, Taxis, Kantinen und dem Café an der Ecke, immer entwickelten sich Gespräche über irgendwelche Dinge, die sie gerade trug, zwanzig Minuten lang konnte sie über die Herkunft einer Hose oder über ein Paar Schuhe reden.

Dennoch betonte sie immer wieder, dass das, was wir machten, nicht wichtiger sei als zum Beispiel, sich schriftlich gut auszudrücken oder sich über die politischen Verhältnisse auf dem Laufenden zu halten. Wir dürften nicht vergessen, konnte Katinka sagen, dass wir nicht im Operationssaal arbeiteten. Und dann lachte sie laut. Aber in Wahrheit war Katinka durchaus eine Art Chirurgin. Sie untersuchte Menschen und setzte sie wieder zusammen, straffte und reparierte, das geschah mit den besten Absichten, um die Menschheit vor ihrer schlampigen Bekleidung und ihrem eigenen zweifelhaften Geschmack zu retten. Draußen auf den Straßen quälten sich die Menschen herum, sie fanden sich zu dick, zu klein, zu breit und zu groß – und wir hatten alle Antworten parat, alle kleinen Korrekturen, die ihnen helfen konnten, zu besseren und souveräneren Versionen ihrer selbst zu werden.

Meine Kolleginnen kommentierten das, was ich anhatte, nur selten, und wenn doch, dann immer ganz allgemein gehalten. Das steht dir aber gut, sagten sie zum Beispiel, so, wie man die Zeichnungen eines Kindes kommentiert, das seine ersten Striche auf Papier gemalt hat. Wenn sie untereinander sprachen, dann diskutierten sie über ihr Gebiet viel sachkundiger, es ging darum, woher die Sachen stammten, wer sie hergestellt hatte, woher die Inspiration geholt worden war und mit welchen anderen Designern das Kleidungsstück im Dialog stand. Ich freute mich über ihre gut gemeinten Bemerkungen, denn ich wusste, dass sie mir auf diese Weise ihre Sympathie zeigten, so, wie ich ihre Texte mit Smileys am Rand verzierte, wenn ich sie zurückgab. *Das ist schön!*, schrieb ich manchmal, auch wenn der betreffende Artikel verglichen mit anderswo erscheinenden Texten absoluter Durchschnitt war, genau wie meine Kleider.

An dem Tag, an dem ich als Chefredakteurin eingesetzt wurde, traf ich Ola im Hotel Bristol, um darauf anzustoßen. Er hatte den Vorschlag gemacht, war am Morgen aus Trondheim eingeflogen, um rechtzeitig zu einem Interview mit einem dänischen Journalisten in Oslo zu sein, und nun wartete er auf einem Sofa im Wintergarten auf mich. Wir bestellten Schnittchen und Kuchen. Ola bestand auf Champagner, obwohl es mitten am Tag war und niemand von den anderen Gästen Alkohol trank. Er sei stolz auf mich, sagte er, stolz darauf, dass ich Chefredakteurin geworden war, es hörte sich schöner an, wenn er es sagte, er, der Buchmensch: Als sei ich Chefredakteurin einer intellektuellen Literaturzeitschrift oder etwas in der Art, eine jener klugen und bedächtigen Gestalten, die empfindsamen Autoren erzählten, wie sie mit ihren Büchern Erfolg haben könnten.

Ich hatte wieder den Blazer angezogen, irgendwie ging ich davon aus, dass Chefredakteurinnen so etwas bei der Arbeit trugen, obwohl weder Katinka noch andere Kolleginnen, die entsprechende Posten innehatten, sich so kleideten. Ola sah ebenfalls anders aus als sonst, er hatte ein Sakko an, das er mit meiner Hilfe ausgesucht hatte, seine Schriftstellerjacke, wie er es scherzhaft nannte, das Sakko war aus Tweed und verlieh ihm gewisse Ähnlichkeit mit William Faulkner oder einem der anderen amerikanischen Autoren, die er bewunderte. Der Journalist, mit dem er sich verabredet hatte, war zu früh eingetroffen, er kam herüber und stellte sich vor, setzte sich dann an einen der runden Tische in der Bar, er war extra aus Kopenhagen gekommen, um mit Ola zu sprechen. Da sind wir beide ja mal richtig erfolgreich, kommentierte Ola zufrieden, während er mein Stück Marzipantorte aufaß, das ich nicht mehr schaffte. Mir komme es nicht so vor, sagte ich, jedenfalls nicht, was mich betreffe.

»Ich weiß nicht, ob ich das hier auf die Reihe kriege«, sagte ich.

»Natürlich tust du das«, sagte Ola. »Du musst es nur auf die Weise machen, die sich für dich richtig anfühlt.«

Ich nickte, dachte, das sei doch gerade das Problem, dass ich nicht wusste, was richtig war, dass die Nadel schon sehr früh aus dem Kompass gefallen war und dass ich jahrelang ohne Karte und Orientierungssinn umhergewandert war, ganz und gar mir selbst überlassen.

Bald drehte sich das Gespräch um Nina und Stian, die noch immer auf meine Entscheidung warteten. Ich hatte das erste Angebot abgelehnt, weil ich es zu niedrig gefunden hatte, es war leichter für mich, weil ich den Makler als Mittler benutzen konnte, aber am Vortag hatte Nina dann bei mir angerufen und gesagt, dass sie auch mehr bezahlen würden. Mir war klar, dass ich ihr ihrer Meinung nach entgegenkommen sollte, sagen, was ich haben wollte, wo der Kipppunkt lag, so formulierte sie das. Es hatte nichts damit zu tun, aber das konnte ich nicht sagen, ich wollte einfach nicht, dass die beiden dort wohnten. Als Ola mich fragte, warum ich so empfand, hatte ich keine gute Erklärung.

»Bist du ganz sicher, dass du das Haus nicht behalten willst?«, fragte er.

»Ja«, sagte ich. »Das ist es nicht.«

»Du willst nur nicht, dass sie es bekommen?«

»Richtig.«

»Wäre das denn nicht schön? Sie dort besuchen zu können?«

Ich erklärte Ola, dass es nicht schön wäre, von Nina und Stian in mein eigenes Haus eingeladen zu werden, auch wenn ich wohl kaum einen Fuß hineinsetzen würde, nachdem sie es übernommen hätten. Am Telefon hatte ich zu Nina gesagt, dass im Haus sehr viel zu tun sei, dass das Dach vermutlich komplett neu gemacht werden müsste und dass das mehrere Hunderttausend kosten würde. Sie sagte, das sei kein Problem, sie hätten das Geld, denn das Haus in Utsikten sei fast so viel wert wie unseres, jetzt, wo es fertig renoviert war. Ich konnte mir das nicht vorstellen, dass ein Fertighaus von der Sorte, die überall in der Gegend verstreut war, sich mit unserer von einem Architekten entworfenen Villa messen könnte. Das liege am Standard, sagte Nina, der sei unten bei uns wesentlich schlechter, aber sie und Stian hätten keine Angst davor, denn sie liebten Renovierungsprojekte.

»Vielleicht sollte ich es selbst renovieren?«, sagte ich zu Ola.

»Es instand setzen, ehe du es verkaufst, meinst du?«

»Das wäre doch vielleicht eine gute Idee. Auf diese Weise kann ich dann mehr herausholen.«

»Das Dach erneuern lassen und alles?«

»Warum nicht?«

»Hast du denn das Geld?«

Ich konnte nicht mehr von Mamas fünfzigtausend erzählen, ehe der Journalist zu Ola herüberschaute. Eine höfliche Erinnerung daran, dass es jetzt Zeit für das Interview sei. Ich hatte die Redaktion vor über einer Stunde verlassen, aber ich hatte es nicht eilig, ich sah Ola gern an, wenn er seine Antworten gab, wollte ihn so sehen, wie der dänische Journalist das tat.

Zu Studienzeiten war ich oft mit Mama, Oma und Onkel Rolf in dieses Hotel gekommen. Oma ging damals auf die achtzig zu, wir fuhren mit dem Taxi hin, sie schaffte es zu Fuß nicht mehr zur Straßenbahnhaltestelle in Majorstua. Wenn wir dort ankamen, wartete Onkel Rolf schon auf uns, ich ging hinterher und sah zu, wie Mama und er Oma die roten Treppenstufen hochbugsierten, sie durch die Türen in die Rezeption schoben. Onkel Rolf übernachtete nicht mehr bei ihr, wenn er nach Oslo kam, er nahm sich immer ein Hotel. Womöglich lag es daran, dass ich jetzt bei Oma wohnte, aber das glaubte ich eigentlich nicht. Er war eben gern mit seiner Mutter an solchen Orten, im Wintergarten im Bristol oder in der Dagligstue des Continental, wenn sie sich fein gemacht und alles Alte übermalt hatte. Sie hatte die Handtasche am Arm hängen, ihr Mantel war aufgeknöpft, allerdings trug sie keine Kopfbedeckung, weil sie sich mit Hut so schrecklich unmodern vorkam, sagte sie, aber mir war klar, dass Oma ihr Hut fehlte, die kleine Nadel am Hinterkopf, die alles festhielt. Bei jedem dieser Treffen war Oma älter geworden. Ich sah es nicht ihr an, sondern den Augen von Onkel Rolf.

»Bist du immer noch hier?«

Ola stand mit einer Zeitung unter dem Arm vor mir, war jetzt offenbar fertig.

»Ich hab gerade bezahlt.«

»Das wollte ich doch machen.«

»Das spielt ja wohl keine Rolle.«

»Aber wir haben doch auf *deinen* Erfolg angestoßen.«

Ich zuckte mit den Schultern, stand auf und nahm Olas Arm. Draußen blieben wir auf dem Bürgersteig stehen und machten ein bisschen miteinander rum, wie Teenager, das machte mich froh und ein bisschen verlegen, aber bei Ola wirkte es ganz natürlich. Als er ging, tat er es mit leichten Schritten, er hatte an seinem neuen Buch schon mehr verdient als an allen vorherigen zusammen, jetzt hatte er es geschafft. Ich schielte zu meinem Spiegelbild in einem Schaufenster hinüber, in den Läden war jetzt die Frühjahrsmode ausgestellt, auch wenn es noch kalt war. Ich dachte, so könnte ich nicht herumlaufen, ich müsste aufhören, Theater zu spielen, zog den Blazer aus und steckte ihn rasch in meine Handtasche. Ich fror den ganzen Weg zurück ins Büro, aber dieser Blazer, das war nicht ich.

An dem Abend, an dem König Olav starb, war Ola bei Oma und mir zu Besuch. Ich fand es mutig, dass er kam, in Anbetracht dessen, was beim vorigen Mal passiert war, als ich mich auf dem Sofa über ihn hergemacht und ihn mehr oder weniger in mein Zimmer genötigt hatte. Wieder und wieder durchlebte ich diese Erinnerung, ließ sie in meinem Kopf ablaufen wie einen kleinen Film; wenn ich mich abends hinlegte und die Augen schloss, konnte ich Olas Körper auf meinem spüren. Für ihn war das Erlebnis mit Schwierigkeiten verknüpft gewesen, er hatte damals eine Freundin in Trondheim, und die hatte er anlügen müssen, wie er sagte, obwohl ich ihn korrigierte und sagte, Verschweigen sei nicht dasselbe wie Lügen. Danach änderte sich die Stimmung zwischen uns, dennoch zog er sich nicht zurück, auch an diesem Nachmittag klingelte er an der Tür, als er nach Oslo gekommen war, um das Konzert einer Band zu besuchen, von der ich noch nie gehört hatte. Er brachte mir eine CD dieser Band mit, ich wusste, dass ich die nicht hören würde, trotzdem legte ich sie gut sichtbar auf meinen Schreibtisch, wie einen weiteren Beweis dafür, dass Ola mir gehörte und keiner anderen.

Oma servierte eine einfache Mahlzeit. Fischklöße in Currysoße, es war ein ganz normaler Dienstag, wir aßen in der Küche, und wie so oft redete sie über irgendeinen Ausschlag, den sie bekommen hatte, ein Thema, das nicht an den Esstisch gehörte, und über König Olavs angeschlagene Gesundheit, über die sie sich täglich informierte. Ich versuchte, das Gespräch in eine andere Richtung zu lenken, wusste, dass Ola für die Königsfamilie nichts übrighatte, diese Zierpuppen der norwegischen Gesellschaft, wie er sie nannte. Solche kritischen Sprüche führten zu Meinungsverschiedenheiten zwischen ihm und Oma, die die Königsfamilie fast wie entfernte Verwandtschaft betrachtete, Menschen, die wussten, wie man sich zu unterschiedlichen Gelegenheiten stilvoll kleidet, wie man gesellschaftliche Anlässe mit Anstand und Würde übersteht, wie man seine Ansichten für sich behält und auf diese Weise zu einer unumstrittenen und integrierenden Institution des öffentlichen Lebens wird. Ola verkniff sich dazu einen Kommentar. Er sagte nur, König Olav habe ein langes Leben hinter sich und man könne nicht erwarten, dass er hundert Jahre alt werden würde. Aber als wir den Blick hoben und Oma ansahen, begriffen wir, dass sie genau das vom König erwartet hatte.

Wir schalteten die Nachrichtensendung ein, die schon den ganzen Nachmittag lief, denn soeben war der Golfkrieg ausgebrochen, und die Entwicklung wurde die ganze Zeit aktualisiert. Ich sah, dass Oma sich dabei langweilte, dass sie fand, sie sei mit Kriegen fertig, aber sie wusste, dass Ola und ich auf dem Laufenden bleiben wollten. Als die Nachrichten in eine Diskussion übergingen, zog sie in ihren Sessel um und las die neueste Ausgabe einer Illustrierten, entfernte sich langsam von den Vorgängen auf dem Bildschirm. Ola und ich wurden immer nervöser, ich hätte gern eine Hand ausgestreckt und ihn berührt, aber er saß weiter von mir entfernt als sonst. Es würde sowieso nichts passieren, denn ohne den Wein und die Drinks, die Oma uns beim letzten Mal serviert hatte, war ich in dieser Hinsicht einfach mutlos. Stattdessen musterte ich Ola verstohlen, seine struppigen Haare, seinen Arm, der auf dem Sofarücken ruhte. Ich erreichte ihn nicht.

Er war gerade auf dem Weg in den Flur, als der Nachrichtensprecher meldete, Seine Majestät der König habe einen Herzinfarkt erlitten. Oma sank im Sessel in sich zusammen, schlug die eine Hand vor den Mund, die andere ruhte auf ihrem Schoß, während sie eine zusammengeknüllte Serviette umklammerte. Dann ertönte die Türklingel. Draußen stand Frau Arnesen, wartete nicht, bis sie hereingebeten wurde, marschierte einfach ins Wohnzimmer und teilte Oma mit, jetzt sei der König tot.

»Woher weißt du das?«, fragte Oma.

»Das haben sie auf TV Norge gesagt«, sagte Frau Arnesen.

»Aber im NRK sagen sie das nicht.«

»Die trauen sich nicht«, sagte Frau Arnesen.

Wir setzten uns wieder vor den Fernseher, Ola und ich mit Frau Arnesen zwischen uns. Im NRK las der Nachrichtensprecher die Nachrichten ganz normal vor und endete damit, dass die Nachrichtenredaktion den gesundheitlichen Zustand des Königs genau verfolgen werde, so wie auch die Entwicklung im Golfkrieg.

»Aber er ist doch tot!«, rief Frau Arnesen.

Ich konnte sehen, wie hart diese Worte Oma trafen. Sie murmelte leise, solange der NRK das nicht meldete, könne es nicht geschehen sein.

Dann kam der Wetterbericht. Und das Versprechen fortlaufender Aktualisierung. Es sollten noch mehrere Stunden vergehen, bis wir erfuhren, dass der König an diesem Abend auf seinem Landsitz verschieden war, dass das staatliche Fernsehen die Nachricht aber nicht zu melden gewagt hatte, da sie an gewisse Vorschriften gebunden waren: Der Nachrichtensprecher musste einen dunklen Anzug und einen dunklen Schlips tragen, die Wand hinter ihm musste schwarz verkleidet sein, auf dem Tisch mussten Lilien liegen, und nur bestimmte Sprecher waren befugt, die Todesnachricht zu verlesen, von denen jedoch an diesem Abend keiner im Dienst gewesen war.

Nach König Olavs Tod wurde Oma nie wieder die alte. Nicht dass an dem neuen König etwas auszusetzen gewesen wäre, er begegnete den Menschen mit derselben Mischung aus zeremonieller Höflichkeit und sympathischer Volkstümlichkeit wie sein Vater, aber er war so viel jünger als der alte König, schritt viel forscher aus, während Oma immer weiter zurückfiel. Ihre ganze Welt schien um sie herum zu zerbröseln, wenn sie mit Spazierschuhen und Mantel, die Tasche über dem Arm, die Haare unter einem Tuch, durch die Straßen ging. Seit über sechzig Jahren wohnte sie in dieser Gegend und fand sich doch nicht mehr zurecht. Es gab neue Läden, die Waren verkauften, unter denen Oma sich nichts vorstellen konnte, Produkte, deren Namen sie nicht aussprechen und mit denen sie noch viel weniger umgehen konnte, so, wie auch ihr eigener Name sich veränderte. Jetzt war sie Frau Øverby nur noch für ausgewählte Nachbarn und Bekannte, für alle anderen war sie ganz normal »du«, auf einer Ebene mit den Schulkindern an der Kasse, dem Mann, der im Laden arbeitete, dem Postboten, dessen tägliche Route so groß war, dass er die Menschen, denen er die Post brachte, gar nicht mehr alle erkannte, wenn er ihnen begegnete.

Auf Omas Beerdigung trug ich Strümpfe, obwohl es mitten im Sommer war. Ich hatte mir die Haare hochgesteckt und mich stärker geschminkt als sonst, ich hatte die Bluse bis oben zugeknöpft. Bei der Trauerfeier hielt ich eine Rede, meine Stimme war überraschend klar, ich sprach über Oma, die niemals gejammert hatte oder ungerecht gewesen war, die nichts von mir verlangt hatte, die Mahlzeiten kochte, die nicht besonders raffiniert oder köstlich waren, aber die mir schmeckten, weil ich sie mit ihr teilte. Während ich redete, sah ich Mama an, die immer wieder kurz und beifällig nickte, wodurch mir das Sprechen leichter fiel. Ich sah ein, dass der Mensch, über den ich sprach, ein anderer war als der, den sie gekannt hatte, dass meine Großmutter ein Mensch war und ihre Mutter ein anderer. Wen Mama eigentlich vermisste, als sie dort so saß, wusste ich nicht.

Wir trugen Oma zu sechst hinaus. Onkel Rolf und Mama vorn, in der Mitte zwei Freunde der Familie und am Schluss ich und Tante Barbaras Sohn, der extra aus Boston gekommen war, um Abschied zu nehmen, obwohl er Oma nicht besonders gut gekannt hatte. Ich war einundzwanzig Jahre alt. Zum ersten Mal verspürte ich den dringenden Wunsch, eigene Kinder zu haben. Ich sah Ola an, der dort in einem Anzug stand, der ein wenig zu eng war und den er wohl, nahm ich an, von einem Freund geliehen hatte, vielleicht war es auch ein alter von Arvid. Ich dachte, dass ich Ola loslassen müsste. Mich für andere Menschen öffnen. Es war zu früh, um Kinder zu bekommen, aber ich durfte auch nicht zu lange warten, das war mir klar in dem Moment, in dem die Tür des Leichenwagens geschlossen wurde und Omas Sarg hinter dem schwarzen Glas verschwand. Eines Tages würde ich die Welt auf die gleiche Weise verlassen. Wir würden das alle, und dann würde uns jemand tragen müssen. Dafür musste ich sorgen: dass jemand mich tragen könnte.

Ola war noch immer in der Stadt, als ich nach Hause kam. Der Treppenlift war oben, was bedeutete, dass Frau Arnesen zu Hause war. Ich hängte nur kurz Blazer und Tasche auf und ging dann in den zweiten Stock hinauf. In der Diele stand die Haushaltshilfe und zog sich an, ich warf ihr einen fragenden Blick zu, und sie zeigte zum Wohnzimmer hinüber. Dort lag Frau Arnesen und schlief, die Zeitung war auf ihren Schoß gerutscht, aufgeschlagen bei einem halb gelösten Sudoku. Durch die Fenster strömte Tageslicht herein, ich stellte mir vor, wie Brio-Züge und Barbiepuppen dort lagen, Legosteine überall, eine auslaufende Nuckelflasche. Ola und ich könnten das hinterste Zimmer nehmen, dann hätten Therese und was immer an kleinen Geschwistern kommen würde ihre eigenen Zimmer. Die Wohnung wäre noch immer geräumig genug, wir könnten das Esszimmer aus Finneide holen, es wäre genau richtig für eine vier- oder vielleicht fünfköpfige Familie.

»Frau Arnesen?«

Sie bewegte sich nicht. Lag still da mit der Zeitung auf dem Schoß, als ob sie aufgehört hätte zu atmen. Ich erinnerte mich, dass Oma oft so geschlafen hatte, ganz mäuschenstill, und dass mich das immer ängstlich gemacht hatte. Einen Moment lang fragte ich mich, ob ich die Haushaltshilfe anrufen und sie bitten sollte zurückzukommen, aber nun fing Frau Arnesen an zu husten. Sie setzte sich halb auf, und die Zeitung glitt zu Boden.

»Die Tür war offen«, sagte ich.

»Ist die Haushaltshilfe gegangen?«

»Ja, gerade eben. Ich wollte Sie nicht wecken.«

»Ist etwas passiert?«

»Nein, keine Sorge. Ich habe nur ein paar alte Dias von meinen Eltern, die ich mir gern ansehen würde, und da wollte ich fragen, ob Sie vielleicht einen Projektor haben.«

Frau Arnesen beugte sich vor, um die Zeitung aufzuheben. Es kostete sie ziemliche Mühe, ich kam ihr zuvor, legte die Zeitung auf den kleinen Tisch, wo sie ihre Kreuzworträtselbücher und ihren Bleistiftspitzer liegen hatte. Sie reichte mir die Hand, zog sich auf ihre Krücken und stakste durch die Zimmer, im hintersten zeigte sie auf einen Schrank, der eine ganze Wand einnahm. Ich stand mitten im Raum und starrte zur Decke, Rosetten hoch über unseren Köpfen, lange Streifen aus Stuckatur. Die waren grau geworden und wiesen an etlichen Stellen Risse auf, aber das würde sich leicht in Ordnung bringen lassen.

»Da unten«, sagte Frau Arnesen.

Ich öffnete die Schranktür und blickte auf Regalfächer, die vollgestopft waren mit Brettspielen, Yatzy-Blöcken und Fotoalben. Auf einem alten Telefonbuch stand tatsächlich ein Diaprojektor.

»Ja, ich weiß nicht, ob der noch funktioniert«, sagte Frau Arnesen. »Aber nimm ihn einfach mit. Wenn er funktioniert, kannst du ihn behalten. Ich habe keine Verwendung mehr für solche Dinge.«

»Das ist nett von Ihnen.«

»Ach was. Grüß den jungen Seljelid und sag vielen Dank.«

»Vielen Dank wofür?«

»Ich hatte ein bisschen Probleme mit dem Lift. Er hat das in Ordnung gebracht. Er hatte einen Schraubenschlüssel – ja, das war vielleicht deiner, aber jedenfalls wusste er, wie man damit umgeht.«

Ich sah Frau Arnesen an. Ihre Augen blitzten jungmädchenhaft.

»Geschickter Junge, dein Zukünftiger«, sagte sie und schlug die Schranktür zu.

Ola stand in der Küche und kochte. Er hatte beim Pakistaner in der Suhms gate eingekauft, das tat er immer, wenn er mich besuchte, Gemüse und Gewürze sorgten für einen starken und fremden Geruch. Auf der Anrichte stand eine Küchenmaschine, deren Existenz ich total vergessen hatte.

»Was kochst du?«, fragte ich und stellte den Diaprojektor auf den Tisch.

»Indisch«, sagte Ola. »Und du hast offenbar Erfolg gehabt bei Frau Arnesen?«

»Ja, sie hat die Schränke voll von altem Kram. Ich soll dich grüßen.«

Ich holte mir eine Rolle Küchenpapier und befreite den Diaprojektor vom ärgsten Staub.

»Sie hat dich meinen Zukünftigen genannt«, sagte ich.

Ola legte eine Handvoll Koriander in die Küchenmaschine.

»Fast niemand benutzt dieses Wort noch«, sagte er.

»Nein«, murmelte ich. »Ich weiß nicht mal so genau, was es bedeutet.«

Im Arbeitszimmer schob ich das erste Magazin in den Projektor. Papas gesamte Studienzeit tauchte an der Wand auf. Das waren die verlorenen Jahre, ich hatte geglaubt, dass es davon keine Bilder gab, Fotos von Festen am Gymnasium in Steinkjer, von der Studentenorganisation in Trondheim, mein Vater, der Möbel in seine allererste eigene Bude trug. Auf anderen Bildern fuhr er mit einem Motorroller durch Paris, saß mit Freunden im Café, sechs Mann um einen kleinen Tisch. Die nächste Serie stammte offenbar aus der Eisenhütte bei Lyon, Papa mit Schutzhelm und Arbeitskittel auf dem Werkgelände, das Gesicht der Sonne zugewandt. Gleich daneben, am Bildrand, war ein Schatten. Ein Freund von Papa, wie es aussah, denn als ich weiterklickte, lagen sie dicht nebeneinander im Gras an einem Flussufer, suchten offenbar die Sonne mit den Armen abzuschirmen, sie wirkten schläfrig, obwohl es mitten am Tag war.

Papa trug auf dem Bild einen Mantel. Diesen Mantel kannte ich. Er lag in einem der Kartons aus Berg, ein dünner blauer Wollmantel, den ich eingepackt hatte, weil er Ähnlichkeit mit Kleidungsstücken hatte, die ich selbst gern anzog. Ich suchte nach dem Karton und packte den Mantel aus, er roch ein wenig nach Zigarren und Herrenparfüm, Papas Parfüm, nahm ich an, das mit dem komplizierten Namen, das Mama ihm immer gekauft hatte. Ich hielt den Mantel an mein Gesicht und sog den Duft der alten Zeiten in mich hinein, dann zog ich ihn an, er passte genau, obwohl Papa größer als ich gewesen war. Als ich mir das Futter ansah, entdeckte ich, dass der Mantel von einem Schneider genäht worden war. Der Name des Geschäfts und die Adresse waren auf ein kleines Etikett gestickt, das auf der Innenseite eines Revers befestigt war, sogar der Schneider, der die Arbeit ausgeführt hatte, war ganz unten namentlich erwähnt. Ich strich mit der Hand über das Etikett, verspürte plötzlich

Zuneigung zu diesem fremden Menschen, der gearbeitet hatte, damit mein Vater nicht frieren müsste. Für den Schneider in der Vibes gate würde es eine Kleinigkeit sein, den Mantel für mich zu kürzen, dachte ich.

Die nächste Diaserie stammte aus dem Sommer, in dem Vegard ein Baby gewesen war. Dem Jahr, in dem meine Eltern in Paris Urlaub gemacht hatten. Nun war der Schatten auf den Bildern als ganzer Mensch zu sehen, als der Mann, der zusammen mit Papa am Fluss bei Lyon gelegen hatte. Er war leicht zu erkennen, denn er hatte dunkle, markante Züge, ein Kontrast zu Papas hellbraunen Haaren und graublauen Augen. Auf den Bildern aus Paris waren beide ein bisschen älter. Der fremde Mann saß mit meinen Eltern im Café, fuhr mit ihnen im Auto an mir unbekannte Orte, lag zusammen mit Mama und Vegard in einem Park, während Papa fotografierte.

Ich konnte mich an diesen Mann nicht erinnern. Glaubte nicht, ihn je gesehen zu haben, nicht in den Ferien oder zu Hause in Finneide, obwohl er ja offenbar meine Eltern gut gekannt hatte. Warum war er nicht im Album? Nicht ein einziges Bild von ihm hatten meine Eltern eingeklebt, und dabei war er doch wohl ihr Freund gewesen. Stattdessen hatten sie ihn aus der Erzählung, die sie dort geschaffen hatten, ausgeschlossen. Ich begriff nicht, weshalb, denn nichts an diesen Bildern deutete an, dass es einen Grund gab, sie zu verheimlichen, die Motive waren kein bisschen ungewöhnlich, im Gegenteil waren sie so sympathisch und typisch für die Zeit, in der sie entstanden waren, dass ich das Gefühl hatte, sie schon einmal gesehen zu haben.

Als ich wieder in die Küche kam, hatte Ola das Essen fertig. Er hatte Platzsets auf den Tisch gelegt, die er in einer Schublade gefunden hatte, ich hatte sie bei IKEA gekauft, aber ich benutzte sie nie, wenn ich allein war.

»Und, hast du etwas entdeckt?«, fragte er.

»Ich weiß jetzt, wer die Fotos im Album gemacht hat«, sagte ich. »Offenbar ein Freund von Papa.«

»Aber du kannst dich nicht an ihn erinnern?«

»Nein. Meine Eltern müssen ihn allerdings ziemlich gut gekannt haben, wo sie doch zusammen in Urlaub gefahren sind. Vielleicht haben sie dann irgendwann den Kontakt verloren.«

»Das kommt ja manchmal vor.«

»Ja, es muss nichts zu bedeuten haben.«

Ola drehte den Herd aus und nahm zwei Topflappen aus der Schublade. Gab frisch gemahlenen Pfeffer in die Soße, schmeckte ab, all diese Alltagsbewegungen, an die ich mich langsam gewöhnte.

»Weißt du noch, das Wort, nach dem du vorhin gefragt hast?«, fragte er.

»Das, das Frau Arnesen erwähnt hat?«

»Ja. Zukünftiger. Ich glaube, das hat man von jemandem gesagt, den man heiraten wollte.«

»Ach was«, sagte ich, und meine Wangen wurden heiß.

»Dann weißt du das«, sagte Ola und zwinkerte mir zu.

Er gab Soße auf meinen Teller, die löste sich auf und zerfloss.

»Schönes altes Wort«, sagte er.

Wir kauften für Leif einen Gutschein für das Nationaltheater. Es war eine Notlösung, nachdem wir einen ganzen Nachmittag im Kaufhaus Glasmagasinet Glasschüsseln und Küchengeräte angesehen hatten, ohne etwas Passendes zu finden. Ich kannte Olas Onkel ja eigentlich nicht, deshalb bat ich Ola, mir Leif zu beschreiben, wie es in seiner Wohnung aussah, welche Interessen er hatte, aber Ola wirkte zerstreut und ausweichend. Er sprach fast nie von Leif, obwohl er in den ersten Jahren immer bei ihm gewohnt hatte, wenn er nach Oslo gekommen war, ehe er angefangen hatte, Bücher zu veröffentlichen, und der Verlag ihm ein Hotel besorgte. Was ist hiermit?, fragte ich und hob eine Glasschale vor Ola hoch, die war überraschend schwer, hatte sein Onkel Verwendung für so eine? Er zuckte mit den Schultern, legte den Arm um mich, zog mich, ohne zu antworten, weg.

Am nächsten Tag standen wir mit dem Gutschein und einem unterwegs gekauften Blumenstrauß vor der Tür, Ola in Sakko und Hose, ich in Bluse und Rock. Das seltsame Gefühl, wieder Jugendliche zu sein, obwohl wir uns wie Erwachsene angezogen hatten. Ola lächelte mich an, fragte, ob alles in Ordnung sei, ich nickte und zupfte ein bisschen an meinem Pony herum. Das Haus ähnelte dem, in dem ich aufgewachsen war, nur war es rot angestrichen, aber es hatte die gleichen strengen

Linien und die sprossenlosen Fenster zum Garten, wo in trockenen Beeten die Tulpen aufragten. Das Haus zog keinerlei Aufmerksamkeit auf sich, stand nur zuverlässig zwischen anderen Häusern, die auch so aussahen, umgeben von Obstbäumen und niedrigen schmiedeeisernen Törchen.

Ola sagte, sonst gehe er immer direkt hinein. Diesmal klingelte er, weil wir zusammen kamen. Die Tür ging auf, und da stand Leif Seljelid mit grauen Haaren und Brille, ein ganz anderer Mann als der, an den ich mich aus meiner Kindheit erinnerte, er trug einen dunklen Anzug und eine Fliege. An den Füßen hatte er rote Socken, was bei der ansonsten feierlichen Kleidung überraschend wirkte.

»Dich hab ich als kleines Mädchen zuletzt gesehen«, sagte er.

Sein Händedruck war fest und routiniert, ich dachte, dass er im Laufe seiner Karriere sicher viele Leute begrüßt hatte. In den letzten Jahren war er Abteilungsleiter im Öl- und Energieministerium gewesen, hatte Ola erzählt, mittlerweile war er im Ruhestand, aber offenbar erst seit Kurzem. Erst als ich dort vor ihm stand, ging mir auf, dass Papa jetzt auch siebzig wäre, wenn er noch lebte. Er hätte graue Haare und würde vielleicht eine Lesebrille benutzen, genau wie Leif.

In den Wohnräumen waren kleine Tische aufgestellt. Eine junge Frau in einer weißen Bluse ging mit einem Tablett umher und bot Weißwein an, sicher war sie extra für diesen Tag angeheuert worden, genau wie der Koch, den ich in der Küche für einen Moment erblickte. Überall standen Gäste im Alter des Jubilars, Männer in Schlips und Kragen, Frauen in schönen Blusen und Nylonstrümpfen, mit eleganten Handtaschen an Schulterriemen und diskretem Schmuck. Sie sahen ordentlich aus. Hatten sich selbst im Griff. Einige gaben uns die

Hand und stellten sich vor, erzählten, sie hätten früher mit Leif zusammen gearbeitet – und ihr seid mit ihm verwandt, kann das sein? Stimmt, antwortete Ola und legte mir die Hand auf die Schulter.

Auf dem Sofa saß Sara und sprach mit einer Frau in ihrem Alter. Sara trug ein Kleid, ich konnte mich nicht erinnern, sie je darin gesehen zu haben, vielleicht hatte sie es extra für diesen Geburtstag gekauft, es musste ein Anlass her, damit Sara für solche Dinge Geld ausgab. Ich ging zu ihr und umarmte sie. Sie zog sich in sich zusammen und wurde wieder steif. Noch immer die alte Sara. Sie wusste schon, dass Ola bei mir wohnte, ich hätte gern gewusst, wie sie darüber dachte, ob sie sich darüber freute oder ob sie fand, Ola müsste bei seiner Tochter in Trondheim sein. Ab und zu schaute sie zu uns herüber, sah, wie Ola und ich kleine Berührungen austauschten, während wir mit den anderen Gästen sprachen, die es sicher für ausgemacht hielten, dass wir ein Paar waren. Ich erwiderte Saras Blick für einen kleinen Moment, sie deutete ein Lächeln an, dann wandte sie sich ab.

Schnittchen und Häppchen wurden serviert, auf üppig beladenen Platten. Mehrere Gäste erhoben sich und hielten Reden, sprachen darüber, was Leif für ein großzügiger Mensch war, wie elegant er immer auftrat, betonten seine Vorliebe für kostbare Gegenstände und edle Weine. Über Letzteres lachten sie, aber in diesem Lachen lagen Zuneigung und Fürsorge, sodass auch diese Bemerkungen zum Lob wurden. Abgesehen von Ola, Sara und mir war niemand aus Finneide anwesend, niemand von der Grundschule oder der Realschule in Hemnes, die meisten hatten Leif offenbar erst im Erwachsenenalter kennengelernt. Einige erwähnten einen Mann namens Gunnar, von dem ich nach und nach begriff, dass er ein enger Freund von Leif sein musste, der jedoch aus irgendeinem Grund bei diesem Fest nicht bei uns war. Irgendwer sprach darüber, wie wichtig es sei, man selbst zu sein, sie zitierten Ibsen und Oscar Wilde, dann lachten sie wieder, als ob sie eigentlich etwas ganz anderes gemeint hätten.

Wir kamen mit Freunden von Leif ins Gespräch, zwei Männern, die Ola schon kannte, wie mir nun aufging. In regelmäßigen Abständen erwähnten sie Episoden, an die sich offenbar alle drei erinnern konnten und die sie mir nun erklären mussten, die ganze Zeit mit eifrigem Blickwechsel, als ob sie sich auf eine gemeinsame Version einigen müssten. Irgendwann bat ich um Entschuldigung und ging auf die Toilette. Warf einen raschen Blick in den Spiegel, rückte meine Ohrringe gerade, strich meinen Rock glatt. Ein Stück weiter hinten im Flur war eine Tür nur angelehnt. Ich ging hinüber und schaute hindurch, hinter der Tür lag ein kleines Arbeitszimmer. Vor dem Fenster stand ein Schreibtisch. Ein kleines Bücherregal, gefüllt mit Kriminalromanen und schön eingebundenen Klassikern in Buchclubausgaben. Zwischen den Büchern standen Fotos in schmalen Rahmen, Bilder der Familie Seljelid in alten Tagen, von Ola und seinen Schwestern als Erwachsenen, von Leif zusammen mit einem Mann, den ich nicht kannte. Sie waren offenbar oft zusammen verreist, denn auf jedem Bild befanden sie sich an einem anderen Ort. Eins der Bilder war nicht gerahmt. Eine Weihnachtskarte, wie mir schien. Grüße von Leif und Gunnar.

»Suchst du etwas?«

Leif stand in der Tür. Seine Stimme klang freundlich, trotzdem zuckte ich zusammen.

»Ich wollte nicht herumschnüffeln, sorry. Ich bin nur neugierig.«

»Gar kein Problem. Schau dich ruhig um.«

»Ich habe mir die Bilder angesehen. Die sind reizend.«

Ich zeigte auf das Foto von ihm und Sara als Kinder.

»Das kenne ich schon.«

Ich sah mir den kleinen Leif an, er trug Shorts und ein Hemdchen, das halb aus dem Hosenbund gerutscht war.

»Du warst damals auch viel mit Papa zusammen, oder?«

»Oh ja. Fast jeden Tag.«

»Das hat er erzählt. Vom Krieg und von allem, was die Soldaten zurückgelassen hatten.«

Leif nickte.

»Wir haben den ganzen Ernst der Lage wohl erst begriffen, als wir erwachsen waren, für uns waren die Soldaten nette Kerle, die uns Süßigkeiten schenkten. Sie ließen uns überall herumlaufen. Als sie weggingen, hatten sie die ganze Auffahrt zu eurem Haus vermint. Wir sind zwischen den Minen hin und her gelaufen, Bjørn und ich, wenn wir zu euch nach oben wollten.«

»Hattet ihr denn gar keine Angst?«

»Nein, die waren leicht zu sehen. Es waren große Holzkästen, die sie auf den Boden gelegt hatten. Denen konnten wir problemlos ausweichen. Und dann wurden sie ja auch geräumt. Gefährlich waren die anderen Minen, die auf den Feldern und am Ufer bei der Fabrik lagen. Die konnten wir nicht erkennen.«

Ich versuchte, mir vorzustellen, wie mein Vater zwischen den Minen hindurch über die alte Auffahrt lief, die viele Jahre später, nachdem Mama eingezogen war, aufgebrochen und eingeebnet wurde.

»Auf uns wurde nicht ganz so aufgepasst wie auf die Kinder heute«, sagte Leif. »Wir hatten ziemlich viel Freiheit. Machten zusammen lange Ausflüge. Waren in den Bergen. Ehe wir auf die Realschule kamen, sind wir mit dem Rad nach Kopenhagen gefahren, Bjørn und ich.«

»Meine Güte. So weit?«

Er nickte.

»Warte mal, ich glaube, ich hab noch Bilder davon«, sagte er.

Er wühlte in einem Karton, der im Bücherregal stand, zog einen kleinen, ausgebeulten Umschlag hervor. Reichte mir ein Bild von sich selbst mit bloßem Oberkörper vor einem Fachwerkhaus mit Strohdach, die Hände hatte er auf den Fahrradlenker gelegt. Papa neben ihm, jeder auf seinem Rad, ein Fuß auf dem Boden, Schlafsäcke an den Lenker gebunden.

»Der Sommer dreiundfünfzig«, sagte Leif. »Hier sind wir unterwegs nach Dänemark. Wir waren nur zu zweit. Wir hatten alle Zeit der Welt, mussten nichts erreichen, brauchten nur an uns selbst denken, es war der letzte Sommer, ehe wir richtig erwachsen wurden. Wir hatten das Zelt dabei, also konnten wir anhalten, wo wir wollten. Es war eine ziemlich einfache Art zu reisen.«

Er zeigte mir ein Bild des Zeltes. Es war ziemlich winzig, davor saß Papa, die Arme auf die Knie gelegt, und lächelte. Auf einem anderen Bild lagen sie auf einem Bootsdeck, die Räder lehnten an der Reling. Papa und Leif, dicht nebeneinander, die Arme vor der Brust verschränkt. Sie ähnelten einander sehr, so, wie sie dort lagen.

»Wie schön«, sagte ich. »Danke, dass du mir die gezeigt hast.«

»Du hattest diese Bilder noch nie gesehen?«

»Nein. Nicht dass ich wüsste jedenfalls.«

»Dann nimm sie mit.«

»Bist du sicher?«

»Ja. Dann weiß ich sie in guten Händen.«

Er reichte mir den Briefumschlag.

»Aber hattet ihr auch als Erwachsene Kontakt, du und Papa?«, fragte ich.

»Ja. Während des Studiums vielleicht nicht so sehr, aber in den letzten Jahren vor dem Unglück schon. Was ist mit dir? Hast du viel Kontakt zu deinen Freunden aus Finneide?«

Ich schüttelte den Kopf.

»Abgesehen von Ola natürlich«, sagte ich.

»Er spricht viel von dir.«

»Wirklich?«

»Ja«, sagte Leif und lächelte. »Das hat er immer schon getan.«

Ola saß neben Sara, als ich zurückkam. Sie hatte ihm die Hand auf den Arm gelegt, etwas an dieser kleinen Geste sorgte dafür, dass kein Platz für mich war, also blieb ich stehen und betrachtete sie vom Tischende her. Schließlich ging ich zurück zum Fenster und setzte mich allein an einen Tisch. Die Serviererin kam und bot mir mehr Kuchen an. Ich nahm dankend an, obwohl ich satt war. Eine ältere Dame hatte dies offensichtlich bemerkt, sie nahm neben mir Platz und stellte Fragen, die leicht zu beantworten waren; ich begriff, dass sie auf diesem Fest schon mit vielen gesprochen hatte, denn sie war ein aufmerksamer und kompetenter Gast. Nach einer Weile kam Ola zu mir, und nun stellte sie ihm Fragen. Er nahm unter dem Tisch meine Hand, schaute neugierig auf den Umschlag, der vor mir auf dem Tisch lag.

Wir gingen zu Fuß nach Hause. In Ullevål Hageby lag noch altes Laub in den Gärten, Apfelbaumzweige waren zusammengebunden und lagen zum Abtransport bereit da, Gartenmöbel waren halbwegs von ihren Planen befreit. Wir kamen am Weiher am Damplass vorbei, an der Schule, gingen durch Straßen, wo alle Häuser irgendwie gleich aussahen: graue Steinhäuser mit roten Dächern, dazu braun gestrichene Gartenzäune. Es hatte etwas Gemütliches.

»Ola?«

»Ja?«

»Wer ist Gunnar?«

Ola seufzte.

»Gunnar, ja.«

Er schob die Hände in die Taschen, ging ein wenig vornübergebeugt weiter.

»Gunnar war Leifs Freund. Er ist vor einigen Jahren an Krebs gestorben.«

»Wie meinst du das, Freund?«

»Liebhaber eben. Aber Onkel Leif hat ihn nie so genannt. Mein Freund Gunnar, das hat er immer gesagt. Aber alle wussten ja, dass sie zusammen waren.«

»Leif hat also mit einem Mann zusammengelebt?«

»Ja. Obwohl, rein formal wohnten sie jeder für sich, aber praktisch haben sie meist zusammen in Leifs Haus gewohnt. Alle, die sie gut kannten, wussten das. Ich hätte vielleicht etwas sagen sollen, ehe wir zu dem Fest gegangen sind, es war sicher dumm von mir, das nicht zu tun, aber Leif wohnt ja jetzt allein. Ich glaube, nach Gunnar hat es keinen gegeben. Ich bin nicht gewohnt, darüber zu reden, das tut niemand in der Familie, Leif nicht und Mama auch nicht. Gunnar allerdings, der hat offen darüber gesprochen. Ich hatte einige gute Gespräche mit ihm.«

»Aber Leif ist niemals offen damit umgegangen?«

»Nicht so, wie du das meinst, nein. Aber er hat es auch nicht versteckt. Es ist nur nichts, worüber wir diskutieren. Vergiss nicht, dass Onkel Leif in einer anderen Zeit aufgewachsen ist. Er hat Jura studiert und wollte in der Politik Karriere machen. Da war das nichts, was man hinausposaunte.«

»Du brauchst ihn nicht zu verteidigen, Ola.«

»Ich will nur nicht, dass du einen falschen Eindruck von ihm hast.«

»Das habe ich auch nicht. Wir hatten ein gutes Gespräch. Über ihn und Papa, als sie klein waren. Er hat mir auch Fotos geschenkt, von der Radtour, die sie nach Dänemark gemacht haben.«

»Das ist also im Umschlag?«

»Mm.«

Wir nahmen die Abkürzung vorbei an der Kirche und am Friedhof. Der Bürgersteig war rutschig durch das alte Laub, es blieb an unseren Schuhen hängen. Im Kirkevei dröhnte ein fast leerer Bus an uns vorbei.

»Aber Ola?«

»Ja?«

»Weißt du noch, dass Sara erzählt hat, dass sie und Papa mal zusammen waren?«

»Das hast du erwähnt.«

»Hat sie dir das auch erzählt?«

»Ja. Ja, ich glaube schon.«

»Was, wenn das nicht stimmt? Was, wenn Papa eigentlich mit jemand anderem zusammen war?«

»Warum meinst du das?«

»Ach, ich weiß nicht«, sagte ich. »Das war nur so ein Gefühl.«

Ola sah mich an. Wir standen jetzt an der Ampel im Kirkevei und warteten auf Grün. Ich wühlte in dem Umschlag und zog das Bild von Papa und Leif in Dänemark heraus, wo sie Schulter an Schulter auf dem Bootsdeck lagen. Sagte nichts, hielt es nur hoch.

»Was meinst du, Elin? Dass Onkel Leif etwas mit deinem Vater hatte? Bloß weil mein Onkel homosexuell ist, braucht er doch nicht mit allen Männern was gehabt haben, die er gekannt hat. Außerdem waren Bjørn und Wenche fast zwanzig Jahre verheiratet.«

»Schon, aber was, wenn es bei Papa nicht so war wie bei Leif? Was, wenn es bloß … etwas war, das er ausprobiert hat? Macht man das nicht, wenn man jung ist?«

Ola sah mich an, als ob er nicht begriff, wovon ich da redete.

»Okay, vielleicht nicht«, murmelte ich.

»Ruf ihn doch einfach an.«

»Deinen Onkel?«

»Warum nicht?«

»Das kann ich nicht.«

»Das kannst du wohl. Du kannst ihn doch bitten, sich mit dir zu treffen.«

»Also echt, Ola, ich kenne ihn doch kaum. Und du hast selbst gesagt, dass ihr nie darüber sprecht.«

Ola zuckte mit den Schultern. Wir standen jetzt an unserer Ecke, dort, wo ich schon mein halbes Leben lang und wo Ola jetzt ab und zu wohnte. Die Knospen an den Fliederbüschen würden sich bald öffnen, noch waren sie klein und hart. Die Zweige ragten fast bis vor unsere Tür.

»Vielleicht würde er in Wahrheit ganz gern darüber reden«, sagte Ola. »Es kann doch sein, dass er seit Jahren darauf wartet, dass jemand ihn fragt.«

Als ich das erste Mal mit jemandem im Bett war, war ich dreizehn. Es war mit einem Mädchen, und deshalb dachte ich, es zählte nicht, sie war älter als ich und wohnte in einem Haus hinter der Kaviarfabrik. Ihre Mutter war Klavierlehrerin, deshalb ging ich dorthin, weil Mama wollte, dass ich Klavierspielen lernte. Ich war mit diesem Mädchen nicht befreundet, dafür war der Altersunterschied zwischen uns zu groß. Einige Male kam ich zu früh, ging gleich nach der Schule hin, dann kam es vor, dass die Klavierlehrerin noch nicht da war, sie gab auch Stunden in Mo. Ab und zu wartete ich in der Küche, wo immer Chaos herrschte, dreckiges Geschirr stand überall herum, gebrauchte Tassen, Schüsseln und Töpfe, darin eingetrocknete Reste von Haferbrei und anderen Mahlzeiten. Die Hände der Klavierlehrerin waren ebenfalls schmutzig, wie von einem gelblichen Film überzogen, als ob sie gerade eine Apfelsine geschält hätte.

Ihre Tochter lud mich in ihr Zimmer ein. Sie hatte ein schönes Zimmer, dort war alles aufgeräumt, viel mehr als im Rest des Hauses. Ihre Bettwäsche roch gut und war aus einem festen, steifen Stoff, man konnte wunderbar darin versinken. Bei den ersten Malen, als wir dort saßen, zeigte sie mir Bilder von Mädchen, die ihr gefielen, sie hatte sie aus Zeitschriften ausgeschnitten, diese Mädchen waren hübscher als sie und schicker gekleidet. Ich fand dieses Mädchen auch hübsch, aber sie hatte Haarflaum auf der Lippe, das war ziemlich deutlich zu sehen. Später stellte es sich heraus, dass sie auch an anderen Stellen Haare hatte.

Es war immer dunkel, wenn wir dort zugange waren. Die Rollläden wurden heruntergelassen und das Licht gelöscht, die ersten Minuten genoss ich am meisten, wenn alles um uns herum pechschwarz war, nicht einmal die Umrisse unserer eigenen Hände konnten wir sehen. Es gab nur Bewegungen und Berührungen, Finger, die sich unter Hosenknöpfen und Pullovern ihren Weg suchten, die streichelten und liebkosten, die in warme Stellen hineinglitten. Für mich war es ein Spiel. Eins, über das ich nicht sprechen durfte, das mir aber so gut gefiel, dass ich die Straße hinunterrannte, wenn an den Tagen, an denen ich Klavierunterricht hatte, die Schulglocke läutete. Ich lernte nie gut Klavierspielen, aber ich übte ausreichend, um weiter zum Unterricht kommen zu dürfen. Ich lernte andere Dinge.

Als ich vierzehn wurde, zog das Mädchen weg. Von anderen erfuhr ich, dass sie in der Schule nicht zurechtkam, dass ihre Familie in die Heimatstadt ihrer Mutter nach Ostnorwegen übersiedelte. Ich hörte dann mit dem Klavierunterricht auf, denn dafür hätte ich mit dem Bus nach Mo fahren müssen, und Mama fand das zu umständlich. Es sei schade, sagte Mama, so eine tüchtige Klavierlehrerin zu verlieren, von der Sorte gebe es an kleinen Orten nicht viele. Ich war froh darüber, keine Klavierstunden mehr zu haben, aber noch jahrelang dachte ich an das Mädchen, wenn ich in meinem Zimmer lag und mir vorstellte, dass ihre Hände über meinen Körper wanderten. Als ich älter wurde, begriff ich mehr davon, was geschehen war. Ich begriff, was Hände herbeizaubern konnten und was ich vielleicht bei ihr hervorgerufen hatte, ohne dass mir das selbst klar gewesen wäre.

Sie tauchte nach Leifs Geburtstag im Doppelbett wieder auf. Ola war eingeschlafen. Ich sah seinen Rücken an, der sich ruhig auf und ab bewegte, wenn Ola atmete, ich streckte eine Hand aus und legte sie vorsichtig auf die warme Haut, ohne dass er es merkte. Er schlafe so gut, wenn er bei mir sei, sagte er, er habe schon lange nicht mehr so gut geschlafen. Ich dachte eher, das müsse an seinem Buch liegen, weil es sich so gut verkaufte. Bei der Schranktür stand seine Reisetasche, ein paar Kleidungsstücke schauten heraus, an den letzten Tagen hatte er lange im Gästezimmer gesessen und geschrieben. Ich passte auf, ihn dort nicht zu stören, klopfte immer an, wenn er sich konzentrierte, hielt in meiner eigenen Wohnung den Atem an, als ob ich auf etwas wartete, ohne zu wissen, worauf.

Ich stand lautlos aus dem Bett auf, hob mein Nachthemd vom Fußboden auf und ging ins Gästezimmer, wo der Umschlag lag, den Leif mir gegeben hatte. Ich schaltete die Leselampe ein und sah mir noch einmal die Bilder an, von Papa und Leif auf Tour, fünfzehn Jahre alt, ihr ganzes Gepäck hinten auf dem Fahrrad. Schaute sie an, wie sie auf dem Fährdeck lagen, die Augen in der Sonne zusammengekniffen, die Körper dicht nebeneinander. Das Motiv erinnerte mich an das Bild von Papa und dem fremden Mann bei der Eisenhütte in der Nähe von Lyon, sie lagen genauso da, Schulter an Schulter am Fluss. Auf den Bildern war es schwer zu sehen, in welchem Verhältnis sie zueinander standen, ob von einer engen Freundschaft die Rede war oder ob es etwas anderes sein konnte. Wovon hatte er geträumt, mein fünfzehn Jahre alter Vater? Was war mit dem jungen Mann von dreiundzwanzig, der in einem fremden Land ein Praktikum machte? Frau und drei Kinder in seinem Heimatdorf, in dem Haus, in dem er selbst aufgewachsen war – oder sehnte er sich nach etwas anderem, etwas, das er nicht bekommen konnte, etwas, woran man damals nicht einmal denken durfte?

Ich schob Olas Laptop weg und holte meinen eigenen. Schaltete ihn ein und schrieb den Namen der französischen Eisenhütte in das Suchfeld. Die existierte nicht mehr. War schon vor vielen Jahren dem Erdboden gleichgemacht worden, kurz nach Papas Praktikum. Deshalb versuchte ich es mit dem Namen des Dorfes, wo das Landhaus lag, das meine Eltern als Ferienhaus angedacht hatten, jedenfalls, wenn ich Sara glauben wollte. Im Maklerprospekt hatte nur eine vage Adressangabe gestanden, aber der Landsitz war trotzdem leicht zu finden, denn der Park, der ihn umgab, war größer als alle anderen Gärten im Dorf, sodass er auf der Landkarte deutlich zu sehen war.

Der Landsitz war inzwischen ein Hotel. Eine Übernachtung kostete hundert Euro, inklusive Halbpension. Ein kleines Bettsymbol war auf der Landkarte eingezeichnet, unten auf der Website fand ich den Namen des Besitzers, ich notierte seine Mailadresse, dachte, ich könnte ihm schreiben und mich nach dem Haus erkundigen. Dann überlegte ich mir die Sache anders, denn was hätte ich eigentlich fragen sollen? Damals bei der Zeitung hatte ich gelernt, dass es nicht immer eine gute Idee war, zu verraten, worum es ging. Wenn man zu früh Farbe bekannte, konnte man die ganze Sache verpatzen. Ich hatte das Haus gefunden, vielleicht wäre es besser, direkt hinzufahren, ich könnte nach Paris fliegen und von dort den Zug nach Lyon nehmen. Gleich darauf gab ich den Plan auf. Ich war jetzt Chefredakteurin, ich hatte Personalverantwortung und musste den Redaktionsschluss im Auge behalten, kurz: Jetzt war nicht der richtige Augenblick für eine Reise ins Ausland.

Ich schaltete den Laptop aus und ging ins Wohnzimmer. Das Licht der Straßenlaternen zeichnete kleine Vierecke auf den Boden, ich stieg darüber hinweg, blieb vor einem kleinen Tisch mit einem gerahmten Foto meiner Eltern stehen. Es war eines der wenigen Bilder, die ich von beiden zusammen hatte, es war bei Onkel Rolf und Tante Barbara auf der Veranda aufgenommen worden, in den letzten Ferien, die wir dort alle fünf verbracht hatten. Ich war neun, Papa war sechsundvierzig, Mama vierundvierzig. Sie sahen froh aus, hatten diesen unbekümmerten Ausdruck wie so oft, wenn wir im Urlaub waren, eine Art Leichtigkeit im Körper, als ob sich das Dasein auf die Orte begrenzte, an denen wir uns aufhielten, in diesem Fall drei Gästezimmer in Onkel Rolfs und Tante Barbaras geräumigem Haus. Ich dachte, dass es vieles gab, was ich über meine Eltern nicht wusste, nichts darüber, welche Sehnsüchte und Lüste sie mit sich herumgetragen hatten, welche Enttäuschungen sie hinuntergeschluckt hatten, worüber sie sich vielleicht hinter verschlossenen Türen zu weinen erlaubt hatten. Für mich waren sie eigentlich keine ganzen Menschen. Sie waren Mama und Papa. Ich wollte sie so haben, wie sie waren.

Ich tippte das Bild mit einem Finger an, strich vorsichtig über ihre Gesichter, lächelte sie an, als ob sie noch am Leben wären.

Am folgenden Samstag traf ich mich mit Leif im Café Kaffebrenneriet in der Thereses gate. Ich hatte ihm zwei Tage zuvor eine SMS geschickt und gefragt, ob er mich treffen wollte, hatte kurz skizziert, worum es mir ging, er hatte sofort zugesagt. Er wartete vor dem Lokal auf mich, gekleidet in Mantel und blank geputzten Schuhen, scheinbar unberührt vom Matsch in den Straßen, dem letzten Rest vom Schnee, der schmutzig, beinahe kohlschwarz am Straßenrand lag. Als wir einander begrüßten, brach die Sonne durch die Wolkendecke. An den runden Tischen vor dem Café wimmelte es von Kinderwagen und jungen Menschen. Ich schlug vor, mit unserem Kaffee in den Park zu gehen, dort war es leichter, miteinander zu reden, im Café hätten uns alle hören können. Wir schlenderten vorbei an der Fagerborg-Kirche, fanden eine trockene Bank auf einer Anhöhe, wo Flecken von spärlichem Gras aus dem Vorjahr gerade noch zu ahnen waren.

Leif sagte, er habe schon darauf gewartet, dass ich mich meldete. Er habe gedacht, ich wolle vielleicht über meinen Vater sprechen, sagte er, vor allem jetzt, da Wenche nicht mehr da sei. Als ich ihn bat, von Papa zu erzählen, fing er nicht von vorne an, wie ich erwartet hatte, sondern mit den Achtzigerjahren, den Jahren vor dem Unglück. Sie hatten ihre Freundschaft nach vielen Jahren wieder aufgenommen, erzählte Leif, denn in dieser Zeit kam Papa zu Besprechungen in das Ministerium, in dem Leif beschäftigt war. Ganz in der Nähe arbeitete Gunnar, er war Staatssekretär im Außenministerium. Einige Male erwartete er die beiden am Solli plass, dann spazierten sie gemeinsam zum Mittagessen. Wenn Mama dabei war, gingen sie abends aus, erzählte Leif, ins Tre Kokker, wo immer eine entspannte Atmosphäre herrschte, oder sie überquerten den Platz zur Bygdøy allé 3 und aßen im Bagatelle.

»Oft wollten Bjørn und Wenche tanzen«, sagte Leif und deutete ein Lächeln an. »Das machten sie gut, sie fielen auf. Die Leute sahen ihnen gern zu.«

Ich nickte, erinnerte mich, dass meine Eltern zu Hause manchmal getanzt hatten, nicht nur, wenn Besuch da war, sondern auch an ganz normalen Werktagen. Es kam vor, dass Papa eine Platte auflegte und mit Mama im Wohnzimmer so heftig das Tanzbein schwang, dass es Vegard, Thomas und mir richtig peinlich war. Damals hörten sie meist Jazz. Frohsinnsjazz, nannte Papa das, leichte und fröhliche Musik, aus der alles getilgt worden war, was nicht restlos harmonisch klang.

»Wir hatten schöne Abende zusammen, wir vier. Einmal wart ihr Kinder mit bei uns zu Besuch, in einem Sommer, als ihr auf dem Weg nach Europa wart, aber daran kannst du dich sicher nicht erinnern.«

»Du meinst, wir haben bei euch übernachtet?«

»Nein, ihr habt immer bei deiner Großmutter gewohnt. Ich glaube, wir haben bei uns im Garten gegrillt. Ich weiß noch, dass du auf Bjørns Arm schliefst, als ihr aufgebrochen seid.«

»Ola hat mir erzählt, dass Gunnar vor einigen Jahren gestorben ist.«

»Stimmt. Lungenkrebs. Total unerwartet, denn Gunnar hatte in seinem ganzen Leben keine Zigarette angerührt.«

»Das muss schlimm für dich gewesen sein.«

»Natürlich war das schlimm. Jemanden zu verlieren, den man sein halbes Leben lang gekannt hat.«

Er wippte ein wenig mit dem Fuß, sein eines Bein lag locker über dem anderen, das Hosenbein hatte eine scharfe Bügelfalte.

»Wie hast du Gunnar kennengelernt?«

»Wir waren eine Zeit lang Kollegen. Haben im selben Ministerium gearbeitet. Nicht lange, aber lange genug, um einander kennenzulernen.«

Ich nickte, hätte gern gefragt, wie Leif und Papa sich damals kennengelernt hatten, welche Verstecke sie gehabt hatten, was sie dort vielleicht gemacht hatten, aber das traute ich mich nicht. Stattdessen schwieg ich, schaute nur vor mich hin und trank Kaffee. Als Journalistin hatte ich gelernt, keine Angst vor der Stille zu haben – sie brachte oft Geständnisse hervor.

»Ich habe deinen Vater lange betrauert«, sagte Leif und schaute über den Park hinweg. »Nach seinem Tod natürlich, aber auch, als wir jung waren. Wir hatten einander sehr nahegestanden. Tatsächlich glaube ich, dass in vieler Hinsicht niemand ihm so nahegekommen ist wie ich. Das ging auch auf der höheren Schule noch einige Zeit so. Dann fingen wir an, uns auseinanderzuleben. Das war, als Bjørn andere Interessen entwickelte.«

Er schaute mich von der Seite an, während er das sagte, er sprach langsam, mit einigen langen Pausen zwischen den Wörtern.

»Sara hat behauptet, dass sie ein Paar waren, sie und Papa, als ihr jung wart?«, sagte ich.

»Ich weiß. Das hat sie allen erzählt. Sie wollte mich damit schützen.«

»Papa sicher auch?«

»Schon, aber vor allem mich. Ich glaube, Sara hatte begriffen, dass Bjørn nicht zwangsläufig ganz so war wie ich, dass ich es war, der Schutz brauchte. Ich habe das mit deinem Vater lange nicht überwinden können.«

»Hast du Finneide deshalb verlassen?«

»Nein, nicht deshalb. Damals gab es in Rana kein Gymnasium; wenn wir studieren wollten, mussten wir also weg. Es war wohl eher so, dass ich nicht nach Steinkjer gegangen bin, weil Bjørn dort war. Ich wollte nach Oslo. Ich stellte mir vor, dass es leichter wäre, hier zu leben, aber ich musste mich mächtig ins Zeug legen, damit mein Vater mir das Geld dafür gab. Ich sollte doch den Laden übernehmen. Sara hat ihn dann überredet. Sie würde heiraten, sagte sie, und da könnte sie den Laden weiterführen.«

»Und war es einfacher? In Oslo zu wohnen?«

Leif lächelte ein wenig, schaute in seinen leeren Kaffeebecher. Er antwortete nicht sofort, saß nur still da, und nach einer Weile zeigte er auf ein Haus, das von dort, wo wir saßen, nur mit Mühe zu sehen war. Er erzählte, dass er in diesem Haus gewohnt habe, während er Jura studierte, und dass er einmal einen Freund mitgebracht habe, der bei ihm übernachtete. Am nächsten Tag sagte die Vermieterin, er solle seine Sachen zusammenpacken und gehen.

»Solche wie mich wollte sie nicht im Haus wohnen haben«, sagte Leif. »So hat sie uns genannt. *Solche.* Das Seltsame war, dass ich dachte, dass sie recht hatte. Wir waren nicht vorsichtig genug gewesen. Das war etwas, das ich lernen musste. Dann hörte ich von einer Wohngemeinschaft, wo die Vermieterin toleranter war, dort wohnten noch andere wie ich, und wir könnten beieinander übernachten, wenn wir nur diskret waren. Ich erinnere mich noch an ihre Beerdigung. Die ganze Kirche war voll von Männern in meinem Alter. Sicher hat das ihre Verwandtschaft überrascht, diese Massen von jungen Männern, die im Laufe der Jahre bei ihr gewohnt hatten.«

Ein Liebespaar mit einem Hund kam an uns vorbei. Wir schauten nur kurz auf, ich fragte mich, was sie bei unserem Anblick wohl dachten, ein Vater mit seiner Tochter, vielleicht.

»Hattest du damals Kontakt zu Papa?«, fragte ich.

»Ja, das hatte ich. Es war gegen Ende der Fünfzigerjahre, er studierte in Trondheim, hatte einen Sommerjob auf einem Schiff nach New York. Er musterte in Oslo an, und da rief er mich an und fragte, ob wir uns treffen könnten. Wir waren ein paar Bier trinken, redeten über die alten Tage. Das war schön, denn mir ging dabei auf, dass ich Bjørn nicht mehr dieselben Gefühle entgegenbrachte. Als er nach der Reise abgemustert hatte, trafen wir uns noch einmal, wir waren essen, und dann erzählte er mir zu späterer Stunde, dass er auf diesem Schiff einen Mann kennengelernt hatte. Es war nur ein Sommerflirt, so habe ich das jedenfalls verstanden, aber die beiden blieben in Kontakt, auch später noch. Dein Vater hat diesen Mann wiedergetroffen, als er in der Eisenhütte angefangen hat, ich glaube, dieser Mann arbeitete auf einem der Schiffe, die Roheisen transportierten, und sie wurden dann schließlich Freunde. Bjørn war inzwischen ja mit Wenche verheiratet. Wenn ich das richtig verstanden habe, war der andere ebenfalls verheiratet.«

»Denkst du, Papa hat Mama geheiratet, weil er glaubte, heiraten zu müssen?«

»Nein, das glaube ich nicht. Ich habe ziemlich früh begriffen, dass es bei deinem Vater anders war als bei mir. Bjørn fühlte sich zu Menschen hingezogen, ganz einfach, so, wie sich Männer und Frauen zu ihm hingezogen fühlten. Er war bezaubernd. Großzügig. Sehr witzig. Konfrontationen lagen ihm nicht so. Als wir sechzehn waren, wollte ich über unser Verhältnis reden, es war nach der Radtour nach Dänemark, wo wir enger zusammen gewesen waren als je zuvor. Aber er zog sich zurück. Er ging aufs Gymnasium nach Steinkjer, wo auch viele Mädchen waren, wenn ich das richtig verstanden habe. Er wollte wohl alles ausprobieren, entdecken, war ein Suchender bei allem, was er unternahm. Dafür hatte ich Verständnis. Aber es hat trotzdem wehgetan.«

Leif nahm meinen leeren Pappbecher, stand auf und warf ihn zusammen mit seinem eigenen weg. Die Sonne war hinter einer Wolkenschicht verschwunden. Es wurde kühl. Wir schlenderten ein Stück weiter, und als sich unsere Wege trennten, blieben wir stehen und redeten noch ein wenig.

»Mein Eindruck war, dass deine Eltern sich wirklich geliebt haben«, sagte Leif. »Sie waren ja schon lange zusammen und natürlich nicht mehr frisch verliebt, aber das, was sie hatten, wirkte überaus solide. Sie waren miteinander verwachsen, könnte man sagen, so wie auch Gunnar und ich.«

»Aber ihr habt niemals offiziell zusammengelebt, du und Gunnar?«

»Nein. Diese Vorstellung war uns wohl ziemlich fremd. Wir haben uns auch nicht in der Bewegung engagiert, die die Ehe für alle durchsetzen wollte. Das war vielleicht feige, aber für uns hatte diese Forderung nach Offenheit etwas Problematisches. Wir hatten uns so sehr bemüht, diskret zu ein, unsere Gefühle in der Stille auszuleben, und damit kannten wir uns nun sehr gut aus. Die Art, in der wir lebten, machte es anderen leicht, uns zu akzeptieren. Dann war plötzlich alles falsch. Freunde traten in den Verband ein, fingen an, für die Rechte der Homosexuellen zu kämpfen, damit es nicht mehr verboten und auch keine Diagnose wäre. Sie haben natürlich fantastische Arbeit geleistet, aber Gunnar und ich lebten weiter wie bisher. Wir versteckten uns nicht, legten aber auch nicht die Karten auf den Tisch. Für uns war das ganz natürlich: nicht aller Welt von unserem Liebesleben zu erzählen.«

Er deutete ein Lächeln an und reichte mir die Hand. Ich beugte mich vor und umarmte ihn. Er schien sich darüber zu freuen, sagte, ich solle unbedingt anrufen, wenn ich noch irgendwelche Fragen hätte. Ich blieb stehen und sah ihm hinterher, als er die Straße hochging. Seine Gestalt verschwand hinter der nächsten Ecke, nichts an seinen Bewegungen ließ ihn alt erscheinen, wenn ich ihn so sah.

Es fing an zu nieseln. Ich ging nach Hause.

Noch am selben Tag ging ich mit Papas blauem Mantel zum Schneider. Er streifte ihn mir in einer einzigen langen Bewegung über, kommentierte nicht, dass ich so spät in der Saison noch Winterkleidung anschleppte. Murmelte Anweisungen vor sich hin, während er mir Stecknadeln in den Rücken stach, versicherte mir, der Rücken sei kein Problem, die Ärmel dagegen eine um einiges kompliziertere Operation, denn die Knopflöcher seien auf die alte Weise genäht, ein Zeichen für Qualität, sagte er, aber auch etwas, das es fast unmöglich machte, sie zu versetzen. »Wir müssen die Ärmel demontieren«, sagte der Schneider und blickte mich entschuldigend an, »das wird teuer.«

»Machen Sie sich keine Gedanken«, sagte ich und reichte ihm den Mantel. Er zeigte auf das Etikett im Futter, sollte das entfernt werden oder an Ort und Stelle bleiben? Ich sagte, er könne es dort lassen, dachte, er würde diese kleine fachliche Anerkennung eines Kollegen vielleicht zu schätzen wissen, aber er verschwand ohne einen weiteren Kommentar im Hinterzimmer.

Es war still in der Wohnung, jetzt, wo Ola nicht mehr da war. Im Flur fand ich eine Jacke, die er zurückgelassen hatte, ein langes Haar hing an einem Ärmel. Mein Haar. Ich zupfte es weg, fuhr mit der Hand über die Jacke. Ging ins Gästezimmer, wo der Schreibtisch aufgeräumt war, er hatte Laptop und Notizblock mitgenommen, ich nahm an, dass er das musste, um an dem weiterzuarbeiten, was ein neues Buch werden sollte. Ich hatte gelernt, von Ola nichts zu erwarten. Keine Ansprüche zu stellen. Das Ergebnis war immer gewesen, dass er mir etwas mehr gab als allen anderen. Jetzt war ich nicht mehr so sicher, ob das der Fall war, etwas hatte sich zwischen uns geändert. Dieses Fehlen von jemandem, das die Wohnung prägte, war dasselbe, das ich nach Omas Tod verspürt hatte, als ob alles um mich herum, Möbel, Bilder, Teppiche und Lampen, sich einfach nur sehnten.

Im Schrank hing alles, was meinen Eltern gehört hatte. Eine ganze Menge Kleidung, die ich aufbewahrt hatte, Mamas Stewardessuniform, die hellblaue, die sie im Sommer benutzt hatten und die ihr die liebste gewesen war. Ich hatte einmal darum gebeten, sie ausleihen zu dürfen, weil wir uns in der Schule verkleiden wollten, aber das durfte ich nicht, vielleicht hatte sie Angst gehabt, ich könnte die Uniform beschädigen. Es war egal gewesen, als ich sie anprobierte, stellte sich heraus, dass sie nicht passte, die Uniform war bei Carven in Paris für sie genäht worden, die ganze Mannschaft wurde hingeflogen, es wurde von allen Maß genommen, die Uniform gehörte Mama und keiner anderen.

In dieser hellblauen Uniform hatte sie Papa kennengelernt. Diese Geschichte hatte ich oft gehört, in der Regel hatte Mama sie erzählt, immer, wenn wir neue Gäste hatten, kam sie irgendwann zwischen Dessert und Plätzchen auf den Tisch. Es handelte davon, wie sich die beiden aus purem Zufall gleichzeitig in Mailand aufgehalten hatten, Mama, weil sie vier Tage Pause zwischen zwei Flügen hatte, Papa, weil er in Paris studierte und mit dem Motorroller nach Italien gefahren war.

Eines Nachmittags stiegen sie beide in denselben Rundfahrtbus, lange saßen sie jeweils auf einer Seite des Mittelgangs und schauten auf die Sehenswürdigkeiten der Stadt hinaus, achteten nicht aufeinander, wussten nicht, dass sie aus demselben Land stammten. Am Ende wurde angekündigt, dass die Tour im Kloster Santa Maria delle Grazie enden würde, wo Leonardo da Vincis berühmtes Werk *Das letzte Abendmahl* ausgestellt war. *And now we will finish with the Last Supper*, hatte der Reiseführer in gebrochenem Englisch mitgeteilt. Erst jetzt bemerkte Mama den jungen Mann, der verzweifelt versuchte, den Bus zu verlassen. »Wo willst du hin?«, fragte sie. »Zurück ins Hotel«, sagte er. »Ich habe kein Geld für ein feines Restaurant.« Da lachte Mama. »Der hat von einem Gemälde gesprochen, mein Lieber, nicht von einer Mahlzeit.« Da lachte auch Papa.

Sie waren jung damals, Mitte zwanzig. Noch würden mehrere Jahre vergehen, in denen sie einander Briefe schrieben und sich in Norwegen und im Ausland trafen, ehe aus ihnen ein Paar würde, und noch länger, bis Mama eines Sommers aus Papas schwarzem Ford Granada stieg, in Finneide, wo das Haus von Papas Eltern sie in Habachtstellung begrüßte. Mamas Liebe zum Haus war echt und unmittelbar. Sie wusste sofort, dass sie hier wohnen würde. Wusste sie auch, dass der Mann, den sie heiraten würde, sich einige Male in Männer verliebt hatte? Glaubte sie, meinen Vater retten zu können, indem sie ihn heiratete? Ich nahm die hellblaue Jacke vom Kleiderbügel, zog sie an, betrachtete mich im Spiegel, mit Mamas Namensschild auf der Brust. Wenche Øverby. Der Name kam mir fremd vor. Mein ganzes Leben lang war sie Wenche Berg gewesen. Oder nur Mama. Jetzt stand ich da und fragte mich, ob alles ein Spiel gewesen war, eine äußerliche Allianz, aufgebaut auf einem gegenseitigen Verständnis dafür, dass beide Partner ihre Sehnsüchte und Lüste anderweitig auslebten, unter Menschen und in Umgebungen, von denen weder ich noch meine Brüder etwas geahnt hatten.

Ich hängte die Uniform zurück, setzte mich an den Schreibtisch und holte wieder die alten Fotoalben hervor. Suchte nach einem bestimmten Jahr, dem Sommer, in dem ich acht Jahre alt gewesen war, als die ganze Familie mit dem Zug von der Riviera aus nach Mailand fuhr. Mama und Papa waren seit fünfzehn Jahren verheiratet, die Bahnfahrt war eine Idee von ihnen gewesen, jetzt sollten wir alle Leonardo da Vincis berühmtes Wandgemälde sehen, das sie zusammengeführt hatte. Wir wohnten in einer kleinen Pension in Bahnhofsnähe, fuhren mit dem Taxi zu dem Kloster, wo sich das Gemälde befand, standen Schlange zusammen mit anderen Touristen, in den Gängen zu der Kirche, die nicht mehr den Gläubigen vorbehalten war, sondern Touristen aus aller Herren Länder. Am Ende standen wir in dem großen Saal, wo das Gemälde zu sehen war. Reckten die Hälse, so gut wir konnten.

Ich fand es langweilig, Kunst anzusehen. Immer, wenn meine Eltern einen Museumsbesuch vorschlugen, protestierte ich, so gut ich konnte, aber dieses Gemälde interessierte mich, weil es mit meiner eigenen Geschichte zusammenhing. Ich glaube, Vegard und Thomas sahen das auch so, denn wir jammerten und quengelten nicht so wie sonst, wir standen mit halb offenem Mund da und starrten Jesus und die Jünger an, die eine letzte Mahlzeit vor der Kreuzigung zu sich nahmen. Wir sahen die Gesichter der Jünger an, wie sie sich zueinander lehnten und Jesus anblickten, ihn, der den Mittelpunkt des Tisches ausmachte und der sie bald verlassen würde, um seinen unmöglichen Auftrag zu erfüllen.

»Ist das nicht wunderbar?«, fragte Papa.

»Ganz prächtig«, sagte Mama.

Als ich mich zu meinen Eltern umdrehte, stellte ich fest, dass sie das Bild überhaupt nicht ansahen. Sie hatten die Arme umeinander gelegt und schauten Vegard, Thomas und mich an, als sie das sagten. Sie waren den ganzen Weg nach Mailand gereist, um uns anzusehen.

Wir waren es, die wunderbar waren.

Meine erste Ausgabe der Zeitschrift erschien. Mein erster Leitartikel. Einen ganzen Abend hatte ich mit dem Versuch verbracht, etwas Vernünftiges über den Inhalt der Ausgabe zu sagen, die ich in Druck geben sollte, aber immer, wenn ich etwas schreiben wollte, sah ich Ola vor mir, der in Berg saß und die schwedische Übersetzung seines Buches las, und dann kamen mir meine Formulierungen albern und oberflächlich vor. Was gab es denn eigentlich zu sagen über die Frühjahrsmode, diese immer wiederkehrenden Trends, die davon zeugten, dass in der Modebranche nichts Neues passiert war, seit ich angefangen hatte, mich damit zu beschäftigen, sodass sich alles in einem ewigen Karussell um sich selbst drehte? Ich wusste es nicht. Das jedenfalls nicht. Was ich am Ende schrieb, klang gar nicht nach mir, und es wäre mir viel zu peinlich gewesen, die Zeitschrift mit nach Hause zu nehmen und sie Ola zu zeigen.

Die Ausgabe wurde in vier Kartons in die Redaktion geliefert. Wir rissen sie auf wie Kinder, die Geschenke auspackten, und nahmen jede ein Exemplar mit zur Morgenbesprechung, die mit einer Evaluierung begann. Diesmal sollte ich nicht nur den Inhalt bewerten, sondern auch mich selbst und meine Entscheidungen als Chefredakteurin, meine Prioritäten, von denen ich annahm, dass gleich mehrere in der Runde damit nicht einverstanden sein würden. Ich hatte schon einige Justierungen vorgenommen, hatte versucht, den Inhalt mehr auf die Journalistik zuzubewegen, in der ich mich zu Hause fühlte, schließlich musste ich das Produkt verteidigen, sagte ich zu meinen Kolleginnen, und dann musste das auch widerspiegeln, wofür ich stand.

Niemand fragte allerdings, wofür ich stand. Auf diese Idee kamen sie nicht. Nicht einmal die neue Chefin vom Dienst, die ich aus meiner alten Zeitung in der Akersgate rekrutiert hatte, eine junge, zielstrebige Person mit überraschender Sicherheit, nicht nur sprachlich, sondern auch in Kleidungsstil und Auftreten. Ich wiederum erklärte auch nicht, wofür ich stand, denn ich wusste es selbst nicht. Stattdessen ging ich gleich zum Inhaltsverzeichnis über und wollte das Editorial in aller Eile übergehen, da ich keinen Kommentar wünschte oder erwartete, aber nun fuhr die Chefin vom Dienst plötzlich von ihrem Stuhl hoch.

»Oh!«, sagte sie mit leisem Aufkeuchen.

Sie hielt das Editorial so hoch, dass alle es sehen konnten.

»Galliano mit e«, sagte sie. »Gall*e*ano.«

»Wo denn?«

»Da.«

Sie tippte auf den dritten Satz in meinem Text. Sie hatte recht: Ich hatte den Namen John Galliano falsch geschrieben, mit e statt mit i. Es war aufmerksam von ihr gewesen, aber auch kühn, darauf hinzuweisen, denn das war mein Territorium. Die Kolleginnen zeigten eine vorsichtige Freude über diesen Fund, was mir zutiefst ungerecht vorkam, denn ich hatte seit Jahren in ihren Texten gejätet, damit niemand sehen könnte, in welchem Zustand sie eingereicht worden waren.

»Da müssen wir um Entschuldigung bitten«, sagte die Chefin vom Dienst.

»Das glaube ich nicht«, sagte ich. »Die verstehen doch bestimmt, dass es ein Druckfehler ist.«

»Aber wirkt das nicht unseriös? Was, wenn sie keine Anzeigen mehr schalten?«

»Dior will doch sowieso fast nie Anzeigen haben.«

»Diesmal wohl.«

Sie ließ die Zeitschrift auf den Tisch fallen. Die Zeitschrift landete mit der Rückseite nach oben, sodass alle die Anzeige von Dior sehen konnten, auf der die Schauspielerin Charlize Theron wie ein Sandsturm durch die Wüste rauschte, während im Hintergrund die Umrisse einer Parfümflasche zu sehen waren.

»Wie auch immer«, sagte ich und schaute ihr fest in die Augen. »Es ist sicher mehr nötig als ein falsch geschriebener Name, um sie zu vergraulen.«

Die Chefin vom Dienst lächelte mich an. Es war deutlich zu sehen, dass sie nicht überzeugt war.

»Gehen wir weiter«, murmelte ich und blätterte zum nächsten Artikel vor.

Den ganzen restlichen Tag schämte ich mich. Spürte die Blicke der Kolleginnen, hatte dauernd das Gefühl, dass sie zu mir hinüberschielten, wie ich da an Katinkas Platz saß, einem ganz normalen Schreibtisch hinter einer dünnen Trennwand. In unserem Medienhaus hatten leitende Redakteure und Redakteurinnen kein eigenes Büro mehr, in der offenen Bürolandschaft saßen wir ebenso ungeschützt wie alle anderen, mehr und mehr wie die, über die wir bestimmen sollten. Ich dachte, dass ich nicht gleich sein durfte. Ich musste besser sein. Gegen drei loggte ich mich aus und ging zum Fahrstuhl, starrte mein mürrisches Spiegelbild an, den schwarzen Mantel, den ich als

Sonderangebot gekauft hatte, von einer Marke, von der ich wusste, dass sie den Kolleginnen gefiel, und die sie mit demselben Grad an Sympathie und Wohlwollen kommentierten, der mir meine ganze Kindheit hindurch entgegengebracht worden war. Ich konnte das nicht aushalten. Ich wollte ihre Anerkennung nicht. Wollte nicht fein sein.

Auf dem Heimweg schaute ich beim Schneider in der Vibes gate vorbei. Papas blauer Mantel hing in Plastikfolie eingepackt da und wartete auf mich. Der Schneider fragte, ob ich ihn anprobieren wollte, aber ich schüttelte den Kopf, legte mir den Mantel über den Arm und ging wieder hinaus auf die Straße. Vor meinem Haus stand ein Rettungswagen. Das Blaulicht war eingeschaltet, es fegte in der Nachmittagsdämmerung über Fassaden, Balkons und Baumkronen. Ich dachte, es müsse Frau Arnesen sein, sicher wollten sie sie holen. Mit heißem Gesicht lief ich die Treppen hoch, stieß fast mit zwei Sanitätern zusammen, die mir mit einer Trage entgegenkamen, und nun sah ich, dass dort nicht Frau Arnesen lag. Sondern der Junge aus der Nachbarwohnung. Er hatte eine Sauerstoffmaske vor dem Gesicht, sah viel bleicher aus als sonst, neben ihm ging seine Mutter. Ich schlug die Hand vor den Mund. Du brauchst dir keine Sorgen zu machen, sagte seine Mutter zu mir, wir kannten einander nicht besonders gut. Er hatte nur einen Asthmaanfall. Alles wird gut.

Die Wohnungstür stand offen. Im Flur sah ich Olas Schuhe, am Haken hing seine Jacke, die, die er immer trug, wenn er in Berg war. Er hatte sein Kommen nicht angekündigt, er war erst vor fünf Tagen gefahren, jetzt hörte ich Geräusche aus der Küche. Ich ließ mich mit Papas Mantel im Arm auf den kleinen Hocker vor dem Spiegel sinken.

»Bist du schon zu Hause?«, fragte Ola, der jetzt mit feuchten Händen in der Tür stand.

»Ja, ich habe heute früher Feierabend gemacht.«

»Ist etwas passiert? Du siehst ein bisschen traurig aus.«

Ich zuckte mit den Schultern.

»Ist es wegen des Jungen von gegenüber?«, fragte Ola. »Dem geht es doch bald wieder gut.«

»Ja, das habe ich verstanden.«

Ola kam zu mir, ging vor mir in die Hocke, legte mir die Hand auf den Oberschenkel.

»Ist es anstrengend, Chefredakteurin zu sein?«

Ich schüttelte den Kopf, schaute zu Boden. Hätte Ola gern von meinem Tag erzählt, hätte gern alles bei ihm abgeladen, aber ich konnte diesem Mann, der so schöne Sätze über wichtige Dinge schrieb, nicht sagen, dass ich traurig war, weil ich Galliano mit e geschrieben hatte. Stattdessen stand ich auf und ging in die Küche, hängte Papas Mantel über einen Stuhl. Öffnete vorsichtig den Gürtel, setzte mich an den Tisch.

»Ich wusste nicht, dass du kommen wolltest«, sagte ich.

»Das hatte ich auch nicht vor«, sagte Ola. »Aber dann habe ich mir die Sache anders überlegt. Ich dachte, ich könnte eine Weile hierbleiben und schreiben.«

»Und nicht in Berg?«

»Ja. Du bist ja den ganzen Tag in der Redaktion.«

»Ich dachte, du müsstest wochenlang allein sein, um schreiben zu können.«

»Manchmal.«

»Jetzt aber nicht?«

Ola seufzte.

»Ich weiß nicht, Elin. Das versuche ich doch, herauszufinden.«

»Ich verstehe. Du willst sehen, ob es funktioniert.«

»Was denn?«

»Wir. Unsere Beziehung. Das hier.«

»Ist das denn nicht gut so?«

»Doch, das ist wunderbar so.«

Ich brachte es nicht über mich, Ola anzusehen. Konnte nicht noch mehr Mitgefühl ertragen, saß da mit verkniffenen Mundwinkeln und unter dem Tisch verkrampften Händen. So viel von dem, was uns miteinander verband, war alt. Alte Erinnerungen. Alte Trauer. Wir mussten weiterkommen. Ich wusste nicht, wie.

»Wie lange bleibst du denn?«, fragte ich.

»So lange du willst«, sagte er.

»Dann hängt es also von mir ab?«

Er seufzte wieder, stand mit den Händen in den Taschen mitten im Raum, sah mich an.

»Ich weiß, dass wir nicht richtig darüber geredet haben, dass ich seit Monaten einfach komme und gehe. Aber es kommt mir immer falscher vor, wenn ich mich ins Auto setze. Ich will einfach nur wieder hierhin zurück. Deshalb begreife ich nicht mehr, warum ich fahre.«

»Was ist mit Therese?«

»Wie meinst du das?«

»Müsstest du nicht häufiger bei ihr sein?«

Ola zog die Hände aus den Taschen, wandte sich halb ab.

»Ich bin so oft bei ihr, wie ich kann. Mari und ich haben das alles diskutiert. Sie weiß, dass ich mich kümmere. Jetzt rede ich über uns.«

Ich zog meinen Mantel aus und legte ihn über die Stuhllehne. Ola kam zu mir, zog einen Küchenstuhl heran und setzte sich. Ließ sich zurücksinken und sah mich an.

»Ich will nur wissen, ob du mich hier haben willst.«

Ich fuhr mir mit der Hand durch die Haare.

»Ich begreife nicht, wie du das fragen kannst«, sagte ich. »Wo ich doch seit Jahren an dir klebe. Mich an dich rangemacht habe, zum Beispiel hier, in dieser Wohnung. Vor den Augen meiner Großmutter.«

Ola deutete ein Schulterzucken an.

»Dass du früher in mich verliebt warst, bedeutet ja nicht, dass du das jetzt immer noch bist.«

Ich schaute meine Finger an. Einen dünnen Goldring, den ich von Mama geerbt hatte. Sie hatte ihn von Papa bekommen. Ich drehte ein bisschen daran.

»Du hast also gewusst, dass ich in dich verliebt war«, sagte ich.

»Ach, Elin, das wussten doch alle. Sogar Mama.«

»Auch Sara?«

»Es war allgemein bekannt, um das mal so zu sagen.«

»Was hat sie denn gesagt?«

»Sie hat gesagt, ich müsste vorsichtig sein. Dürfte die Situation nicht ausnutzen. Müsste daran denken, wie verletzlich du seist. Ich habe oft daran gedacht, viele Jahre lang. Aber so ist es ja nicht mehr. Schau bloß mal, was du alles geschafft hast: Diese Wohnung. Deine Freunde. Dein Job. Du kommst super zurecht.«

»Aber ich will diese Arbeit nicht, Ola. Das bin nicht ich.«

»Hast du mal mit Katinka darüber gesprochen?«

»Nein.«

»Dann solltest du das tun, finde ich. Vielleicht ging es ihr ja genauso.«

Ich lächelte resigniert.

»Das bezweifele ich.«

Ola beugte sich vor und küsste mich auf eine Weise, die allen Missmut aus meinem Körper vertrieb. Dann stand er auf und ging zurück zur Anrichte, deutete mit einem Nicken auf den blauen Mantel, der noch immer in Plastikfolie gewickelt über der Stuhllehne hing.

»Was ist das?«, fragte er.

»Papas Mantel«, sagte ich. »Der war in einem Karton aus Berg.«

»Willst du den anziehen?«

»Ich glaube schon. Ich hab ihn umnähen lassen, aber ich weiß nicht so richtig, ob er mir steht.«

»Dann lass mal sehen.«

»Jetzt?«

Ola nickte. Ich stand auf, riss die Plastikfolie vom Mantel, zog ihn vorsichtig vom Kleiderbügel und schlüpfte hinein. Brauchte nicht einmal in den Spiegel zu schauen, um zu wissen, dass er mir passte.

Am nächsten Morgen war ich als Erste in der Redaktion. Ich riss die Tür auf und ließ meinen Blick über die Bürolandschaft wandern, wo die Tische mit den schwarzen Bildschirmen standen, die Stühle ein Stück weggerückt. An der Wand hingen die fertig produzierten Seiten für die nächste Ausgabe, eine Bademode-Strecke, die im Vorjahr auf Mallorca aufgenommen worden war, und das, was die gängigen Ketten sich von den angesagten Designern abgeschaut hatten, über vier Seiten. Ich holte mir einen schwarzen Kaffee vom Automaten. Hängte meinen Mantel über die Stuhllehne und sah die kleine Schachtel auf meinem Schreibtisch. Ich erkannte sofort das Logo von Louis Vuitton auf dem braunen Deckel, nahm ihn vorsichtig herunter und blickte auf einen in Seidenpapier eingeschlagenen Gegenstand. Zuerst dachte ich, ich hätte eine Brieftasche bekommen. Dann: einen Kalender. Als ich ihn öffnete, begriff ich, dass es ein Passetui war, eine kleine Mappe für Ausweise und andere Reisedokumente. *With compliments* stand dort, neben einem handschriftlichen Gruß, der mir zum Posten der Chefredakteurin gratulierte. Vorne waren meine Initialen in Blau eingeprägt: E für Elin. B für Berg. Es bestand jedenfalls kein Zweifel daran, für wen das Geschenk bestimmt war.

Ich schob es in die Schreibtischschublade, wo es für den restlichen Arbeitstag versteckt war. Um vier Uhr loggte ich mich aus und steckte das Geschenk in die Handtasche, ging zum Fahrstuhl, als trüge ich Diebesgut bei mir, sagte der Rezeptionistin, wenn Sendungen dieser Art kämen, sollte sie sie bitte bei sich aufbewahren, bis ich sie selbst abholte. Aus der Straßenbahn rief ich Katinka an und lud sie auf einen Tee ein. Ich hatte mich jetzt entschieden: Ich wollte ihr sagen, dass ich den Posten doch nicht haben wollte, dass ich mich in der Rolle der Chefredakteurin nicht zu Hause fühlte und dass ich mich mit teuren Geschenken schon gar nicht bestechen ließe.

Es war allerdings ein sehr schönes Geschenk, das musste ich zugeben. Ehe es mir geschickt worden war, hatte ich nicht einmal gewusst, dass es solche Passetuis gab, aber jetzt, da ich es wusste, erschien es mir völlig logisch. Ein Pass musste ein Zuhause haben. Diese Vorstellung gefiel mir. Es gefiel mir auch, dass das Passetui meine Initialen aufwies, das war eine Art doppelter Identifikation, darin lag eine gewisse Eleganz.

Zu Hause legte ich die Schachtel so auf den Küchentisch, dass Katinka sie sehen würde. Ola war mit einem Freund essen gegangen, ich kochte Nudeln und aß sie stehend an der Anrichte, wartete darauf, dass Katinka unten an der Haustür klingelte. Sie hatte erhöhten Blutdruck, hatte der Arzt gesagt, sie sollte keine Treppen steigen, ich dachte, es gebe keinen Grund, warum nicht auch andere Leute Frau Arnesens Treppenlift benutzen könnten. Katinka lachte nur, als ich das vorschlug, nahm die Stufen mit Leichtigkeit, sah nicht im Geringsten krank aus.

»Hast du ein Geschenk bekommen?«, fragte sie mit einem Blick auf den Küchentisch.

»Ja, aber ich habe nicht vor, das zu behalten.«

»Warum nicht?«

»Weil ich mich nicht kaufen lasse.«

»Na gut«, sagte Katinka und hängte ihre Tasche über einen Stuhl.

»Außerdem begreife ich nicht, warum ich das bekommen habe.«

»Na, Louis Vuitton macht im November in Oslo einen Laden auf. Darüber sollen wir berichten.«

»Ja, natürlich.«

Über die Boutique-Eröffnung hatte ich ohnehin schreiben wollen. Das Geschenk machte es schwieriger, jedenfalls für mich, auch wenn mir klar war, dass Katinka es nicht so sah.

»Hey, die erste Ausgabe sieht doch richtig gut aus«, sagte sie.

»Im Editorial habe ich Galliano mit e geschrieben.«

»Ist mir nicht aufgefallen. Und auch sonst merkt das niemand.«

»Das wollen wir hoffen. Ich will nicht, dass Dior keine Anzeigen mehr bucht.«

»Die schalten doch ohnehin so gut wie nie Anzeigen.«

»Diesmal wohl.«

Ich legte die Zeitschrift mit der Rückseite nach oben vor ihr auf den Tisch. Sie zuckte kurz mit den Schultern, schob sie weg.

»Dior in Paris wird diese Ausgabe nie zu sehen kriegen, Elin. Das tut nur deren Medienbüro in Norwegen. Und darüber brauchst du dir keine Sorgen zu machen. Denen ist so was egal.«

Sie lachte kurz, sah ruhig und gefasst aus, wirkte viel älter als ich, obwohl sie in Wirklichkeit ein Jahr jünger war.

»Was ist das?«, fragte sie und zeigte auf den Poststapel, der auf dem Küchentisch lag.

»Post für dich«, sagte ich.

»Du hättest die doch einfach aufmachen können.«

Katinka zog den Poststapel zu sich und riss einen Brief nach dem anderen auf. Sie zog einen Umschlag heraus und las die darin liegende Karte laut vor.

»Schau mal. Eine Show bei Chanel in Paris – im Juli. Sie laden ein. Ist das was für dich?«

»Das ist an dich adressiert.«

»An die Chefredakteurin.«

»Vielleicht könnte jemand anders hinfahren.«

»Und wer sollte das sein?«

»Ich weiß nicht. Ich dachte eigentlich, wir könnten was zusammen machen, die ganze Redaktion. In ein Spa oder in ein Restaurant gehen oder so. Ich habe eine Einladung von einem neuen Laden in Vika bekommen. Das könnte doch nett sein.«

»Hör mal zu, Elin«, sagte Katinka. »Das ist nicht dein Job. Du sollst keine netten Dinge für die anderen organisieren. Ihr seid keine Freundinnen. Du musst nicht ihre Gunst gewinnen oder was auch immer. Du gehst allein in das Spa, wenn die Betreiber dich einladen, und du fährst auf Kosten von Chanel nach Paris. Du musst das hier ernst nehmen.«

»Das tu ich doch.«

»Nein, das tust du nicht. Du gehst das, was wir machen, mit derselben skeptischen Distanz an wie beim Bewerbungsgespräch bei mir vor drei Jahren. Damals habe ich mich darüber gefreut, weißt du. Endlich mal eine Bewerberin, die ausgebildete Journalistin war, eine Bewerberin mit Erfahrung aus der Akersgate, aus dem Nachrichtenjournalismus noch dazu, das war doch ein Traum. Und es ist auch okay, wenn du dich als Chefin vom Dienst ein bisschen außen vor hältst, wenn du denkst, was wir hier machen, ist alles Unsinn. Aber im Moment geht das nicht. Jetzt trägst du die Verantwortung. Und mit dieser Haltung kommst du nicht weiter.«

Ich schaute an mir und meinen armseligen Versuchen hinunter, mich als Chefredakteurin zu kleiden. Die Seidenbluse war schweißnass unter meinen Armen. Meine Schuhe lagen im Flur, ich hatte sie gleich abgestreift, als ich zur Tür hereingekommen war, sie taten mir nur weh.

»Ich weiß nicht, wie ich das machen soll«, bekannte ich.

»Du kannst doch damit anfangen, dass du dieses Etui behältst«, sagte Katinka. »Und andere Geschenke, die du vielleicht bekommst. Leg sie auf deinen Schreibtisch, damit alle sie sehen können. Wenn es dir unangenehm ist, Geschenke anzunehmen, kannst du dir vielleicht selbst mal was spendieren. Hast du nicht gerade dein Elternhaus verkauft?«

»Noch nicht. Außerdem habe ich andere Pläne für das Geld. Ich habe keine Lust, es für Klamotten auszugeben.«

»Aber ein paar Sachen musst du dir doch wohl leisten können?«

»Vielleicht. Ich hab auch von Mama Kleider geerbt.«

»Wirklich? Was denn für welche?«

Ich seufzte und stand auf.

»Ich zeig sie dir.«

Ich ging mit Katinka ins Gästezimmer und zog ihr einen Stuhl zurecht. Öffnete den Kleiderschrank und zog heraus, was dort hing: Mamas Kleider, Blusen und Jacken. Katinka hielt ein Kleidungsstück nach dem anderen hoch. Legte sie aufs Bett. Strich sie mit den Händen glatt, wirkte fast gerührt.

»Woher kommen die?«

»Aus dem Haus. Die hingen in ihrem Kleiderschrank.«

»Soll das heißen, dass deine Mutter das alles gekauft hat? Elin, das hier kannst du noch super anziehen. Das ist dir doch klar, oder?«

»Vielleicht. Wenn ich will.«

»Warum solltest du das nicht wollen?«

»Würdest du die Sachen deiner Mutter tragen?«

»Wenn meine Mutter in den Siebzigerjahren Kleider und Blazer von Ralph Lauren gekauft hätte, dann ja.«

Sie drehte sich zum Spiegel und hielt sich das schwarze Beerdigungskleid vor den Körper.

»Das ist wirklich schön«, sagte sie.

»Es passt mir nicht.«

»Dann geh damit zum Schneider. Hier ist Saum zum Auslassen. Elin, was ist los mit dir?«

Ich sah Katinka an. Merkte, dass ich meiner schlechten Laune zu viel Raum gab, dass ich mich zusammennehmen musste, denn unsere Freundschaft war nicht so wie meine Beziehung zu Ola. Ich wusste nicht, wie viel diese Freundschaft aushalten würde.

»Ich weiß nicht«, sagte ich.

Sie stand auf und umarmte mich. Ihr Bauch lag wie ein kleiner Hügel zwischen uns. Behutsam strich sie meine Haare zur Seite, wie Mama das immer getan hatte, dann fiel ihr Blick auf den blauen Mantel, den ich beim Schneider abgeholt hatte und der an der Schranktür hing.

»Hast du den auch geerbt?«, fragte sie.

»Ja, von meinem Vater«, sagte ich. »Ich hab ihn enger machen lassen, aber nicht viel. Das ist eigentlich seltsam, mein Vater war ein ganzes Stück größer als ich.«

Katinka nahm den Mantel vom Bügel, fasste ihn an, strich mit der Hand über den Stoff, warf einen Blick auf das Etikett, das in der Innentasche eingenäht war.

»Bist du sicher, dass der deinem Vater gehört hat?«

»Ja, ich hab ihn bei seinen anderen Sachen gefunden. Wieso?«

»Hier steht ein anderer Name.«

»Ja, ich weiß. Das ist doch der Name des Schneiders, oder?«

»Das glaube ich nicht. Üblich ist, den Namen des Besitzers anzubringen, nicht den des Schneiders. Mein Großvater hat sich seine Jacketts in der Savile Row in London nähen lassen. Sein Name war innen immer eingestickt, genau wie hier.«

Katinka reichte mir den Mantel. Ich sah das Etikett noch einmal an. In diesem Augenblick begriff ich, dass der Mantel niemals meinem Vater gehört hatte, sondern einem Mann, der schmaler und kleiner war als er, einem, den er gut kannte, gut genug, um ab und zu Kleidungsstücke mit ihm zu tauschen. Der Mantel war für seinen Freund genäht worden, den Mann auf dem Bild. Den Mann, der mit Papa zusammen vor der Eisenhütte bei Lyon im Gras gelegen hatte.

Ich reichte Katinka den Mantel noch einmal. Sie hielt das Etikett ins Licht.

»Claude Thibault«, sagte sie. »Weißt du, wer das ist?«

Sommer 2008

Der Chauffeur sagte, wir müssten sofort zur Show. Für etwas anderes sei keine Zeit mehr, meinte er, schon gar nicht bei dem Verkehr in Richtung Stadt um diese Tageszeit, vor dem Flughafen hatte sich bereits eine kleine Schlange gebildet. Auf dem Parkplatz goss es. Regenschirme wurden im Wind umgestülpt, Kofferräder verkeilten sich an Bordsteinen, vor dem Parkautomaten stand ein Mann, der sein Gepäck auf einen widerspenstigen kleinen Trolley gestapelt hatte. Das alles konnte mir egal sein. Ich saß geborgen hinter dem getönten Glas, während wir in Richtung Stadt fuhren, entspannt zwischen den Fahrstreifen hin und her glitten, als ob sich der Verkehr nur für uns verlagerte. Wir kamen vorbei an Straßen, die ich erkannte, weil ich vor langer Zeit einmal hier unterwegs gewesen war, erschöpft und verschwitzt, mit viel zu schwerem Rucksack, jetzt wurde ich gefahren, für mich wurde gesorgt. Der Chauffeur hielt vor der Treppe zum Grand Palais. Ein Schild auf dem Bürgersteig teilte mit, dass Halten hier verboten sei. Der Chauffeur hielt die Tür für mich auf, sagte, er werde meinen Koffer direkt zum Hotel fahren, reichte mir einen Schirm, obwohl es gar nicht mehr regnete. Sogar das Wetter schien er im Griff zu haben.

Die Sonne brach durch das Glasdach und rückte die Menschen in der Ausstellungshalle in Licht und Schatten. Langsam konnten wir uns den Tribünen nähern, sprachen eine Mischung aus Französisch und Englisch, begrüßten einander mit kurzen Umarmungen oder Küssen auf beide Wangen, in manchen Fällen zum ersten Mal, andere fielen sich in die Arme, als seien sie schon ewige Zeiten miteinander bekannt. In der Halle herrschte eine Ordnung, die nicht wir festgelegt hatten, die jedoch alle stillschweigend akzeptierten: in der ersten Reihe die Chefredakteurinnen der internationalen Modemagazine, die Modejournalistinnen der größten Zeitungen, Schauspielerinnen und Künstler, die für Chanel als Botschafter fungierten, gekleidet in die Sachen, die ihnen ins Hotel geschickt worden waren und die in den meisten Fällen das Modelabel bezahlt hatte. Weiter hinten saßen wir anderen, wir, die wir uns anstrengen mussten, um herkommen zu dürfen, beharrlich E-Mails schicken oder telefonisch anfragen, da wir unsere Artikel in kleinen und vermeintlich unbedeutenden Ländern veröffentlichten.

»Großer Gott, jetzt müssen sie aber bald anfangen«, sagte die schwedische Journalistin in der Reihe hinter mir, wir kannten uns schon von früher. »Man geht ja ein in dieser Hitze.«

»Hier«, sagte ich und reichte ihr eine kleine Flasche Gesichtswasser, die ich aus der Redaktion mitgebracht hatte. »Das hilft.«

Katinka hatte mir diese Flasche gegeben. Das Grand Palais werde im Sommer zur Sauna, sagte sie, und deshalb fuhr sie fast nie in der Urlaubszeit zu Haute-Couture-Shows. Diese vielen ausgefeilten und teuren Kleidungsstücke abzubilden konnte sich ohnehin fast keine Redaktion mehr leisten. Katinkas Priorität waren die billigeren Herbst- und Frühjahrskollektionen, wo es einen weitaus heftigeren Kampf um die Plätze gab.

»Wie ist denn hier die Lage?«, fragte die PR-Frau von Chanel, sie war für die skandinavischen Länder zuständig und fungierte für mich und meine schwedische Kollegin als eine Art Babysitterin.

»Es ist kochend heiß«, sagte sie. »Tut mir leid. Zum Glück dauert es nicht so lange. Danach gibt es einen Lunch.«

Gleich hinter ihr kam die Chefredakteurin von Dänemarks größtem Modemagazin. Wir begrüßten einander mit einem schweifenden Blick, nicht um zu bewerten, sondern um festzustellen, wie wir die Aufgabe gelöst hatten, uns für ein Event anzuziehen, wo die Gastgeber Kleider herstellten, die sich keine von uns leisten konnte. Die dänische Chefredakteurin trug Schwarz. Ich hatte mich für das Gegenteil entschieden, mit einem Ensemble in Weiß, bestehend aus langer Hose und ärmelloser Bluse, Sachen, die in der Redaktion gehangen hatten und für eine Modestrecke benutzt worden waren, die Agentur hatte selbst vorgeschlagen, dass ich sie für Paris leihen könnte. Ich war zehn Zentimeter kleiner als das Model und musste das mit den höchsten Absätzen ausgleichen, die ich hatte, um nicht über die Hosenbeine zu stolpern.

»Die hätten uns ja wenigstens ein Glas Wasser spendieren können«, sagte die schwedische Journalistin.

»Hast du hier schon reingeschaut?«, fragte ich und hob die Geschenktüte hoch.

Wir blickten hinein. Die Tüte enthielt eine Broschüre über Chanels Ateliers, eine Stoffprobe von der Kollektion, die wir gleich sehen würden, und eine Parfümflasche.

»Also, das können wir nicht trinken«, seufzte die schwedische Journalistin und ließ das Parfüm wieder in die Tüte fallen.

»Hör mal«, sagte ich. »Jetzt fangen sie an.«

Die Musik war französisch. Irgendeine Elektronica-Band, von der ich gerade mal den Namen kannte, vermutlich von Karl Lagerfelds Playlist. Er hatte wie immer alles selbst gestaltet, hatte nicht nur die Kleider entworfen, sondern auch die Fotos für die Werbekampagne gemacht und die Installation geschaffen, die mitten in der Halle stand und die sich dreißig Meter zur Glaskuppel hochreckte. Die war von einem klassischen Konzert inspiriert, das er besucht hatte, stand im Programm, und sollte Orgelpfeifen darstellen. Aus den Orgelpfeifen traten die Models hervor, sie schlenderten mit den Händen in den Taschen an der Tribüne entlang, wobei sie einen Punkt in weiter Ferne zu fokussieren schienen. Sie trugen Varianten der für das Modelabel so charakteristischen Kleidung, klassische und zeitlose Kostüme, dekoriert von Pailletten, Perlen und Federn. Ich zog das kleine Stoffstück aus der Geschenktüte, betastete es mit feuchten Fingern. Es war dicht gewebt und mit kleinen Silberfäden durchwirkt. Tausend Stunden dauerte es, so stand es in der Broschüre, eine solche Jacke zu weben und zu besticken.

Der Rücken meiner Bluse war bereits schweißnass. Ich stand in regelmäßigen Abständen auf und zog sie zurecht, zupfte auch ein wenig an der Hose, damit die nicht knitterte, merkte, wie die Übelkeit in mir aufstieg, die ich im Flugzeug noch mit zwei mitgebrachten Scheiben Knäckebrot hatte unterdrücken können. Denn unter dem breiten Hosenbund, unter der locker fallenden Bluse lag ein Kind. Vielleicht noch kein richtiges Kind, eher ein Ausgangspunkt, etwas, das wachsen und zu etwas werden sollte, das Ola und ich gemeinsam geschaffen hatten. Es war nicht geplant gewesen. Auch nicht unerwünscht. Ich hatte es noch nicht einmal Ola erzählt, er saß in Berg und schrieb, der Text floss leicht und problemlos dahin, hatte er am Telefon gesagt, ich wusste, wenn ich ihm die Neuigkeit erzählte, würde er aus diesem Zustand gerissen werden. Eine Schwangerschaft war zudem ein großes und wichtiges Geschehnis, nichts, was man am Telefon mitteilte. Ich hatte mir die Schwangerschaft auch noch nicht von einem Arzt bestätigen lassen, vor meiner Abreise hatte die Zeit nicht gereicht, und jetzt saß ich hier mit diesem Geheimnis, an das ich selbst nicht so ganz zu glauben wagte, die Übelkeit war der einzige sichere Hinweis darauf, dass es wirklich passiert war.

»Endlich«, sagte die schwedische Journalistin, als Karl Lagerfeld herauskam, um den Applaus entgegenzunehmen.

Er trug eine Sonnenbrille, einen hohen Hemdkragen und Handschuhe. Jeden alten Körperteil hatte er bedeckt, und so erschien er als Mensch ohne Alter. Wir standen auf und gingen in Richtung Ausgang, ließen uns mit dem Strom von Menschen treiben, die begeistert miteinander sprachen und sich lachend gegenseitig den Schweiß von der Stirn wischten. Ein kühlender Windhauch strich über die Treppe vor dem Grand Palais. Er fuhr unter meine Bluse, hob sie von meinem Körper weg. Ich schloss die Augen.

Eine langgliedrige junge Frau mit einer Kamera um den Hals kam auf uns zu und bat, ein Foto von der dänischen Chefredakteurin machen zu dürfen. Die nickte und stellte sich auf der Treppe auf, während wir anderen uns im Hintergrund hielten. An solche Situationen war ich gewöhnt, es kam auch vor, dass jemand Fotos von Katinka machen wollte, in der Regel stand ich dann dahinter und hielt ihre Handtasche.

»Da seid ihr ja«, sagte die PR-Frau und winkte uns zu einem wartenden Taxi. »Kommt. Jetzt ist Lunch angesagt.«

Wir aßen in einer Brasserie gleich beim Hotel. Es war ein einfaches, traditionelles Lokal mit roten Kunstlederbänken und Spiegelwänden, eine überraschende Wahl der PR-Frau, die sagte, das sei ihr Lieblingsrestaurant in Paris. Ich begriff, dass sie uns ein kleines Präsent machte, indem sie dieses Geheimnis mit uns teilte, es war kein Lokal, zu dem Touristen auf eigene Faust den Weg fanden. Um uns herum saßen vornehme Damen und Geschäftsmänner, die während des Essen ihren Schlips hinter der Tischkante verstauten, ein unablässiger Strom von Gerichten wurde ins Lokal geschleust, während sich zwei große Ventilatoren alle Mühe gaben, die Temperatur unter den Dachbalken erträglich zu erhalten. Das Menü war bereits bestellt, solide französische Gerichte, serviert auf verblasstem Porzellan.

»Vorsichtig jetzt«, sagte ein Kellner und zwinkerte mir mit einem Blick auf meine weiße Kleidung zu.

Ich lächelte höflich zurück. Die Hälfte des Tagesprogramms lag hinter uns, ich sehnte mich schon danach, in mein Hotelzimmer zu gehen, meine Kleider abzustreifen, die nichts vertragen konnten, etwas Bequemeres anzuziehen und mich auf die Suche nach Claude Thibault zu machen. In meinem Koffer lag der blaue Mantel. Ich hatte festgestellt, dass der Schneider noch immer dieselbe Adresse hatte, auch wenn es unwahrscheinlich war, dass sie ein Register über alte Kunden besaßen. Ich wollte es trotzdem versuchen, auf jeden Fall wäre es ein Anfang, denn der Mantel war meine einzige sichere Spur.

Wir bestellten Wein. Ich rührte ihn nicht an. Keine der anderen sagte etwas dazu. Die PR-Frau war Schwedin, sie hatte schon für andere Modelabels in Paris gearbeitet, erzählte sie, ehe ihr bei Chanel die Verantwortung für die skandinavischen Länder übertragen worden war.

»Aber wisst ihr, ich muss nach allem schreien«, sagte sie und checkte ihr BlackBerry zum zweiten Mal, seit wir uns gesetzt hatten. »Die von der amerikanischen *Vogue* bekommen alles, wenn sie bloß mit den Fingern schnippen. Unsere halbe Kollektion hängt bei denen.«

Die dänische Chefredakteurin und ich nickten verständnisvoll. Wir zeigten in unseren Modereportagen nur selten Kleider von Chanel, die wurden nirgendwo in Skandinavien verkauft, und es war schwierig, sie aus dem Hauptbüro in Paris einfliegen zu lassen. Außerdem war der Effekt ausschließlich imagebildend, wie die PR-Dame sagte.

»Aber es ist natürlich nicht ganz wertlos«, fügte sie hinzu. »Jetzt bin ich gespannt darauf, was euch der Nachmittag bringt.« Sie nickte der schwedischen Journalistin zu. »Du hattest eine Absprache mit *Svenska Dagbladet* getroffen, war das nicht so?«

»Doch«, sagte die Schwedin. »Vier Seiten.«

»Perfekt«, sagte die PR-Frau.

Ich verkniff mir dazu einen Kommentar. Ich hatte Chanel nichts versprochen, eigentlich hatte ich Lust, in meinem Editorial über die Ateliers zu schreiben, aber das füllte nur eine Seite. Es machte natürlich mehr her als ein einfacher Artikel, und irgendetwas musste die PR-Frau bekommen, wo sie sich solche Mühe gegeben hatte, um uns zu diesem Event einladen zu dürfen. Es war bestimmt nicht einfach für sie, dafür brachten wir alle drei Verständnis zum Ausdruck, die Verantwortung für einen Markt zu tragen, wo ihr Label nicht einen einzigen Laden hatte, sondern wo alles, was sie verkauften, Nagellack und Parfüm waren, und das nur in einigen wenigen ausgewählten Warenhäusern.

»Nächsten Monat lancieren wir eine neue Make-up-Linie«, sagte sie. »In euren Hotelzimmern liegen Proben. Ich hatte gehofft, dass wir da ein bisschen was rausholen könnten. Eine Fotostrecke vielleicht, fünf, sechs Bilder. Unterschiedliche Ausdrücke.«

»Also nur Chanel-Produkte?«, fragte ich.

Sie machte sich an ihrer Tasche zu schaffen, die neben ihrem Stuhl stand, die war rot und hatte etwas Extravagantes, ein Produkt, das sich in einer Modereportage gut machte, das sich im Laden aber nicht ebenso gut verkaufte.

»Das war nur so eine Idee«, sagte sie. »Wir bezahlen natürlich.«

Nach dem Essen wurden wir in das Gewerbegebiet kutschiert, wo Chanels Ateliers untergebracht waren. Jedes Gebäude, an dem wir vorbeikamen, wirkte neu, die Räumlichkeiten drinnen waren luftig und übersichtlich, große Werkstätten voller Tageslicht. Früher einmal hatten die einzelnen Ateliers mitten in Paris gelegen, erzählte der Direktor, dort hatten sie mehrere Jahrhunderte lang ihre besonderen Kompetenzen entwickelt und gepflegt, aber dann hatten sie zunehmend Probleme gehabt, finanziell über die Runden zu kommen und Nachwuchs für ihr Handwerk zu rekrutieren. Das galt nicht nur für Stickerinnen, sondern auch für Knopfgießer, Hutmacher, Schuhmacher, Goldschmiede und Strickerinnen. Es war Karl, sagte der Direktor, der in seiner allerersten Kollektion für Chanel in den Achtzigerjahren von der Arbeit dieser alten Ateliers Gebrauch gemacht hatte, er hatte dafür gesorgt, dass das Unternehmen eines nach dem anderen aufkaufte, um sie vor der Stilllegung zu retten. Jetzt waren sie unter einem Dach gesammelt. Die teuerste Kleidung der Welt wurde in diesen Ateliers angefertigt, erzählte der Direktor, alles von Hand.

»Hören Sie nur«, sagte er und legte einen Finger an die Lippen, als wir einen Saal betraten, wo ungefähr ein Dutzend Frauen mit Sticken beschäftigt war. »Ganz still. Es gibt auf der ganzen Welt keine Maschine, die diese Arbeit ausführen kann.«

Ich blieb bei einer jungen Frau in meinem Alter stehen. Auf ihrem Tisch lagen Hunderte von kleinen Stücken aus Seide, die sie eins nach dem anderen aufnahm und an dem Stoff befestigte, der vor ihr ausgebreitet war. Nach und nach erkannte ich, worin ihre Aufgabe bestand: Die Stoffstücke waren Blütenblätter. Die Frau nähte Seidenrosen. Die sollten dann ein ganzes Kleid bedecken. Neben ihr lag eine Zeichnung, die angab, wie das Ergebnis aussehen sollte, signiert von Karl Lagerfeld. An einzelnen Stellen hatte er Instruktionen für die Näherin aufgeschrieben, seine Schrift war schön und ordentlich.

»Wie lange brauchen Sie dafür?«, fragte ich.

»Einen Monat«, sagte sie und riss mit routinierten Bewegungen einen Faden ab. »Manchmal muss es schneller gehen, wenn die Kundin das Kleidungsstück zu einem bestimmten Anlass braucht.«

»Und das da?«, fragte ich. »Ist das für einen bestimmten Anlass?«

Sie gab keine Antwort, senkte nur den Blick und lächelte.

»Sie dürfen nicht verraten, für wen es ist«, sagte ich.

»Nein.«

Ihre Hände waren jung und schlank. Frei von Ringen und Nagellack. Einige Male wischte sie sich die Hände ab, wollte wohl keine Flecken machen, nahm ich an. Als sie fertig war, winkte sie einer älteren Dame, die herüberkam und sich die Arbeit ansah, das Stoffstück zusammenrollte und es behutsam in einen anderen Teil des Raumes trug. Auf der ganzen Welt gebe es vielleicht noch tausend Kundinnen für diese Art Handwerk, erzählte der Direktor mit einem kurzen Lächeln, er betonte, das sei nicht so schlimm, solange sie mit anderen Dingen Geld verdienten.

»Mit Handtaschen und Lippenstiften zum Beispiel«, sagte er und lachte, schaute hinüber zu einer älteren Näherin, die Hunderte von schwarzen Pailletten auf einer Handtasche befestigte, ihr ganzer Arbeitstisch lag voll davon.

Die Ateliers hatten einen gemeinsamen Namen, jetzt, wo sie sich unter dem Dach derselben Firma befanden, erklärte der Direktor.

Paraffection. Das bedeutete: Aus Liebe.

Nach der Führung wurden wir ins Hotel gefahren. Das hatte fünf Sterne und lag im sechsten Arrondissement, so versteckt, dass sogar der Chauffeur den Weg nur mit Mühe fand. Der Eingang lag hinten in einem Garten, wo sich Wilder Wein an matten Hausmauern hochwand, die Rezeption war eingerichtet mit Sitzgruppen aus schwerem Samt. Die Frau an der Rezeption bestand darauf, mit starkem französischen Akzent Englisch zu sprechen, sie brachte mich die Treppe hoch und schloss die Tür zu einem cremefarbenen Zimmer auf, erklärte, wie die Kaffeemaschine funktionierte, der Safe, die Minibar, die Klimaanlage, legte eine Pause ein, dann zeigte sie mir das Spa-Menü und die Karte des Zimmerservice. Ich überlegte, ob ich ihr etwas geben müsste – ob Hotelpersonal in Frankreich Trinkgeld bekam oder ob es als Beleidigung aufgefasst werden würde. Eine kleine Ewigkeit dachte ich darüber nach, in der Zwischenzeit hatte sie mir den Schlüssel überreicht und mir einen guten Aufenthalt gewünscht.

Das Zimmer war klein, aber gut ausgestattet, genau wie das Hotel insgesamt. Ein Übernachtungsort für besonders Eingeweihte, schon viele Monate im Voraus ausgebucht, das hatte die PR-Frau erzählt. Ich streifte die Schuhe ab und versuchte, mich auf dem Bett zurücksinken zu lassen, es war bedeckt von Kissen, die offenbar nach einem genauen Plan arrangiert waren. Auf dem Bett lag eine Geschenktüte von Chanel, gefüllt mit Make-up, einer kleinen Parfümflasche und einer Kamelienblüte aus Leder, hergestellt in einem der Ateliers, die wir eben besucht hatten. Ich zog den Bademantel an und begann, meine Notizen von vorhin ins Reine zu schreiben, angespornt von allem, was ich gesehen hatte; es bot sich an, diesen Zustand gleich auszunutzen. Tatsächlich strömten die Wörter nur so aus mir heraus, über Traditionen und Schneiderkunst, über den Wert alten Handwerks, über alles, was jetzt verschwand, über meine Großmutter, die königliche Familie und den Trachtenladen in Mo. Am Ende hatte ich einen ganzen Artikel geschrieben. Für ein Editorial war der Text viel zu lang, aber ich schickte ihn trotzdem an die Redaktion. Ich hatte eine halbe Stunde gebraucht, dann hatte Chanel seinen Bericht, und die Fahrt nach Paris war bezahlt.

Der Schneider lag in einer Seitenstraße der Champs-Elysées. Ein älterer Mann öffnete auf mein Klingeln hin, schaute mich neugierig an, als ich mit dem blauen Wollmantel über dem Arm dort stand, führte mich hinein und fragte, womit er mir behilflich sein könne. Ich erklärte die Situation. Er musterte den Mantel, bestätigte, dass der aus seinem Haus stammte, dass ihre Kundenlisten jedoch leider nicht so weit zurückreichten. Und selbst wenn, sagte er mit einem Blick über den Brillenrand, so seien sie doch sehr diskret. Ich nickte, kam mir dumm vor, als ich dort vor den Regalen mit Stoffmustern stand und dieses viel zu warme Kleidungsstück mit mir herumschleppte. Das hatte der Schneider offenbar gesehen, denn er legte mir eine Hand auf die Schulter und sagte, er könne sich leider an keinen Kunden namens Claude Thibault erinnern, und er arbeite schon seit vielen Jahrzehnten hier. Ich nickte, dankte ihm so gut ich konnte und ging mit dem Mantel wieder hinaus auf die Straße.

Die Sonne brannte mir auf den Hinterkopf, als ich die Prachtstraße der Stadt entlangging. Um mich herum wimmelte es von Leuten mit Einkaufstüten, Touristen mit zusammengefalteten Stadtplänen, erregt telefonierenden Geschäftsleuten. Ich überquerte den Pont Alexandre III und sprang in einen Bus in Richtung Hotel, warf Münzen in einen Fahrkartenautomaten und setzte mich mit dem Mantel auf den Knien auf einen Fensterplatz. Eine Frau schaute den schweren Wollmantel, den ich bei dreißig Grad mit mir herumschleppte, fragend an. Ich fragte mich, was der Mantel wohl über mich verriet, über meine Situation, so wenig vermutlich, wie der Mantel über den aussagte, für den er genäht worden war. Ich wusste nur, dass dieser Mann meinen Vater gekannt hatte und dass er Geld genug besessen hatte, um sich seine Oberbekleidung von Hand nähen zu lassen. Das allerdings war damals durchaus nicht ungewöhnlich, vermutlich war es leichter und praktischer gewesen, als sich auf die Suche nach einem Mantel von der Stange zu machen.

Beim Boulevard Saint-Germain stieg ich aus und schlenderte zu Fuß zurück zum Hotel. Holte mir an der kleinen Gästebar bei der Rezeption ein Glas Mineralwasser, ließ mich auf ein Sofa sinken, ertrank förmlich in den weichen Kissen. Ich kam nicht weiter. Nicht in Paris. Es gab keine weiteren Spuren zu verfolgen. Also blieb ich sitzen und sah den Rezeptionistinnen zu, die hinter ihren Tresen fleißig an der Arbeit waren, die telefonierten und neue Gäste empfingen, die mit erwartungsvollen Gesichtern zur Tür hereinkamen. Ganz am Ende stand der Concierge, der den Gästen zu Diensten sein sollte, für anspruchsvolle oder einfache Aufgaben, tatsächlich gab es nichts, hatte Mama einmal zu mir gesagt, was ein guter Concierge nicht regeln könnte.

Ich legte den Mantel beiseite, suchte in meiner Tasche, zog das Foto von Papa und Claude Thibault am Fluss bei Lyon hervor. Schaute auf den roten Stempel auf der Rückseite, der mir verriet, dass das Bild im September 1961 entwickelt worden war. Ich ging zum Tresen. Legte die Fotografie vorsichtig auf den schwarzen Marmor.

»Was kann ich für Sie tun?«

Etwas am Tonfall des Concierge ließ mich zögern. Was bildete ich mir eigentlich ein? Dass er einen Menschen mit derselben Leichtigkeit aufspüren könnte, mit der er eine Theaterkarte bestellte oder einen Tisch in einem Restaurant buchte?

»Ich versuche, diesen Mann zu finden«, sagte ich und zeigte auf das Bild. »Er war ein Freund meines Vaters, oder eigentlich meiner Eltern, aber dann haben sie den Kontakt verloren. Und nun möchte ich gern wissen, wo er wohnt.«

»Wissen Sie seinen Namen?«

»Claude Thibault.«

»Und er ist Franzose?«

»Das glaube ich.«

»Aus Paris?«

»Möglicherweise.«

Der Concierge nahm das Bild und verschwand im Hinterzimmer. Ich hörte ihn dort leise mit einem Kollegen sprechen, konnte nicht verstehen, was er sagte. Ein Bildschirm leuchtete auf. Gute fünf Minuten später kam er zurück.

»Mal sehen«, sagte er. »Ich glaube, der Mann, den Sie suchen, ist dieser hier.«

Er reichte mir ein Blatt Papier mit einem Ausdruck eines Buchumschlages und eines grobkörnigen Autorenporträts. Ich nahm es in die Hand, sah es mir genau an.

»Er ist Schriftsteller?«, fragte ich.

»Es scheint so zu sein«, sagte der Concierge.

»Dann ist er es nicht. Verstehen Sie, der Mann, den ich suche, ist kein Schriftsteller. Sondern Ingenieur.«

»Ah«, sagte der Concierge, ohne die geringste Verärgerung darüber zu zeigen, dass er diese Auskunft erst so spät erhielt. »Und da sind Sie ganz sicher?«

Ich sah mir den Ausdruck noch einmal an. Das Foto. Dachte, dass da schon eine Ähnlichkeit vorhanden sei. Konnte ich eigentlich sicher sein, dass Claude Thibault Ingenieur gewesen war? Das Foto von ihm und Papa stammte aus der Eisenhütte bei Lyon, deshalb war ich davon ausgegangen, dass sie einander dort kennengelernt, dass sie beide einen Sommerjob im Werk gehabt hatten. Aber was, wenn das nicht stimmte? Was, wenn sie einander unter ganz anderen Umständen begegnet waren?

»Wenn Sie so fragen … ja, es kann natürlich sein, dass ich mich irre«, gab ich zu.

»Sie meinen, er könnte doch Schriftsteller sein?«

»Ja, vielleicht.«

»Und überhaupt, was heißt schon Schriftsteller«, sagte der Concierge mit einem Blick auf den Ausdruck. »Das ist seine einzige Veröffentlichung. Erschienen in einem kleinen französischen Verlag, eigentlich nicht ohne Prestige, aber nur akademischem Schrifttum vorbehalten. Das Buch basiert auf einer Doktorarbeit von 1967. Hier steht nichts darüber, ob er noch mehr veröffentlicht hat oder wo er möglicherweise jetzt wohnt.«

»Aber Sie wissen vielleicht, wo er seinen Doktor gemacht hat?«

»Ja, an der Sorbonne hier in Paris. Wenn wir annehmen, dass diese beiden jungen Männer etwa Mitte zwanzig waren, und wenn das Bild aus dem Jahre 1961 stammt, wie aus dem Datum auf der Rückseite hervorgeht, dann passt das durchaus zum Zeitpunkt der Veröffentlichung. Aber ich kann keine weiteren Informationen über ihn finden, nur den Buchumschlag, den Namen des Verlags und dieses Autorenporträt, das nicht besonders gut ist.«

»Wissen Sie, wo ich das Buch bekommen kann?«, fragte ich.

Der Concierge zog eine kleine Karte hervor und schrieb eine Adresse darauf. Eine Buchhandlung, sagte er, die sich auf philosophische Veröffentlichungen spezialisiert habe.

»Place de la Sorbonne«, sagte er. »Zehn Minuten zu Fuß. Ich kann Ihnen auch ein Taxi kommen lassen. Soll ich anrufen und fragen, ob sie das Buch überhaupt haben?«

»Danke, schon gut«, sagte ich. »Ich mache gern einen Spaziergang.«

Die großen Schaufenster der Buchhandlung gingen auf den Platz hinaus. Studenten lungerten auf den Bänken draußen herum, hatten Zigaretten schlaff zwischen den Fingern hängen, bewegten sich, als ob ihnen das ganze Viertel gehörte. Drinnen waren die Wände bedeckt von Bücherregalen mit Veröffentlichungen, in denen es ausschließlich um Philosophie ging, zu einem großen Teil Taschenbücher mit weißem Rücken. Es schien sich um ein Fachgebiet mit unendlicher Themenvielfalt zu handeln. Ich ging zum Verkaufstresen, wo eine junge Frau gerade ein Telefongespräch führte. Als sie mich sah, legte sie den Hörer weg und fragte, womit sie mir behilflich sein könne. Ich sagte meinen Spruch auf, sie gab den Namen in ihren Computer ein.

»Tut mir leid«, sagte sie. »Dieses Werk ist schon lange vergriffen. Es ist ganz einfach nicht mehr aufzutreiben.«

»Nirgendwo?«

»Es tut mir leid. Sie könnten es vielleicht in einem Antiquariat versuchen, aber ich bezweifele, dass eine solch marginale Veröffentlichung noch zu finden sein wird. Die Nationalbibliothek müsste es allerdings haben. Dort müssen Sie einen Zugang beantragen. Haben Sie das schon mal gemacht?«

Ich schüttelte den Kopf.

»Nein«, sagte sie und seufzte. »Das kann ein bisschen umständlich sein. Aber warten Sie. Eine Idee habe ich noch.«

Sie verließ den Tresen und lief eine Treppe hinunter, die ins Untergeschoss führte. *Bibliothèque* stand auf einem kleinen Schild an der Wand. Sie machte sich ziemlich lange dort unten zu schaffen, während sich vor der Kasse eine kurze Warteschlange bildete. Als sie zurückkam, wurde sie von der Kundschaft leicht verärgert begrüßt. Sie aber ignorierte die kleine Reihe potenzieller Käufer geflissentlich und richtete sich stattdessen nur an mich.

»Rechte Wand, unten in der Ecke«, sagte sie zufrieden. »Sie können es aber nicht kaufen. Nur hier lesen.«

»Danke«, sagte ich.

Sie lächelte, dann wandte sie sich den anderen mit einer Miene zu, die besagte, dass die Kundschaft jetzt, mit ein wenig Wohlwollen vonseiten der Verkäuferin, unter Umständen ein Buch erwerben dürfe.

Im Keller roch es nach Schimmel. Die Mauer war kalt, als ich sie berührte, Fliegen summten im Licht, das durch die Kellerfenster fiel. Im Raum verteilt saß eine Handvoll Menschen und las, sie schauten nur kurz auf, als ich hereinkam, in meinem Sommerkleid, das ein wenig zu schick für ein solches Vorhaben wirkte. In diesem Raum mit der gewölbten Decke und den unter der Last der Bücher gekrümmten Regalen saßen die meisten in abgetragenen Jeans und T-Shirts. Die Bücher hier waren älter und vielbenutzt. Sie waren alphabetisch sortiert und offenbar ausschließlich in französischer Sprache verfasst. Ich stellte meine Handtasche auf den Boden, bückte mich und las die Buchrücken. Dort, in der rechten Ecke, genau wie die Buchhändlerin gesagt hatte, stand Claude Thibaults Buch über Ethik und Moralphilosophie aus dem Jahre 1969.

Es handelte sich dabei um eine bearbeitete Fassung seiner Dissertation von 1967, die das Buch offenbar für einen weiteren Leserkreis zugänglich machen sollte. Dass es auf Französisch geschrieben war, machte es für mich weniger zugänglich, aber ich ließ mich dann doch zum Lesen in einer Ecke nieder. Auf dem Umschlag gab es ein Bild von Claude Thibault, dasselbe, das im Internet aufgetaucht war, jedoch in einer viel besseren Auflösung. Er war hier älter als auf dem Foto von der Eisenhütte, um die dreißig, wenn ich tippen sollte, aber ich hatte trotzdem keine Zweifel mehr: Ich hatte Papas Freund gefunden. Auf dem Autorenfoto war er im Halbprofil zu sehen, blickte nicht in die Kamera, lächelte nicht. Unter dem Bild stand eine kurze Biografie. Geboren 1938, hieß es – im selben Jahr wie mein Vater.

Ich streckte die Beine aus und versuchte, mich bequemer hinzusetzen. Die Luft im Raum war kühl, in einer Ecke surrte ein Ventilator. Anders als die meisten anderen Bücher hier, die reichlich abgegriffen aussahen, schien Claude Thibaults Werk unten im Regal seine Ruhe gehabt zu haben. Es sah fast neu aus, hatte offenbar nur begrenzt Berührung durch Menschenhände erfahren. Ich schlug es auf und legte es auf meine Knie. Beim Lesen versuchte ich, die Ideen nachzuvollziehen, die Claude Thibault entwickelt und denen er offenbar mehrere Jahre seiner akademischen Laufbahn gewidmet hatte. Er schrieb über Richtig und Falsch. Darüber, dass *gut* und *gerecht* keine absoluten Begriffe seien, sondern in deutlich definierten Milieus geformt würden, wo Menschen, die einander ähnelten, ein gemeinsames Verständnis dafür entwickelten, was moralisch sei. Er verwies auf eine Serie von Untersuchungen, die er in unterschiedlichen Gruppen der französischen Gesellschaft durchgeführt hatte, um seine These zu belegen, dass Moral uns nicht angeboren ist, sondern dass wir sie im Laufe der Zeit entwickeln.

Ich ließ das Buch für einen Moment auf meinen Knien ruhen. Meinte Claude Thibault, Moral sei sozial bedingt? Ja, offenbar. Moral ist dehnbar, schrieb er. Sie passt sich an und verändert sich im Laufe der Zeit, je nachdem, in welcher Situation wir uns befinden. Wer uns sieht. Wo wir zu Hause sind.

Ich stellte das Buch zurück ins Regal. Nahm meine Handtasche und ging wieder hoch, hinter dem Tresen saß die Buchhändlerin und lackierte sich die Nägel, ein beißender Geruch breitete sich aus. Sie lächelte, als sie mich sah, fragte, ob ich das Gesuchte gefunden hätte, ich nickte und bedankte mich ein weiteres Mal. Ich schaute mich um, hatte das Gefühl, etwas kaufen zu müssen, und entschied mich für eine Taschenbuchausgabe einer französischen Übersetzung der Verteidigungsrede des Sokrates, von der ich wusste, dass ich sie niemals lesen würde.

Der Platz draußen lag golden im Nachmittagslicht. Die Restaurants waren im Begriff, wieder zu öffnen. Ich schlenderte zum Jardin du Luxembourg, wo sich eine Handvoll Menschen in der Sommerwärme ausruhte, wo Kinder auf einem kleinen Spielplatz Karussell fuhren und fröhlich lachten. Ich dachte, es sei eigentlich schön, dass dieses schlichte Vergnügen ihnen noch immer so viel Freude machte.

An einem Kiosk im Park kaufte ich eine Flasche Wasser und setzte mich unter einem Baum in den Schatten. Sah mir den Strom der Vorübergehenden an, dachte, dass er vermutlich irgendwo dort draußen zu finden wäre, Claude Thibault, und dass ich ihm näher gekommen sei als je zuvor. Ich würde mich jetzt nicht geschlagen geben. Ich könnte noch einige Tage anhängen, wenn ich das wollte, den Flug umbuchen und mir ein billigeres Hotel suchen.

Zwei Menschen erhoben sich und verließen die Stühle, auf denen sie gesessen hatten, zwei von den grünen Metallstühlen, die das ganze Jahr über in den Parks dieser Stadt standen. Von allem, was ich mit Paris verband, liebte ich diese Stühle am meisten. Sie gehörten allen und niemandem, nahmen dich bei jeder Art von Wetter auf, fragten nicht, wer du warst oder woher du kamst oder ob du es verdient hattest, dort sitzen zu dürfen. Wenn der Park schloss, standen sie kreuz und quer herum. Sie wurden von Menschen benutzt, Menschen entschieden, wie sie stehen sollten. Es gab keine richtige oder falsche Weise, sie standen so da, wie sie verlassen worden waren, während die Dämmerung sie umhüllte und die Tore abgeschlossen wurden, seltsam leer standen sie dort, wartend.

Ich wanderte zum Bon Marché, dem traditionsreichen Kaufhaus in der Rue de Sèvres, wo man Katinka zufolge ungestraft einfach alles kaufen konnte. Fuhr mit der Rolltreppe in den dritten Stock, wo die Kinderabteilung lag, sah mir winzige Strampelanzüge und Kuscheltiere an, die weich in meinen Händen lagen. Ein Strampler kostete tausend Kronen – bei einer Anwendezeit von ungefähr einem Monat. Ich legte ihn weg. Dachte, dass Ola lachen würde, wenn ich mit so etwas nach Hause käme. Stattdessen nahm ich eine Baumwolldecke aus dem Regal, schlicht weiß und geschlechtsneutral.

Danach fuhr ich mit der Rolltreppe in den zweiten Stock, in die Damenabteilung. Ich schlenderte eine Weile umher, in dieser friedlichen, wohlgeordneten Welt, zog hier und dort ein Teil heraus und strich mit der Hand darüber, warf einen Blick auf das Preisschild. Eine Verkäuferin dämpfte gerade ein Jackett, sie war in meinem Alter, trug eine graue Hose und einen dünnen Wollpullover. Ihr Körper hatte Ähnlichkeit mit meinem.

»Kann ich Ihnen helfen?«, fragte sie.

»Ich wüsste gern, was das für eine Hose ist, die Sie tragen.«

»Stella McCartney«, sagte sie. »Würden Sie gern eine anprobieren?«

Ich mochte Stella McCartney. Sie besaß Integrität. Sie würde kein Tier abhäuten, um eine Tasche herzustellen. Sie war auf einem Hof aufgewachsen, zwischen Hühnern, Pferden und Schweinen, obwohl ihre Eltern Popstars waren.

Die Verkäuferin holte eine graue Hose und zeigte mir die Umkleidekabinen. Ich zog die Hose an und trat vor den Spiegel.

»Die sitzt hervorragend«, sagte die Verkäuferin. »Es ist sehr dünne Wolle, deshalb können Sie die Hose das ganze Jahr über tragen. Ein Klassiker. Die haben Sie bis an Ihr Lebensende.«

Ich lächelte die Verkäuferin an. Wusste, dass es nicht stimmte, dass es auf der ganzen Welt keinen Laden gab, wo gewünscht wurde, dass die Kundinnen ihre Kleider bis an ihr Lebensende behielten.

»Haben Sie die noch in anderen Farben?«, fragte ich.

»Das Modell gibt es in Marineblau, Braun und Rosa«, sagte sie.

»Marineblau vielleicht?«

»Brauchen Sie sonst noch etwas? Eine Jacke oder eine Bluse vielleicht?«

»Ja, tatsächlich. Ich habe gerade eine neue Stelle angetreten und brauche Sachen fürs Büro, für Meetings und solche Anlässe. Aber nicht zu steif. Sie müssen bequem sein. Ich muss mich darin bewegen können.«

Die Augen der Verkäuferin leuchteten auf.

»Ich habe, was Sie brauchen«, sagte sie. »Möchten Sie eigentlich etwas trinken?«

»Oh, das wäre nett.«

»Evian? Limonade? Kaffee?«

»Perrier, haben Sie das?«

»Natürlich.«

Sie verschwand zwischen den Reihen aus Kleiderständern und brachte zwei Blazer und Hosen in drei neuen Farben. Ich zog den ersten Blazer an. Er legte sich um meinen Körper, stützte mich gewissermaßen. Wir waren ein Team, die Jacke und ich.

»So, bitte sehr«, sagte die Verkäuferin und reichte mir die Wasserflasche.

»Die hier passt wirklich hervorragend.«

»Ja, sie ist wie geschaffen für Sie.«

»Haben Sie die auch in anderen Farben?«

»Ich habe sie in Blau und Rosa.«

»Kann ich sie mal in Blau anprobieren?«

»Natürlich. Die Jacke ist übrigens aus dem gleichen Material wie die Hose, die gehören zusammen.«

»Wie praktisch.«

»Ja, sehr.«

Ich war mir dessen bewusst, was hier gerade passierte. Ich kaufte nicht zum ersten Mal Kleider. Die Verkäuferin stand am Spielfeldrand und feuerte mich an, sie war ein richtiger kleiner Fanclub. Dennoch machte sie sich nicht lustig über mich, ich konnte selbst sehen, dass ich noch nie so eine perfekte Jacke am Leib gehabt hatte.

Die Verkäuferin holte die blaue. Ich warf einen Blick auf das Preisschild. Umgerechnet fünfzehntausend Kronen. Fünfzehntausend für eine Jacke. Fünfundzwanzigtausend zusammen mit den zwei Hosen. Das war die Hälfte des Geldes, das ich von Mama geerbt hatte.

»Ich brauche vielleicht noch eine Bluse«, sagte ich.

»Daran habe ich auch schon gedacht«, sagte die Verkäuferin. »Ich glaube, ein Pullover wäre auch nicht schlecht. Sie hätten es doch gern etwas bequemer, haben Sie gesagt? Versuchen Sie es mal mit dem hier. Ich glaube, das könnte gut funktionieren. Wenn nicht, dann hole ich Ihnen eine Bluse.«

Die Verkäuferin wusste, was sie tat. Sie hatte recht damit,

dass der Pullover wunderbar war, jetzt hatte sie auch noch ein Paar Schuhe dazu gefunden, nicht aus Leder, denn Stella ließ keine Tiere umbringen, um Schuhe herzustellen. Die Schuhe waren aus synthetischem Material, das sich aber genauso verhielt wie Leder.

»Wie fühlen Sie sich?«, fragte die Verkäuferin.

»Schön«, sagte ich. »Ich fühle mich schön.«

»Das sind Sie auch.«

Es wurde still. Wir waren an dem Punkt angekommen, wo ich mich entscheiden musste. Die Shoppingtour musste ein Ergebnis erbringen. Die Verkäuferin war ein Profi, ihr war klar, dass ich Zeit brauchte, sie ging beiseite und hängte zwei Kleidungsstücke gerade, die niemand angefasst hatte, solange ich hier war, drehte eine Runde durch ihren kleinen, abgegrenzten Bereich. Ich blieb stehen und überlegte. Verspürte Zuneigung zu der Verkäuferin. Ich wollte die Sachen kaufen, um ihr eine Freude zu machen.

»Ist es okay, wenn ich einen Kaffee trinken gehe und mir die Sache kurz durch den Kopf gehen lasse?«, fragte ich. »Ich bin ein bisschen unsicher, ob ich beide Hosen nehmen soll oder ob eine reicht. Es ist schließlich eine Investition. Den Blazer nehme ich natürlich.«

»Selbstverständlich«, sagte die Verkäuferin. »Lassen Sie sich nur Zeit. Ich lege alles bis heute Abend für Sie zurück. Welchen Namen darf ich dafür notieren?«

»Elin«, sagte ich und lächelte. »Notieren Sie Elin.«

»Nett, Sie kennenzulernen, Elin«, sagte die Verkäuferin.

Sie nahm die Kleider mit. Ich wusste schon, dass ich fast alles kaufen würde, was sie für mich herausgesucht hatte, dass ich beide Hosen, den blauen und den grauen Blazer sowie den Pullover und auch die Schuhe nehmen würde, auch wenn es falsch war, alles von einer Marke zu kaufen. Mir war das egal. Ich fühlte mich ganz kribbelig und zittrig. Im Café im dritten Stock holte ich mir einen Espresso und stellte auf einer Serviette die Rechnung auf. Insgesamt dreiundfünfzigtausend. Das war alles Geld, was Mama hinterlassen hatte, und noch etwas mehr. Ehe ich noch weiter überlegen konnte, leerte ich den Espresso, fuhr mit der Rolltreppe nach unten und bezahlte, und dann ging ich über die Straße, mit zwei riesigen Einkaufstüten, die aller Welt erzählten, wo ich gerade gewesen war.

Zu ihrem Sechzigsten hatte ich Mama damals nach Paris eingeladen. Ich war fertig mit meiner Ausbildung und hatte eine Stelle bei einer Zeitung, zum ersten Mal in meinem Leben verdiente ich gut. Während meines ganzen Studiums hatte sie mir geholfen, damit ich kein Darlehen aufnehmen musste, jetzt war ich damit an der Reihe, Geld für sie auszugeben. Paris war ihre Stadt gewesen, und Papas. Wenn wir mit der ganzen Familie hingefahren waren, hatte ich gesehen, dass die Stadt etwas in ihr entflammte, und es war meine Hoffnung, dass das auch meinem Geburtstagsgeschenk gelingen würde. Ich hatte im Internet ein Hotel gefunden, von dem ich glaubte, dass es Mama gefallen würde, es hatte Ähnlichkeit mit den Hotels, in denen wir in meiner Kindheit gewohnt hatten. Damals verteilten wir uns auf zwei Zimmer, Papa und meine Brüder in dem einen, Mama und ich in dem anderen. Auch diesmal bat ich um zwei Zimmer, fragte mich, ob Mama es seltsam finden würde, dass wir auf Reisen nicht mehr das Zimmer teilten. Ich wägte eine ganze Zeit lang das Für und Wider ab, dann nahm ich zwei nebeneinanderliegende Einzelzimmer.

Es waren die kleinsten Zimmer im Hotel. Ein Bett war alles, was hineinpasste, ein einfacher Kleiderschrank, ziemlich heruntergekommen nach langjähriger Benutzung. Mama setzte sich auf das Bett, fuhr mit den Fingern über die Bettdecke, das Licht vom Fenster her legte sich sanft über ihr Gesicht. Sie hatte sich wie immer geschminkt, Puder und Lidschatten, den Lippenstift, den sie seit jeher benutzte. Ich suchte in ihrem Gesicht nach Spuren, nach kleinen Anzeichen, die verrieten, wie sie auf das alles hier blickte, aber ich sah nur die feinen Fältchen, die sich dort fast unmerklich eingenistet hatten. Sie lächelte. Hier ist es aber schön, sagte sie und fing an, ihren Rollkoffer auszupacken.

Das Programm hatte ich schon im Vorhinein aufgestellt. Wir würden die Tage mit allem füllen, was Mama in Paris gern machte. Nach dem Frühstück schlenderten wir durch den Jardin du Luxembourg, denn ich wusste, dass sie den besonders liebte, ich in Jeans und Turnschuhen, Mama in langer Hose und Stiefeln, sie trug eine Jacke mit Goldknöpfen und einen leichten Schal um den Hals, sie gehörte sozusagen nach Paris, während ich noch immer herumlief wie in der Unibibliothek. Auf dem Boulevard Saint-Germain gingen wir zu Ralph Lauren. Der Laden zog sich über vier Etagen hin und war vollgestopft mit allem, was Mama schon gesammelt hatte, als ich klein war. Sie lief umher und hob Kaschmirpullover und Wolljacken mit Zopfmuster hoch, fuhr mit der Hand über einen Blazer, hielt sich ein Kleid an. Wenn die Verkäuferinnen ihre Hilfe anboten, schüttelte sie höflich den Kopf, wirkte seltsam distanziert von allem. Wir aßen im Restaurant des Geschäftes zu Mittag, es lag in einem schönen und schattigen Hinterhof und war viel teurer, als ich erwartet hatte. Lange starrte ich auf die Speisekarte und fragte mich, was Mama wohl nehmen würde. Kein Problem, sagte sie und legte mir die Hand auf den Arm, zog ihre Kreditkarte hervor, aber ich sagte Nein, jetzt bin ich an der Reihe.

Wir tranken Kaffee in einem der alten Cafés in der Rue de

Rivoli, an das ich mich noch von früher her erinnern konnte. Vor dem Lokal standen die Leute Schlange. Ich hatte den Tisch vorbestellt, ein Kellner nahm sich unserer an und brachte uns zu einem Tisch, der eng zwischen den anderen stand, auf dem Boden lagen Krümel von Gästen, die vor uns hier gewesen waren. Wir bestellten Kuchen. Der war groß und mächtig, wir brachten ihn nicht hinunter. Nach einer Weile bat Mama um Entschuldigung und ging zur Toilette, ich winkte dem Kellner und bat um die Rechnung, blieb sitzen und trank meinen Kaffee aus, während ich auf das Stimmengewirr im Lokal lauschte, Französisch, Deutsch, Chinesisch, Schwedisch und Amerikanisch. Das Café sah jetzt anders aus als in meiner Erinnerung. Es war zu einer Sehenswürdigkeit geworden, einem Ort für Touristen, die Wandmalereien matt und bleich im Licht der Deckenlampen. Ich legte einige Münzen auf die Tischdecke und ging in den ersten Stock hoch, um Mama zu suchen.

Sie war nicht auf der Toilette, aber ich fand sie gleich davor, sie saß auf einem Sofa und hatte einen kleinen Taschenspiegel auf den Knien liegen. Ihre Lippen glänzten leuchtend rot, mir war klar, dass sie sie soeben nachgezogen hatte, jetzt saß sie ganz still da und schaute hinaus ins Lokal. Sie bemerkte mich nicht. Ich stand hinter der Säule, realisierte zum ersten Mal, wie kraftlos sie wirkte, dass sie ihre Trauer wie einen Mantel trug, der beschwerte und wärmte sie zugleich. Ich wäre gern zu ihr gegangen und hätte den Arm um sie gelegt, aber wie immer hatte ich das Gefühl, sie zu stören, wenn sie so dasaß, eine Erinnerung an etwas, das sie in diesem Moment nicht wollte und nicht brauchen konnte. Also schlich ich mich wieder die Treppe hinunter, zog meine Jacke an und wartete draußen auf sie.

Als wir ins Hotel zurückkamen, bat sie um Entschuldigung und sagte, sie wolle sich an diesem Abend lieber ausruhen. Mir war das recht, ich war auch müde, hatte eigentlich nicht das Bedürfnis, noch irgendwo essen zu gehen. Ich schlenderte über den kleinen Platz vor dem Hotel und kaufte mir an einem Kiosk eine Packung Zigaretten. Ich setzte mich in ein Café und bat um ein Glas Wein, rauchte und sah mir die Menschen an, die vorübergingen, es war schön, dort zu sitzen, zwischen allem, was vor sich ging, was mich aber nichts anging. Ein Kellner kam und reichte mir einen Aschenbecher. Ich fragte mich, ob Mama wusste, dass ich ab und zu rauchte, ob sie selbst jemals geraucht hatte. Papa hatte das getan, das wusste ich, er hatte sich jeden Morgen in den schwarzen Kombi gesetzt, mit einer Zigarre, die er hinter dem geschlossenen Fenster ansteckte, auf der Fahrt zur Arbeit räucherte er das ganze Auto ein. Mama klagte nie darüber. Sie ließ ihn rauchen, soviel er wollte, solange er mit seinen Zigarren hinter die Hausecke ging, wo sie ihn damit nicht sehen konnte.

Sie entspannte sich jetzt, fünfzig Meter von mir entfernt. Lag im Zimmer mit der verschlissenen Bettdecke und der von der Sonne verschossenen Tapete, trug jetzt vielleicht den Morgenrock, den sie auf Reisen immer bei sich hatte, eins von den vielen Dingen bei Mama, die sich niemals änderten. Es war gut so, wie es war, ich fühlte mich wohl, wie ich dort saß, eigentlich war es anstrengend, Reisen zu arrangieren, mich die ganze Zeit zu fragen, was sie wirklich von diesem gemeinsamen Erlebnis hielt, das ich für uns zurechtgelegt hatte. Jetzt konnte ich aufatmen, war nur noch für mich selbst verantwortlich. Ich bestellte mir ein Käsebrot und noch ein Glas Wein, dachte, Mama schlafe vielleicht schon oder lese ein Buch. Vielleicht sah sie auch fern, wie sie das immer tat, bis sie einnickte.

Es war dunkel, als ich ins Hotel zurückkehrte. Ich ging in mein Zimmer und stellte die Einkaufstüten weg, hängte die neuen Sachen von Stella McCartney in den Schrank, ließ die Tür offen stehen, sodass ich meine Einkäufe vom Bett aus sehen konnte. Sie würden niemals schöner sein als jetzt, das wusste ich. Glatt und unbenutzt, voller Verheißungen darüber, was passieren würde, wenn ich sie anhätte. Auf dem Bett lag eine Pralinenschachtel, die das Zimmermädchen dort hingelegt hatte. Sie hatte für mich die Decke zurückgeschlagen, hatte die Wettervorhersage für den nächsten Tag auf eine kleine Karte geschrieben. Ich warf einen Blick auf das Menü, das auf dem Nachttisch lag. Chanel hatte uns Taschengeld für das Hotel gegeben, eine bestimmte Summe, die wir dort ausgeben könnten, es wäre töricht, diese Gelegenheit nicht zu nutzen. Ich bestellte ein Omelett und eine Cola und aß, während ich im Bett lag und fernsah. Ich trank nur selten Limonade, ich nahm das als Zeichen dafür, dass mein Körper sich veränderte, dass er neue Forderungen stellte. Als ich fertig war, stellte ich das Tablett auf den Gang, vom Geruch des Omeletts war mir fast schlecht geworden.

Ich rief die Fluggesellschaft an und buchte meinen Rückflug auf einige Tage später um. Am nächsten Tag wollte ich mich an den Verlag wenden und fragen, ob sie wüssten, wo sich

Claude Thibault aufhielt, wo er wohnte und was er jetzt machte. Sein Buch war zwar schon vor vierzig Jahren erschienen, die Zusammenarbeit mit dem Verlag konnte sich durchaus auf diese eine Veröffentlichung beschränkt haben, aber vielleicht hatten sie ja in ihrem Archiv noch irgendwelche Informationen über ihn. Er war jetzt ein älterer Herr. Vermutlich im Ruhestand, womit auch immer er in seinem Berufsleben beschäftigt gewesen sein mochte. Als ich ihn auf der Website der Sorbonne suchte, fand ich nur seine Promotion, er schien danach nichts mehr an der Universität gemacht zu haben, jedenfalls nicht auf eine Weise, die sichtbare Spuren hinterlassen hatte.

Ich stand aus dem Bett auf und ging zum Kleiderschrank. Berührte die eine Jacke, die dort hing, zog sie vom Kleiderbügel und probierte sie ein weiteres Mal an. Sie passte noch immer so gut wie im Geschäft. Ich bereute nichts. Zufrieden behielt ich sie an, zog Schuhe an und ging hinunter in die Rezeption, schaute zu den Menschen hinüber, die auf den Sofas saßen und sich unterhielten, einige mit Einkaufstüten zwischen den Beinen, andere offenbar kurz vor dem Aufbruch zu einem späten Abendessen. Der Concierge war derselbe wie am Vortag. Er erkannte mich sofort, ich bedankte mich ein weiteres Mal, fragte, ob er mir noch einmal behilflich sein könne. Ich hatte den Namen des Dorfes, wo meine Eltern sich das Haus angesehen hatten, auf einen Zettel geschrieben. Außerdem hatte ich den Namen des Landsitzes notiert, der jetzt zum Hotel geworden war. Könnte der Concierge für den nächsten Tag für mich dort ein Zimmer reservieren? Er nickte, offensichtlich zufrieden damit, dass ich ihm eine derart leichte Aufgabe stellte, er sagte, er werde sich sofort darum kümmern.

Ich ging hinaus in den Hotelgarten. Nachtschwärmer flatterten um die Gartenlampen, Rosen hingen in schweren Dolden von schwarzen Bögen herab. Der Nachtportier lächelte mich an, begriff, dass ich dorthin gehörte, ich dachte, das liege sicher an dem neuen Blazer. Ein Mann kam heraus, stellte sich auf die Treppe, steckte sich eine Zigarette an. Er nickte mir ganz kurz zu, öffnete die Packung und bot mir eine an.

»Nein, danke«, sagte ich.

»Vernünftig«, sagte der Mann.

Er hatte ein warmes Lächeln. Einen Trauring. Der Ring war dick und rund, offenbar saß er schon lange an seinem Finger. Ich dachte an Mamas Trauring, er hatte nach ihrem Tod mit einer Zange abgeschnitten werden müssen, weil er in ihren Finger eingewachsen gewesen war.

Der Mann hatte einen britischen Akzent. Vermutlich war er auf Geschäftsreise, hatte vielleicht den ganzen Tag schon diesen Anzug an, trotzdem saß der straff und tadellos. Ich musterte seine Hände. Die waren schlank. Solide. Die Finger lagen lose um die Zigarette, schnippten in regelmäßigen Abständen die Asche auf die Steinfliesen, wo sie sich aufzulösen schien und verschwand.

»Ich glaube, ich hätte doch gern eine«, sagte ich.

»Natürlich.« Er ließ mich eine Zigarette aus der Schachtel nehmen und hob sein Feuerzeug, um mir Feuer zu geben.

Ich schob die Zigarette zwischen die Lippen und zog daran, spürte, wie mich der Rauch beruhigte, als er sich in meiner Lunge ausbreitete.

»Sind Sie beruflich in Paris?«, fragte der Mann.

»Ja. Und Sie?«

»Ebenfalls. Nur für zwei Nächte.«

Ich wandte mich etwas ab, wollte nicht zu weiteren Fragen einladen. Ich wollte, dass er jetzt ins Haus ging, damit ich meiner Fantasie über ihn freien Lauf lassen könnte. Der Mann drückte seine Zigarette aus und verschwand in der Rezeption, während ich auf der Treppe stehen blieb und allein weiterrauchte. Die letzte Zigarette für sehr, sehr lange Zeit, wie ich jetzt einsah.

Ich fuhr mit dem Fahrstuhl hoch zu meinem Zimmer, zog mich aus und legte mich in die Badewanne. Schloss die Augen und ließ mich von dem fremden Mann aus dem Hotelgarten anfassen: entschlossene, zielstrebige Bewegungen, Hände, die taten, was sie wollten, nur dass ich es war, die entschied, was sie wollten. Nichts eilte. Ich hatte den ganzen Abend. Hatte nichts anderes vor, als zu schlafen. Danach stand ich auf und trocknete mich ab, legte mich ins Bett und schickte Ola eine Textnachricht, auf die er sofort antwortete. Ich schrieb, dass er mir fehlte. Wünschte, er wäre hier bei mir. Dachte, dass es stimmte und auch wieder nicht, denn ich hatte Sehnsucht nach Ola und genoss es zugleich, hier zu sein, in dem vielen Schönen, allein. Ich schaltete den Fernseher ein und sah mir vom Bett aus eine französische Diskussionssendung an, fünf Männer im Anzug, die über Politik redeten, ich hörte nicht zu, was sie sagten, ich ließ sie weitermachen, bis ich einschlief.

In dem französischen Verlag hatten sie noch nie von Claude Thibault gehört. Die Frau, mit der ich telefonierte, ließ mich den Namen zwei Mal wiederholen, und erst, nachdem ich fünf Minuten gewartet hatte, konnte sie bestätigen, dass er wirklich bei ihnen ein Buch veröffentlicht hatte. In der Datenbank fand sie keine Kontaktinformation. Von den Verlagsangestellten war niemand schon so lange da, sagte sie, das Buch sei zudem nicht mehr erhältlich, da die Restauflage vor über zwanzig Jahren makuliert worden sei. Enttäuscht bedankte ich mich für ihre Hilfe und legte auf. Ich nahm die Kaffeetasse vom Frühstückstablett, das mir aufs Zimmer gebracht worden war, schaute hinaus auf den Garten hinter dem Hotel, dachte, dass Claude Thibault vielleicht gerade frühstückte und Kaffee trank, so wie ich. Oder war er vielleicht schon aus dem Haus gegangen, schlenderte er durch die Straßen? Das war möglich, aber immer, wenn ich versuchte, mir das vorzustellen, schien er sich vor meinen Augen aufzulösen, und ich war nicht mehr sicher, ob er überhaupt existierte.

Ich stellte meinen Koffer in der Rezeption ab und ging zum Jardin du Luxembourg, wo die Sommertouristen sich in einem gleichmäßigen Strom durch die Tore bewegten. Spielzeugboote dümpelten in dem großen Wasserbecken. Kinder schliefen in Buggys. Ich setzte mich auf einen der grünen Stühle, wusste, dass ich als Kind dort gewesen war, Papa und ich hatten mit Holzbooten gespielt, ich hatte Fotos davon gesehen. Ich konnte mich jedoch nicht daran erinnern. So viele von meinen Kindheitserinnerungen beruhten auf den Erzählungen meiner Eltern, hingen ab von dem, was sie ausließen, und dem, was sie aufnahmen. Auf einem anderen Foto saß ich auf einem Pony, von meinem Stuhl aus sah ich jetzt eine ähnliche Gesellschaft, das Fell der Tiere war vom Sonnenlicht gefleckt. Das Klappern von Hufen. Kinder, die sich lachend an den Sattel klammerten, und Erwachsene, die zur Sicherheit mitliefen. So wie Papa, der mich offensichtlich festhielt. Wo war Mama? Mama fotografierte. Richtete die Kamera auf mich und meine Brüder, die groß genug waren, um allein zu reiten, die über dieses kindliche Vergnügen lachten, das ich mir erquengelt hatte, die Beine baumelten schlaff gegen den Bauch der kleinen Pferde.

Nach einer Weile stand ich auf und verließ den Park, trat durch das große Tor hinaus auf den Boulevard Saint-Michel. Hier lag die École des Mines, die alte Bergbauhochschule, an der Papa in den Sechzigerjahren promoviert hatte. Sie hieß jetzt Mines ParisTech, war noch am selben Ort untergebracht, in einem alten Gebäude auf der Ostseite. Die Fassade war grau und kompakt. Das Tor stand offen, ich traute mich jedoch nicht, allein hineinzugehen. Eine Gruppe von Studenten kam vorbei, ich schloss mich ihnen an, folgte ihnen die Treppe hoch zur Rezeption. Die Frau hinter dem Schalter musterte mich forschend. Ich wühlte in meiner Handtasche, um etwas zu tun zu haben, als ob ich nach meinem Studierendenausweis suchte, auch wenn ich wusste, dass die Tasche zu elegant für eine Studentin war. Noch eine Gruppe kam vorbei. Sie verschwanden in einem Korridor, ihre Stimmen hallten unter dem Deckengewölbe nach. Der Blick der Rezeptionistin haftete an mir, als verlange er eine Erklärung.

Musée de Minéralogie stand auf einem Schild, das in einen der Bogengänge wies. Ob das Museum geöffnet habe, fragte ich die Frau an der Rezeption. Sie nickte, öffnete die Glastür und reichte mir eine kleine Karte. Dort entlang, sagte sie und zeigte mir den Weg. Ich schlenderte zwischen Mauern aus dickem Kalkstein über einen Boden, der von den Schritten vieler Jahre verschlissen war, kam vorbei an Türen mit den Namen von Menschen, die vermutlich hier unterrichtet oder studiert hatten, vielleicht auch beides. Zwei junge Leute lehnten an einem Türrahmen und steckten die Köpfe zusammen. Ein Dozent lief mit dem Arm voller Bücher vorüber. Hier war er gegangen, mein Vater, vierzig Jahre zuvor, über diesen Boden. Ich lehnte meinen Körper an den Kalkstein, meine Handflächen wurden weiß vom Staub. Ich blieb eine Weile dort stehen, ganz still, als ob ich die Wände flüstern hören könnte.

Der Eingang des Museums lag am oberen Ende einer langen Treppe. Um hineinzukommen, musste man klingeln, der Eintritt kostete fünf Euro. Hinter dem Eingang lagen schmale Säle mit Schaukästen aus Eichenholz voller Steine und Mineralien, ich schlenderte umher und sah sie mir an, Gesteinsarten aus aller Welt. Es machte Spaß, sie zu betrachten, denn sie hatten große Ähnlichkeit mit anderen Dingen, alle erdenklichen Farben und Formen waren in diesen Räumen vertreten, Korallenriffe und Seen, verbrannte Wälder, Sternenhimmel und Schimmelbefall. Ich hatte mir Steine immer grau gedacht. Jetzt war mir klar, dass ich mich geirrt hatte. *Phantasie der Natur* stand auf einem Schild vor allerlei Gesteinsarten, geschliffen und geformt von Wetter und Wassermassen im Laufe von Jahrmillionen, sodass kein Stein aussah wie der andere.

Jeder Saal war nach einer anderen Person benannt. Ich schaute mir die Schilder an, fragte mich, wer sie gewesen sein mochten, die Leute, deren Namen oben an den Türrahmen angebracht waren. Versuchte, die Namen laut auszusprechen, ohne so recht zu wissen, weshalb. Plötzlich blieb ich stehen. *Hubert Thibault* stand hoch dort oben. Nicht Claude, aber ein Namensvetter am Eingang zur Abteilung für Gesteinsarten vom europäischen Festland. Das musste nichts zu bedeuten haben. Der Name Thibault kam in Frankreich so häufig vor, dass es nicht zwangsläufig einen Zusammenhang gab. Dennoch konnte ich mich nicht losreißen. Ich hatte das Schild wohl lange angestarrt, denn nun kam ein Museumswärter zu mir und fragte, ob ich Hilfe brauchte.

»Ich wüsste nur gern, wer er war«, sagte ich und zeigte nach oben.

»Die Räume hier heißen nach Personen, die auf irgendeine Weise zu den Sammlungen des Museums beigetragen haben«, sagte der Wärter. »Ich habe leider nicht die Übersicht über alle, aber wenn Sie möchten, kann ich Ihnen behilflich sein, das festzustellen.«

Er sah überrascht aus, als ich sein Angebot annahm. Er winkte mich weiter, in ein kleines Zimmer mit vier Stühlen. Leseplätze, nahm ich an, für Leute, die sich in die Sammlung vertiefen wollten. Der Wärter zog einen Stuhl zurecht, dann verschwand er in einem noch kleineren Raum, dessen Wände mit Ordnern und Nachschlagewerken bedeckt waren. Nach einer Weile kehrte er mit einem Buch zurück. Ein für das Jubiläum 1994 zusammengestellter Überblick über die zweihundert Jahre lange Geschichte des Museums. Außerdem brachte er einen Artikel aus *Le Monde* mit, bei dem es sich, wie ich dann erkannte, um einen Nachruf handelte.

»Tut mir leid, aber das ist alles auf Französisch«, sagt er, offenbar war er von meiner Beherrschung seiner Muttersprache nicht gerade beeindruckt.

»Das geht schon«, sagte ich und legte den Nachruf auf den Tisch.

Hubert Thibault war 1900 geboren worden. Er entstammte einer wohlhabenden Familie aus der Umgebung von Lyon, die ebendort seit Mitte des 19. Jahrhunderts eine Eisenhütte betrieben hatte. Die Hütte war von Thibaults Großvater gegründet worden, und er selbst hatte mehrere Jahre lang den Betrieb geleitet. Gegen Ende der Sechzigerjahre war die Hütte stillgelegt worden, und Hubert Thibault hatte seine letzten zwanzig Jahre der Aufgabe gewidmet, die Sammlungen des Museums von europäischen Gesteinsarten zu erweitern und zu katalogisieren. Außerdem hatte die Familie Museum und Schule großzügig unterstützt. Ich begriff, dass er ein vielseitiger Mann gewesen war, denn er hatte auch eine Menge Artikel über Mineralogie, Metallurgie, Umweltschutz und Geopolitik geschrieben, ehe er 1989 verstorben war, wie der Nachruf mitteilte.

Das Jubiläumsbuch brachte eine ausführlichere Beschreibung von Hubert Thibault. Nicht nur von ihm selbst, sondern auch von seiner Familie. Er war mit einer Frau verheiratet gewesen, die reicher war als er selbst, die Erbin eines Besteckimperiums in der Stahlhauptstadt Thiers. Die beiden hatten drei Söhne bekommen: Rafael, Jean-Remy und Claude. Die beiden älteren waren in die Fußstapfen des Vaters getreten und hatten Ingenieurwissenschaften studiert. Der jüngste hatte einen anderen Weg eingeschlagen. Er hatte an der Sorbonne in Philosophie promoviert. Ich beugte mich vor, spürte, wie meine Wangen heiß wurden, denn jetzt wusste ich, dass ich nicht nur Claude Thibault gefunden hatte, sondern seine ganze Familie.

Der Artikel brachte ein Bild von ihnen allen, sie standen am Ufer der Rhone, aufgestellt auf eine förmliche Weise, die sich der Fotograf vielleicht gewünscht hatte. Sie sahen gesund und stark aus, wie frisch gebügelt. Der jüngste Sohn hatte die größte Ähnlichkeit mit dem Vater. Das Bild war körnig und schlecht reproduziert, aber ich hatte keinen Zweifel mehr daran, wer er war.

Dieser Familie hatte die Eisenhütte gehört, in der Papa in dem Sommer, in dem er dreiundzwanzig geworden war, sein Praktikum gemacht hatte. Vielleicht hatten sie sich besonders gut um den norwegischen Praktikanten gekümmert, der von so weit hergekommen war, es war durchaus möglich, dass sie die Freundschaft zwischen Papa und ihrem gleichaltrigen Sohn gefördert hatten. Was aus dem Artikel nicht hervorging, war, ob sich die Freundschaft zwischen Papa und Claude zu mehr entwickelt hatte. Wenn das der Fall gewesen war, dann bezweifelte ich, dass das Ehepaar Thibault davon gewusst hatte. Der Einzige, der mir diese Frage wirklich beantworten könnte, war Claude Thibault selbst.

Ich fragte, ob es möglich sei, diese Artikel zu kopieren. Der Museumsmann sagte, er habe leider keinen Kopierer in seinem kleinen Büro, stattdessen reichte er mir einige leere Blätter und einen Kugelschreiber, damit ich die nötigen Informationen notieren könnte. Ich machte ein paar Fotos mit der Kamera meines Telefons, außerdem schrieb ich die wichtigsten Auskünfte auf die Blätter: wo die Familie gewohnt hatte, wann das Ehepaar Thibault geheiratet hatte, wann sie ihre Familie gegründet hatten. Die Informationen über die Söhne beschränkten sich auf wenige Zeilen. Es ging vor allem um ihre Ausbildung, dort stand nichts darüber, ob sie vielleicht geheiratet und Kinder bekommen hatten. Bei allen dreien war das Geburtsdatum angegeben, das notierte ich ebenfalls. Und da ging mir auf, dass sich die Informationen über den jüngsten Bruder von den anderen unterschieden.

Neben Claudes Namen stand nicht nur sein Geburtsdatum, sondern auch sein Todestag. Claude Thibault lebte nicht mehr. Er existierte nicht mehr. Die Todesursache ging aus dem Artikel nicht hervor, nur dieses eine Datum stellte nüchtern und deutlich fest, dass er nicht mehr unter den Lebenden weilte.

Ich legte den Stift weg. Verspürte eine plötzliche und unerwartete Trauer um diesen Menschen, der mir nie begegnet war und dem ich nun auch nie begegnen würde, um das, was er mir hätte erzählen können, über sich und über meinen Vater.

Ich zog das Buch wieder an mich heran und fixierte das Bild der Familie mit den drei Brüdern. Sah mir Claude Thibaults Todesdatum noch einmal an, als ob es verschwinden würde, wenn ich es nur lange genug anglotzte.

17. Juli 1985.

Knappe vier Wochen nach Papas Tod.

Zwei Männer im selben Alter, die einander ihr halbes Leben gekannt hatten und die die Welt fast gleichzeitig verlassen mussten.

Ich stand auf, packte meine Notizen ein, bedankte mich bei dem Museumswärter und verließ das Museum. Rannte die Treppen hinunter und durch die Gänge, während die Tasche gegen mein Bein schlug. Ich hatte mehr und mehr das Gefühl, dass mir die Zeit davonlief.

Ich nahm den Hochgeschwindigkeitszug nach Lyon. Es dauerte nur anderthalb Stunden, dann war ich dort. Am Bahnhof mietete ich mir einen Wagen und fuhr aus der Stadt, in Richtung des Dorfes, wo das Landsitzhotel lag. Die Vorstadtbebauung wurde nach und nach spärlicher und machte Platz für Äcker, Fachwerkhöfe, wo an den Hausecken Traktoren und Mähdrescher standen; Hühner und Schweine liefen auf halb offenen Hofplätzen umher. Nach einer Stunde sah ich das erste Hinweisschild auf das Dorf. Ich kam dort an, ohne es richtig zu merken, denn der Ort, in den ich hineinfuhr, hatte keine Ähnlichkeit mit einem Dorf, nichts hielt ihn zusammen, keine Läden und kein Postamt, keine Schule und kein Gasthaus, nur niedrige Wohnhäuser und eine Selbstbedienungstankstelle mit einer einsamen Tanksäule.

Das Tor zum Hotel stand offen. Ich bog auf den mit Kies bedeckten Parkplatz ab, wo allerdings kein einziges anderes Auto stand; für einen Moment fragte ich mich, ob das Hotel überhaupt geöffnet sei, ob die Nachricht des Concierge vielleicht nicht angekommen sei. Hinter dem Parkplatz lag das Herrenhaus, an dem meine Eltern so ein unerklärliches Interesse gehabt hatten. Für sich betrachtet, bot es einen umwerfenden Anblick, es war umgeben von einzelnen Wirtschaftsgebäuden und etwas, das irgendwann einmal ein Stall gewesen sein musste;

dahinter erstreckte sich ein großer Park. Was ich nicht begriff, war die Lage. Dieser nichtssagende kleine Ort auf dem platten Land, ganz ohne die Angebote, auf die meine Eltern sonst Wert legten und von denen sie in den Ferien ganz besonders abhängig gewesen zu sein schienen.

Mitten auf dem Hofplatz stand ein Baum. Er war kräftig beschnitten worden und hatte keine Blätter mehr, sah mitten im Sommer fast tot aus. Ich dachte, es sei falsch gewesen, ihn jetzt zu beschneiden, man hätte bis zum Herbst warten müssen, oder besser noch bis nächstes Jahr. Ich hatte noch nie einen so nackten Baum gesehen.

Jetzt kam ein Mann über den Hofplatz auf mich zu. Der Hotelier, nahm ich an, klein und untersetzt, mit straff nach hinten gekämmten schwarzen Haaren. Er trug klobige Stiefel, und als er näher kam, sah ich, dass er auch Handschuhe anhatte, grobe Arbeitshandschuhe, die er auszog, ehe er mir die Hand reichte.

»Madame Berg?«

»Sie haben meine Reservierung erhalten?«

»Sicher. Willkommen hier bei uns. Haben Sie den Weg leicht gefunden?«

Ich nickte. Er öffnete die Heckklappe und nahm meinen Koffer heraus. Zog ihn hinter sich her über den Hofplatz, wobei der Kies zwischen den Rädern knirschte. Der Wind hob meinen Rock, ein Stück entfernt blähte sich eine Plane. Nur der Baum rührte sich nicht, er stand da starr und leblos, als ob er den Wind überhaupt nicht spürte.

»Mal sehen«, sagte der Hotelier. »Sie haben ein Standard-Doppelzimmer bestellt, aber da Sie heute Abend der einzige Gast hier sind, kann ich Ihnen eine Suite für nur zwanzig Euro mehr pro Nacht anbieten.«

»Bin ich ganz allein hier?«

»Ja, mitten in der Woche ist es oft etwas ruhiger. Zum Wochenende kommen weitere Gäste, insgesamt habe ich aber ohnehin nur zehn Zimmer. Kommen Sie, ich zeige Ihnen das Zimmer. Und dann sagen Sie, was Sie meinen.«

Er trug meinen Koffer die Treppe hoch. Die Art, wie er ging, zeigte mir, dass er es gewohnt war, schwer zu tragen. Im Erdgeschoss lagen zwei große Räume mit Wandteppichen und einem Kamin, in dem kein Feuer brannte, im Stock darüber befand sich eine Bibliothek mit Regalen bis zur Decke. Schließlich blieb der Hotelier vor einer Tür stehen. Er zog einen Schlüssel hervor, steckte ihn ins Schloss und drehte ihn um.

Im Zimmer gab es ein Himmelbett und große Kleiderschränke mit Pompons an den Handgriffen. Ein Sofa sah aus wie frisch bezogen. Im Badezimmer stand eine gusseiserne Wanne mit Messingfüßen, daneben zwei absolut identische Waschbecken. Ich fand, der Hotelier habe mir da ein großzügiges Angebot gemacht, man bekam hier auf dem Land wirklich viel für sein Geld. Er blieb stehen und sah mich an, während ich zum Fenster ging und hinaus auf das von leeren Liegestühlen umgebene Schwimmbad blickte, gleich dahinter lag eine alte Kirche. Die ältesten Gräber auf dem Friedhof waren von hier aus gerade noch zu sehen. Die Friedhofsmauer erhob sich wie ein stummer Grenzposten zum Hotel hin.

»Gefällt es Ihnen?«

»Es ist sehr schön.«

»Gut, dann ist das abgemacht. Sie werden sich hier wohlfühlen. Ich serviere das Essen in einer Stunde.«

Ich sah ihn zögernd an. Hatte vergessen, dass es ein Zimmer mit Halbpension war, vermutlich, weil es im Dorf kein Restaurant gab.

»Mir war nicht bewusst, dass ich der einzige Gast bin«, sagte ich. »Gibt es denn wirklich hier in der Nähe kein Lokal, wo ich essen könnte?«

»Doch, Sie könnten ein Dorf weiter fahren, aber mir macht das hier überhaupt keine Umstände. Ich koche etwas Einfaches, das mache ich wirklich gern. Wenn Sie möchten, leiste ich Ihnen auch Gesellschaft. Falls Sie nicht doch lieber im Restaurant essen möchten.«

Ich schaute zu meinem Koffer hinüber. Ich hatte noch nichts ausgepackt, keinen einzigen Gegenstand im Zimmer hatte ich angefasst. Ich könnte es mir noch immer anders überlegen, mich einfach wieder ins Auto setzen, zu einem anderen Hotel fahren. In Gedanken sah ich es vor mir, wie wir da unten in dem großen Esszimmer saßen, der Hotelier und ich, und uns mühsam unterhielten. Es gab vieles, was ich ihn gern gefragt hätte, aber da war auch etwas, das mich zögern ließ. Etwas lag in seinem Gesicht. Eine Einsamkeit vielleicht.

»Ich fahre gern noch ein bisschen«, sagte ich.

»Sie sind nicht müde nach der Reise?«

»Nein, das ist kein Problem.«

»Ja, ja, wie Sie wollen.«

Er reichte mir den Schlüssel und zeigte auf die Tür.

»Mit dem Schloss stimmt etwas nicht«, sagte er. »Ich habe es leider noch nicht reparieren können, es lässt sich nur von außen abschließen. Ich hoffe, das macht nichts.«

Ich erwiderte nichts, nahm nur den Schüssel und nickte stumm.

Das Nachbardorf lag zehn Minuten vom Hotel entfernt. Der Hotelier hatte mir dort ein Restaurant empfohlen, aber als ich ankam, fand ich, dass es verlassen und ärmlich wirkte, und machte mich auf die Suche nach einem anderen Lokal. Ich schlenderte durch die Straßen, vorbei an alten Häusern, durch eine Markthalle, die bereits Feierabend gemacht hatte, über einen Platz. Unterwegs kam ich an einem kleinen Hotel vorbei. Es sah hell und einladend aus, ich hatte Lust, meinen Koffer zu holen und dort zu schlafen, aber jetzt war es zu spät. Am anderen Ende des Marktplatzes lag eine Brasserie. Es war warm genug, um draußen zu sitzen, ich bestellte etwas, hatte Lust auf Wein, aber jetzt, wo ich ein Kind erwartete, war Wein nicht erlaubt. Ich hatte auch Lust auf eine Zigarette. Auch das war nicht erlaubt. In dieser Hinsicht war es langweilig, schwanger zu sein. Ich zog mein Telefon hervor und rief Ola an, erzählte ihm, dass ich angekommen sei und dass das Hotel von einem komischen Vogel betrieben werde. Ich übertrieb dabei ein wenig, der Mann wurde noch kauziger, als ich über ihn sprach, witzig und harmlos. Ola lachte am anderen Ende der Leitung.

»Wie geht es mit dem Schreiben?«, fragte ich.

»Gut«, sagte Ola. »Und du machst es dir jetzt sicher mit einem Glas Wein gemütlich, was?«

»Ja, ja«, sagte ich.

Die Fensterläden waren halb geschlossen, als ich zurückkam, eine einsame Lampe brannte über der Eingangstür. Ich stellte das Auto ab und überquerte den Hofplatz, in einem der Nebengebäude sah ich durch ein Fenster den Schatten des Hoteliers, halb gebeugt stand er dort, als ob er an etwas arbeitete. Hinter ihm leuchtete eine Arbeitslampe. Mitten auf dem Platz zeichnete sich der Baum vor dem Horizont ab wie eine schwarze Heugabel. Ich ging so leise ich konnte auf das Haus zu, aus dem Aufenthaltsraum hörte ich Klavierklänge. Jemand spielte dort drinnen, eine traurige Melodie in Moll. Doch der Hocker vor dem Klavier war leer, die Tasten sprangen im Halbdunkel von selbst auf und ab, ohne Hilfe von Menschenhand.

»Ist das nicht lustig?«

Der Hotelier stand jetzt hinter mir. Er war unbemerkt hereingekommen, die Musik hatte seine Schritte übertönt.

»Es hat meinem Urgroßvater gehört«, sagte er. »Er war Klavierbauer, aber er hat nicht selbst gespielt, deshalb hat er das hier konstruiert.«

Der Hotelier lachte im Takt der Musik. In der Hand hielt er eine Gartenschere, sie war klein und kräftig und mit Draht zusammengebunden. Er machte einen Schritt ins Zimmer herein, und ich wich sofort zurück. Er sah mich fragend an, fand meine Reaktion offenbar übertrieben, dennoch musste ich die Schere anstarren, ein ganz normales Gartengerät, um Rosen zu schneiden oder kleine Sträucher zu stutzen.

»Haben Sie etwas zu essen bekommen?«

Ich nickte.

»Da haben Sie mir ein gutes Restaurant empfohlen.«

»Das werde ich dem Besitzer ausrichten.«

Sie waren natürlich miteinander bekannt. Daran hätte ich denken müssen. Ich schaute zur Treppe hinüber, sehnte mich danach, in mein Zimmer zu kommen, die Tür zu schließen und mich ins Bett zu legen.

»Sie sind vielleicht müde?«

»Ja, ich glaube, ich gehe jetzt schlafen.«

»Tun Sie das. Ich wünsche Ihnen eine angenehme Nachtruhe. Wann möchten Sie frühstücken?«

»Um neun?«

»Um neun, sehr schön. Ich stelle alles für Sie bereit. Croissants und Brot, Saft und Marmelade. Ich mache die Marmelade selbst, Sie haben sicher die Pflaumenbäume auf dem Grundstück gesehen.«

Ich konnte mich nicht an irgendwelche Obstbäume erinnern. Vor dem Fenster war alles schwarz. Trotzdem nickte ich, stieg die Treppe hoch, während das Klavier weiterspielte, ich dachte, der Hotelier müsse es doch satthaben, immer wieder dieselbe Melodie zu hören. Ich trat ans Fenster und schaute hinunter in den Garten. Das Schwimmbecken lag wie ein dunkler Spiegel am Ende der Rasenfläche, in der Dunkelheit war nicht mehr zu erkennen, wo der Park endete und die Landschaft anfing. Ich putzte mir die Zähne und legte mich hin, rollte mich in dem großen Bett zusammen. Ohne es zu wollen, gewöhnte ich mich an den Klang des unermüdlichen Klaviers, die Töne, die sich immer wieder um sich selbst drehten, wie Karussellmusik, und schlief ein.

Als ich aufwachte, schien die Sonne wieder. Draußen grasten friedlich die Kühe, der Himmel erstreckte sich in freundlichem Blau über dem Weideland, ich nahm den Duft von Toast wahr. Unten klapperten Schranktüren, der Hotelier war schon am Werk. Ich zog mein Nachthemd aus und duschte, blieb stehen und betrachtete mich im Spiegel, die Schwangerschaft war nicht zu sehen und würde das noch mehrere Wochen lang nicht sein. Dennoch war ich verändert. Nicht mehr nur Elin, sondern bald Mama, dieser seltsame Name, der, wenn er ausgesprochen wurde, neue Seiten an einem Menschen hervorzurufen und andere auszuwischen schien. Wir würden jetzt eine Familie sein, bei der ich eine der Erwachsenen wäre. In der Erzählung über mich selbst war ich immer ein Kind gewesen. Behutsam legte ich die Hand auf meinen Bauch und das ungeborene Leben, das dort drinnen lag. Ich werde auf dich aufpassen, flüsterte ich, jetzt geht es um uns drei. Dich und mich und Ola.

In der Küche wartete schon alles auf mich: Croissants, Brot und Marmelade, dazu eine Kanne frisch aufgebrühter Kaffee. Die Tür zum Garten stand offen, auf der Fensterbank summte ein Radio, vom Hotelier war nichts zu sehen. Ich füllte mir einen Teller und setzte mich, dachte, wie schön es hier sei, wie einladend alles wirkte, jetzt, bei Tageslicht. Kleine Vögel trippelten über den Kies. Ich warf ihnen Brotkrümel hin, sie schnappten sie auf und stolzierten weiter. Am Ende des Gartens, hinter Schwimmbecken und Liegestühlen, sah ich den Hotelbesitzer, der sich über Büsche bückte. Er hielt einen Spaten in den Händen, wollte an einem heißen Tag wie diesem wohl die schwerste Arbeit früh hinter sich bringen.

Nach dem Frühstück ging ich ins Dorf. Kam vorbei an Häusern, die gut erhalten wirkten, obwohl sie alt waren, umgeben von niedrigen Gartenmauern und blühenden Sträuchern, die Zweige streiften mich, als ich vorüberkam. Ein Hund lugte durch die Gitterstäbe in einem Tor. In einem Briefschlitz hing eine zur Hälfte hineingeschobene Zeitung. Ich überlegte, wer wohl in diesem kleinen Ort wohnte, was diese Menschen von Beruf waren, warum sie sich gerade hier niedergelassen hatten, wo es so wenig zu tun gab. Was hatte meine Eltern hierher verschlagen? Gab es in diesem Dorf überhaupt irgendetwas, das sie angesprochen haben könnte?

Das Rathaus lag gleich neben einem leeren Spielplatz. Beim Eingang stand ein Denkmal für die Gefallenen des Ersten Weltkriegs. Zehn Namen waren dort eingemeißelt, alles junge Männer. Noch jetzt, fast ein Jahrhundert später, lagen frische Blumen vor dem Denkmal. Ich nahm an, dass das Dorf dafür sorgte, vielleicht gab es Nachkommen, die Trost darin fanden, herzukommen und diesen bleichen Stein anzusehen.

Eine junge Frau saß hinter dem Schalter und hatte vor sich einen Stapel Papiere liegen. Sie schaute auf, als ich hereinkam, und ich erklärte, ich hätte einige Fragen zu dem Hotel im Dorf.

»Gibt es irgendwelche Informationen über die bisherigen Besitzer?«, fragte ich.

»Ja, diese Informationen sind öffentlich zugänglich«, sagte die Frau. »Einen Moment.«

Sie gab mir ein Zeichen zu warten und verschwand in einem kleinen Büro. Dort kämpfte ein Computer mit Aktenordnern und allen möglichen Papieren um Platz. Das Gedächtnis des Dorfes, wie es schien.

»Hier, ja«, sagte sie und legte einen Ordner vor sich hin. »Das sind alle Besitzer, seit das Gebäude 1835 errichtet wurde. Denken Sie an einen bestimmten Zeitraum?«

»Ja, um 1985.«

»Nicht allzu lange her, mit anderen Worten. Hier sehe ich, dass es damals einen Besitzerwechsel gab. Drei neue Besitzer wurden registriert. Zwei davon waren Franzosen, Claude Thibault und Didier Morel. Sie haben das Haus zusammen mit einem Norweger gekauft, Bjørn Berg.«

»Sie haben das Haus zusammen gekauft?«

»Ja, so steht es hier. Sie haben es offenbar ein Jahr lang zusammen besessen. Heute ist nur der Dritte, Didier Morel, als Besitzer aufgeführt. Die beiden anderen hatten ihn zum Alleinerben ernannt.«

Meine Eltern hatten das Haus also doch gekauft. Nur nicht allein. Sondern zusammen mit zwei Franzosen, die sie offenbar schon gekannt hatten, mit denen sie vielleicht sogar eng befreundet waren, die sie aber meiner Erinnerung nach niemals erwähnt hatten.

»Didier Morel?«, fragte ich. »Und er betreibt heute das Hotel?«

»Ja. Kennen Sie ihn?«

»Ich übernachte dort.«

»Dann kann Herr Morel Ihnen sicher mehr erzählen. Er hat die Anteile der beiden anderen aufgrund eines Testamentes geerbt. Und zwar bereits nach einem Jahr.«

Ich blieb stehen, mit der Hand auf dem Ordner. Versuchte,

das, was dort stand, mehrmals zu lesen, als stehe noch irgendetwas zwischen den Zeilen dieser umständlichen bürokratischen Sprache.

»Bjørn Berg war mein Vater«, sagte ich.

»Oh, ich verstehe. Normalerweise hätten Sie den Anteil Ihres Vaters geerbt. In Frankreich ist das Gesetz so, dass die Kinder den Besitz übernehmen.«

»Also ein Drittel des Hauses, mit anderen Worten.«

»Stimmt. Es sei denn, Sie haben noch Geschwister?«

»Nein«, sagte ich. »Keine Geschwister.«

Ich sah die Frau an, wollte so gern, dass sie noch mehr sagte, mir noch mehr Antworten gab, aber ich begriff, dass sie keine hatte. Sie war vielleicht noch nicht einmal geboren gewesen, als der Besitzerwechsel stattgefunden hatte. Die Antworten, die ich suchte, musste ich selbst finden. Ich schlug den Ordner zu und schob ihn zurück.

»Danke für die Hilfe«, sagte ich. »Oder könnten Sie mir diese Unterlagen vielleicht einmal kopieren?«

»Natürlich«, sagte die Frau.

Ich ging mit einer Kopie der Eintragungen unter dem Arm durch die Straße. In der Ferne war das Bimmeln von Schafsglocken zu hören, es klang wie ein Warnsignal. Ich dachte, dass Didier Morel vermutlich begriffen hatte, wer ich war, ich hatte denselben Nachnamen wie Papa, der Mann, von dem er das Haus geerbt hatte, er konnte es wohl kaum für einen Zufall halten, dass ich hier war. Dennoch hatte er nichts gesagt. Stattdessen hatte er mit mir gesprochen wie mit irgendeinem beliebigen Gast.

Vor dem Eingangstor zum Hotel blieb ich stehen und zögerte. Das Tor war wieder halb geschlossen, Didier erwartete offenbar auch an diesem Tag keine weiteren Gäste. Statt hineinzugehen, machte ich kehrt und wanderte zu der in der Nähe gelegenen Kirche, die zwischen Dorf und Weideland errichtet war. Es war eine bescheidene Kirche. Zwei Schafe grasten in der Nähe. Sie schauten neugierig zu mir herüber, dann senkten sie wieder die Köpfe und widmeten sich ihren Angelegenheiten. Ich zog am Tor zum Friedhof. Es sprang mit leisem Klicken auf. Für einen Moment blieb ich stehen und schaute mich um, dann ging ich hindurch.

Die Gräber ganz vorn waren alt. Die Menschen, denen sie gehörten, waren vor langer Zeit verstorben, dennoch lagen frische Blumen bei den Steinen, Nelkensträuße und Töpfe mit Begonien, hier und dort auch sommergrüne Büsche. In mehreren Gräbern ruhten ganze Familien. Sie waren oft dekoriert, mit Engeln aus Porzellan, Marmorbüchern, in die schlichte Botschaften eingemeißelt waren. *Ruhe in Frieden. Schmerzlich vermisst. Immer in unseren Gedanken.* Ich fand den Friedhof schön. Er lag idyllisch zwischen den sanften Hängen, die Landschaft bildete einen üppigen Kontrast zu den bleichen Grabmälern.

Weiter hinten waren die Grabstätten kleiner, oft wiesen sie nur einen einzigen Namen auf. Auch hier standen auf mehreren Gräbern Blumen. Vom Kiesweg konnte ich zum Hotel auf der anderen Seite hinüberschauen, es war durch einen kleinen, mit Gras bewachsenen Hang und eine Mauer von dem Friedhof getrennt, ein schmaler Weg zog sich von dort zum Friedhof, ein brauner Pfad durch das hohe Gras, der vor einer Tür in der Mauer endete. Die Tür führte zu den hintersten Gräbern. Sie lagen etwas tiefer im Gelände, fast verborgen.

Die Steine standen hier dichter beieinander. Der Kiesweg wurde enger, als ob die Absicht bestanden hätte, aus diesem halb verborgenen Friedhofsteil so viel wie möglich herauszuholen. Als ich näher kam, sah ich, dass alle Steine gleich aussahen, schlicht in der Ausformung, ohne Worte, die erzählten, dass die, die dort lagen, in Gedanken und Erinnerungen anderer Menschen weiterlebten. Hier lagen nur Männer. Die meisten waren bei ihrem Tod zwischen zwanzig und vierzig gewesen. Ich fuhr mit der Hand über die Steine, ging ruhig die Reihe der Gräber entlang und blieb dann bei einem Namen stehen, den ich sofort erkannte.

Claude Thibault.

Mein Herz begann wie wild zu hämmern, denn jetzt wusste ich, was ich suchte, ich ging, so langsam ich konnte, wollte jeden einzelnen Namen in mich aufnehmen.

Da.

So klein und schlicht.

Ganz für sich allein.

Bjørn Berg.

Geboren 1938. Gestorben 1985.

In diesem Moment hörte ich hinter mir Schritte. Drehte mich um und sah Didier Morel auf mich zukommen, er trug Arbeitshandschuhe und Stiefel, die im Kies versanken. In der Hand hielt er einen Spaten. Einen großen, schweren, mit rissigem Handgriff.

Ich sah ihn an. Er rammte den Spaten in den Boden.

»Wie ich gedacht habe«, sagte er. »Du hast den Weg ganz allein gefunden.«

Ich war wieder zehn Jahre alt. In dem Alter, in dem man mehr sieht und hört, als man glaubt, indem man sich wie eine stille Zeugin zwischen den Gesprächen der Erwachsenen bewegt, Wörter aufschnappt, deren Bedeutung man nicht ganz begreift. Als ich klein war, gelang es mir oft, Dinge zu durchschauen. Vieles fiel mir auf. Dennoch gab es Zusammenhänge, die ich nicht verstand, die sich mir nicht erschlossen. Mit diesem Gefühl saß ich an jenem Nachmittag in der Küche des Hotels, wo ich seit weniger als einem Tag wohnte, mit dem Gefühl, mich an der Oberfläche von etwas zu bewegen. Ich wusste jetzt, dass mein Vater nicht im Fjord lag. Das Einzige, was ich nicht begriff, war, warum er ausgerechnet hier begraben war.

»Fühlst du dich besser?«

Didier stellte eine Kanne vor mir auf den Tisch. Zwei Zitronenscheiben schwammen im Teewasser.

»Ich glaube schon«, sagte ich. »Ich bin noch nie in Ohnmacht gefallen.«

»Du warst zum Glück nicht lange bewusstlos. Nicht lange genug, als dass ich mir Sorgen gemacht hätte.«

Ich hob die Teetasse und blies hinein. Legte mir die Hand auf den Bauch, wo an der Bluse einige Grashalme klebten. Der Arm tat mir weh, das merkte ich jetzt, ich war darauf gelandet, ehe Didier mir wieder auf die Füße geholfen hatte.

»Ich bin schwanger«, sagte ich. »Vielleicht lag es daran.«

»Das habe ich verstanden.«

»Wirklich?«

Er nickte.

»Ich bin eigentlich Krankenpfleger. Ich habe gesehen, wie du dir an den Bauch fasst. Vor allem, wenn du Angst hast.«

Er hatte jetzt die Stiefel ausgezogen, lief in schlichten Sandalen und einem hellen Hemd umher. Er war einmal ein schöner Mann gewesen, das sah ich.

»Du hast vielleicht gewusst, wer ich bin?«, fragte ich.

»Ich hatte einen Verdacht«, sagte er. »Aber erst, als ich dich gesehen habe, war ich mir sicher. Du hast Ähnlichkeit mit deinem Vater.«

»Das sagen viele.«

»Aber nicht so sehr mit deiner Mutter.«

»Das sagen auch viele.«

Er lächelte.

»Ja, sie war wirklich einzigartig.«

»Hast du sie gekannt?«

»Ich habe deine Eltern beide gekannt. Ich habe sie durch Claude kennengelernt. Bjørn hatte ja einmal in der Eisenhütte von Claudes Familie ein Praktikum gemacht. Und da waren sie Freunde geworden, er und Claude.«

Didier verstummte für einen Moment. Ich dachte, dass er überlegte, sich vielleicht fragte, wie viel ich wusste.

»Du meinst, sie waren ein Paar?«, fragte ich.

Didier nickte.

»Jedenfalls eine Zeit lang. Es ging ein bisschen hin und her, wenn ich das richtig verstanden habe, in den Jahren, in denen sie beide in Paris wohnten. Irgendwann ging die Beziehung dann in Freundschaft über, aber sie blieben immer in Kontakt, auch, als Bjørn und Wenche geheiratet hatten. Da habe ich sie kennengelernt, als ich mit Claude zusammen war. Sie waren um einiges älter als ich, aber wir haben uns sofort verstanden. Ich glaube, Paris war für sie eine Art Freistätte. Nach und nach bekamen sie durch Claude einen ziemlich großen Bekanntenkreis – Claude fiel es immer leicht, Menschen aus unterschiedlichen Milieus zusammenzubringen. In diesem Kreis lebten wir ganz offen. Wenn Claudes Eltern nicht in der Wohnung der Familie waren, wohnten wir dort zusammen, wie jedes andere Paar.«

»Du glaubst nicht, dass seine Eltern das begriffen hatten?«

Didier zuckte mit den Schultern.

»Sie begriffen, was sie begreifen wollten. Und damit konnten wir leben. Versteh das nicht falsch, es war eine fantastische Zeit. Die Gemeinschaft, die in dieser Wohnung entstand, in diesem pompösen Überfluss, mit dem ich mich nicht identifizieren konnte, war einzigartig. Ich glaube, wir konnten uns einfach nicht vorstellen, dass uns irgendetwas passieren könnte.«

Didier spielte ein bisschen an der Teekanne herum. Die ganze Küche war von Sonnenlicht durchflutet.

»Dann fing das Sterben an«, sagte er. »Zuerst einige Freunde von uns von der Uni. Sie schrumpften innerhalb weniger Monate zu nichts zusammen, wir erkannten sie nicht wieder. Dann breitete es sich aus. Wir verloren weitere Freunde. Anfangs begriffen wir nicht, was sie krank machte, aber dann war plötzlich die Rede von einem Virus. Einem, das vor allem solche wie uns traf. Es war tödlich, das begriffen wir immerhin. Es gab kein Heilmittel. Wer die Diagnose bekam, war erledigt. Bei uns war es Claude, der zuerst Symptome aufwies. Er ließ sich testen, als er als Gastdozent in den USA war, und als er nach Hause kam, bat er mich, auszuziehen. Ich weigerte mich natürlich, ich wollte ihn pflegen, und zunächst ging auch alles ziemlich gut.«

Didier stand auf und ging zur Gartentür. Blieb für einen Moment stehen, schaute zu dem Tisch hinüber, an dem ich am Morgen gefrühstückt hatte. Jetzt war der Tisch abgeräumt. Die Vögel hatten die Krümel verzehrt.

»Ich bin in dieses Haus gekommen, weil ich Krankenpfleger war«, sagte Didier. »Ich sollte die Sterbenden pflegen. Das wollten damals nicht viele.«

»Du meinst die Männer auf dem Friedhof?«

Didier nickte.

»Es war Claudes Idee, ein Hospiz für AIDS-Kranke zu eröffnen. Wir hatten gesehen, wie Freunde von uns in den Krankenhäusern in der Stadt behandelt wurden, man trat ihnen nur mit Mundschutz und Plastikhandschuhen gegenüber, brachte sie in Isolierzimmern unter. Claude bat seine Mutter um Geld, sagte nicht, wozu, und die Summe, die er bekam, reichte auch nicht, um ein Haus zu kaufen, aber es ging, als ich meine Wohnung verkaufte und Bjørn und Wenche in Norwegen ein Darlehen aufnahmen. Claude wusste von diesem Landsitz, der Freunden seiner Familie gehört hatte und jetzt leer stand, es war zwar alles ziemlich verfallen, aber wir konnten es doch wieder herrichten. Wir bauten zwei neue Badezimmer ein. Stellten in jedes Zimmer vier Betten. Kauften Sessel für die Aufenthaltsräume und Sonnenliegen für den Garten, damit sich die Gäste ausruhen könnten. In den schlimmsten Zeiten hatten wir vierzig AIDS-Patienten im Haus.«

Didier drehte sich wieder zu mir um, vielleicht sah er, dass ich mich innerlich wappnete.

»Hatte Claude meinen Vater angesteckt?«, fragte ich.

»Nein, so war das nicht«, sagte Didier. »Die Beziehung der

beiden war längst zu Ende. Wenn ich das richtig verstanden hatte, war das bei Bjørns Arbeit passiert. Bei einer zufälligen Begegnung mit einem Unternehmensberater. Es war ein One-Night-Stand, einfach eine Unvorsichtigkeit, eines Abends, als sie Überstunden gemacht hatten. Das war ja offenbar eine schwierige Zeit, mit großen Umstellungen und Druck auf deinen Vater. Da brauchte er wohl etwas. Oder jemanden. Das war ja gerade das Schlimme: eine einzige achtlose Nacht, und dann so furchtbare Konsequenzen. Aber das ließe sich natürlich von ziemlich vielen von denen sagen, die hier gestorben sind.«

Ich schaute mich in der Küche um, blickte zum Licht, das durch die Gartentür hereinfiel, eine Fliege trippelte über die Steinfliesen. So klein und hilflos in dem milden Licht.

»Was ist mit Mama? Hat sie das gewusst?«

»Wenche hat es gewusst. Sie hatten eine ziemlich offene Beziehung. Nicht offen in der Bedeutung, dass dein Vater machen konnte, was er wollte, das glaube ich nicht, aber sie war sehr tolerant. Wir haben nicht sehr viel darüber gesprochen, es waren eher Gedanken, die ich mir später gemacht habe, nachdem ich viel Zeit mit ihnen verbracht hatte, dass es zwischen ihnen eine Art Großzügigkeit gab, die es ihnen möglich machte, anders zu denken. Wo die Tatsache, dass es Bedürfnisse und Wünsche gab, die das Gegenüber nicht erfüllen konnte, auf gegenseitiges Verständnis traf. Sie war ein großzügiger Mensch, deine Mutter. Viele auf dem Friedhof drüben sind ihr Dank schuldig.«

»Wie meinst du das?«

»Sie bekam nach dem Tod deines Vaters eine hohe Lebensversicherung ausgezahlt. Eine Million norwegische Kronen. Zu diesem Zeitpunkt war das Haus hier völlig überlastet, weil viele Krankenhäuser in der Gegend keine AIDS-Patienten aufnahmen. Wenche schickte das Geld her. Nur dank ihr konnten wir so vielen helfen.«

»Sie hat das Geld verschenkt?«

»Ja. So gut wie alles.«

Ich stellte meine Tasse weg. Sah Mama vor mir, wie sie im Sessel saß und las, die Hand, die über einem Bild lag, von einem Ort vielleicht, zu dem sie sich hinträumte. Und da hatte sie vielleicht doch an dieses Haus hier gedacht, nur aus ganz anderen Gründen, als ich mir das hatte vorstellen können.

»Sie hat mir nie etwas gesagt.«

»Nein. Du warst ja noch ein Kind.«

»Aber sie müssen es doch lange gewusst haben, sie und Papa, dass er krank war.«

»Eine ganze Weile. Sie haben es im Spätherbst '84 erfahren, aber sie wollten euch damit verschonen. Darum ging es die ganze Zeit. Der Tod sollte normal wirken. Leicht zu akzeptieren. Sie hatten es geplant, Bjørn und Wenche, lange vor dem Unglück, hatten dafür gesorgt, dass er keine Termine hatte, und seine Reisen auf eine Weise reduziert, die keinen Verdacht erwecken würde. Er war schon ein wenig abgemagert. Alle dachten, das liege an der Situation bei der Arbeit, den schweren Zeiten in der Eisenhütte. Und es ging gut, solange ihm die Krankheit nicht anzusehen war, solange die Wunden noch an Körperteilen auftraten, die von der Kleidung bedeckt waren. Aber sie wussten, in dem Moment, wenn die ersten Anzeichen im Gesicht auftauchten, würden sie rasch handeln müssen. Ihn mit dem Flugzeug herkommen zu lassen war unmöglich, er sollte ein Schiff nehmen, Bjørn kannte jemanden auf einem der Frachtschiffe, so hatte er das arrangiert, er sollte sich an Bord verstecken und dann irgendwo an Land gehen, wo wir ihn abholen könnten.«

Didier sah mich an. Ich erwiderte seinen Blick nicht, denn ich weinte jetzt, fuhr mir mit der Hand über das Gesicht.

»Warum konnte er denn nicht einfach zu Hause sterben?«, fragte ich.

»Es wäre eine zu große Schande gewesen«, sagte Didier. »An einem so kleinen Ort.«

»Aber es gab doch keinen Grund, sich zu schämen«, sagte ich.

»Damals eben doch. Dein Vater verliebte sich sowohl in Frauen als auch in Männer, das war das eine. Er verliebte sich in Menschen, unabhängig vom Geschlecht. Das konnten andere nicht verstehen. Und dann war da die Krankheit, die kam noch dazu. Das war das Schlimmste, sagte er zu mir, dass er in einer Phase seines Lebens so unvorsichtig gewesen war, wo es seiner Familie so gut gegangen war.«

Didier holte eine Rolle Küchenpapier und stellte sie vor mir auf den Tisch. Ich riss ein Stück ab, putzte mir damit die Nase.

»Hat er irgendwann einmal nach mir gefragt?«, fragte ich.

»Immer wieder«, sagte Didier. »Nach dir und deinen Brüdern.«

»Wie, er wusste nicht, dass sie tot waren?«

»Nein. Wenche hat es nicht über sich gebracht, ihm das zu sagen.«

Ich nickte. Sah wieder die Fliege an, die jetzt im Türrahmen verharrte, fast unbeweglich.

»Was ist mit dir?«, fragte ich. »Hast du dich nicht angesteckt?«

»Doch, schon. Ich hatte das Virus ziemlich früh erwischt. Jetzt lebe ich seit fünfundzwanzig Jahren damit, es geht verhältnismäßig gut. Einige von uns hatten Glück, in seltenen Fällen verläuft der Zerfallsprozess im Körper langsamer, und dann gab es irgendwann ja Medikamente. Ich habe mich ziemlich gut damit arrangiert.«

Ich sah Didier an. Er sah nicht krank aus. Auch nicht geschwächt. Den ganzen Tag hatte er draußen in der Sonne gearbeitet. Er hatte Farbe im Gesicht, ich fand, dass er viel gesünder aussah als ich.

»Die Frau im Rathaus hat nichts davon erwähnt«, sagte ich.

»Nein, ihre Familie hat damals nicht hier gewohnt. Und die, die hier gewohnt haben, reden nicht mehr darüber. Es wurde ziemlich schnell unter den Teppich gekehrt, nachdem die Krankenhäuser uns abgelöst hatten. Ich habe selbst dazu aufgefordert, schließlich habe ich ein Hotel, bin abhängig von einem gewissen Zulauf, um über die Runden zu kommen. Ich will nicht, dass die Gäste wissen, dass die Zimmer, in denen sie schlafen, einmal ein Pflegeheim für AIDS-Kranke waren, die gleich nebenan begraben sind. Oder dass der Hotelier selbst das Virus in sich trägt.«

»Glaubst du, sie würden nicht herkommen, wenn sie es wüssten?«

Didier lachte. Ein kurzes, trockenes Lachen.

»Würdest du?«

Sie kamen aus der ganzen Umgebung. Einige kamen allein, standen mit einer kleinen Tasche oder einem Koffer in der Eingangshalle, als ob sie in einem ganz normalen Hotel einchecken wollten – wenn da nicht die Flecken am Hals gewesen wären, an den Händen, die Abmagerung, die sie unerkennbar für sich und andere gemacht hatten. Einige wurden von Freunden gebracht, sie halfen ihnen aus dem Auto und die Treppe hoch, wo die Betten auf sie warteten, frisch bezogen, bereit, sie aufzunehmen. Die Freunde weinten, während sie halfen. Die Kranken weinten in der Regel nicht. Sie hatten sich mit dieser abgelegenen Endstation ausgesöhnt, waren gekommen, um auf stillschweigende Weise zu sterben, hinter geschlossenen Fensterläden, weit von den Menschen entfernt. Ihre Kleidung war ihre eigene. Bademäntel und Schlafanzüge in verschiedenen Farben und Größen, keine zwei sahen gleich aus. Didier nannte sie Patienten. Claude tat das nie. Für ihn waren es Gäste.

Sie durften nicht zu früh kommen. Didier achtete sehr genau darauf. Sie mussten krank genug sein. Keiner bezahlte für seinen Aufenthalt, das Haus sollte allen offenstehen, die Patienten, die sich das leisten konnten, spendeten für den Betrieb. Für das Geld kauften Didier und Claude schmerzstillende Mittel, Bettwäsche und Essen, einige Male auch Tapeten und Vorhänge. Didier hielt das für unnötig, fand es wichtiger, die

Grundbedürfnisse zu decken, aber Claude bestand darauf. Sie legten eine Decke über den Tod. Schmückten ihn mit Seide. Einmal, sagte Didier, brach ein Patient weinend vor dem Tisch zusammen, den sie zu Weihnachten gedeckt hatten.

Die Patienten bekamen selten Besuch. Wenn jemand kam, dann meistens Freunde, ab und zu Familie, Eltern und Geschwister, die sich unter anderen Umständen vielleicht um ihre Angehörigen gekümmert hätten, wenn die sich mit etwas Normalerem, etwas weniger Selbstverschuldetem infiziert hätten, nicht mit diesem Unbekannten, das sie sich so weitgehend selbst zugezogen zu haben schienen. Sie senkten die Köpfe über Teetassen in den Zimmern mit Blumen auf dem Tisch, Zuckerschalen, Milchkännchen, tasteten sich mit wohlmeinenden Worten voran. Wenn sie gingen, stand ihnen die Erleichterung ins Gesicht geschrieben. Nicht alle Patienten wollten Besuch, sie wollten so in Erinnerung bleiben, wie sie gewesen waren, nicht als magere Elendsgestalten. Stattdessen fanden sie Trost beieinander, spielten auf der Terrasse Karten, gingen im Park spazieren, nahmen einander in den Arm, wenn sie weinten. Streichelten sich gegenseitig.

Die Abreise war für alle dieselbe. Die Toten wurden in der Verlängerung des Friedhofes begraben. Didier sorgte dafür, dass sie in geweihte Erde kamen, fand in einem der Nachbardörfer einen Priester, der die Seelenmesse las. Die Grabsteine wurden gleich in größerer Stückzahl gekauft, auf diese Weise wurde es billiger. Wenn ein neuer Gast eingetroffen war, wurde sein Name beim Steinmetz registriert und dann eingemeißelt. In der Regel waren bei der Beerdigung nur Didier und einige andere Patienten zugegen, keine Freunde oder Verwandten, niemand, den die Toten gekannt oder dem sie etwas bedeutet hatten. Danach kochte Didier die Bettwäsche aus und hängte sie in den Garten. Nur dann verspürte er wirkliche Trauer, sagte er, wenn sich die weißen Laken im Wind blähten und alles abschüttelten, was sie mit sich herumgetragen hatten.

Claude starb im ersten Jahr. Es war ihm schon lange schlecht gegangen, sagte Didier, in den letzten Wochen hatte er fast nichts gegessen, war so dünn geworden, dass Didier ihn mühelos aus dem Bett heben konnte. Abends las Didier ihm vor, er las aus der Bibel vor, obwohl Claude Agnostiker war und sich sein Leben lang gegen die Vorstellung der Existenz Gottes gewehrt hatte. Jetzt sprach er die ganze Zeit von Jesus Christus, diesem unglücklichen Mann, dem alle Sünden der Welt auferlegt worden waren und der für die gesamte Menschheit Buße tun musste.

»Er lag in einem der Westzimmer«, sagte Didier, »wo die Sonne sich nachmittags behutsam hineinschlich. Wenn das Zimmer in dieses warme Licht getaucht war, konnte man kaum glauben, dass der Tod überhaupt existierte. Zwei Wochen danach kam dein Vater. Er war drei Wochen lang mit dem Schiff unterwegs gewesen, die ganze norwegische Küste hinab, dann hatte ich ihn in Calais abgeholt. Ich hatte ihn fast nicht erkannt, er war dünn und hatte blaue Flecken im Gesicht, hatte auf der ganzen Reise in seiner Kajüte gelegen, nur zwei von der Mannschaft hatten gewusst, dass er da war. Er döste während der ganzen Autofahrt auf der Rückbank, redete einige Male zusammenhanglos, ich dachte, er würde die Tour nicht überleben, aber ich konnte ihn dann doch hierherbringen. Er starb im Oktober. Löste sich einfach auf.«

»War Mama hier, als er begraben wurde?«

Didier nickte.

»Sie ist damals hergekommen. Wir haben ihn zusammen in die Erde gelegt, Wenche und ich. Es tat weh, sie zu sehen, sie war so verzweifelt, deine Brüder fehlten ihr so sehr, und sie konnte die Trauer doch nicht mit deinem Vater teilen. Mit mir hat sie über die Jungen gesprochen, als ob sie noch lebten, als ob er sie durch sein Verschwinden gerettet hätte, ja, dich auch. Das Unglück wurde zu einer natürlichen Erklärung für alles, viel glaubwürdiger als die Geschichte, die er und Wenche sich ausgedacht hatten, etwas mit dem Herzen, hatten sie sagen wollen, ein plötzliches Unwohlsein auf einer Geschäftsreise. Dann nach Hause in verschlossenem Sarg.«

Wir saßen auf der Terrasse. Die Dämmerung hatte sich über den Garten gesenkt. Hinten bei der Mauer, dort, wo Didier gegraben hatte, stand noch immer die Schubkarre.

»Wir haben versucht, den Menschen, die herkamen, eine Art Würde zu geben«, sagte er. »Auch deinem Vater. Ich glaube, er hatte es gut hier, jedenfalls eine Weile.«

Ich nickte. Es fiel mir schwer, etwas zu sagen.

Didier stand auf und räumte den Tisch ab, brachte alles in die Küche. Ich blieb in der Tür stehen und schaute hinaus zu den Schatten im Garten. Alles um mich herum, das alte Haus, der Friedhof, war mir fremd. Und dennoch so nah an meinem eigenen Leben. In der Küche schaute ich auf eine kleine Tafel, die Didier aufgehängt hatte, er hatte Merkzettel daran befestigt, einen Kalender, einige Fotos von ihm und Freunden. Halb versteckt darunter entdeckte ich noch ein anderes Bild, es war aus einer Zeitung ausgeschnitten. Das Foto zeigte Prinzessin Diana, sie trug ein blaues Kleid und saß einem Mann gegenüber auf einem Stuhl, er war dünn und abgehärmt. Ich hatte das Bild schon einmal gesehen, auf einer Fotostrecke, die wir damals bei der Zeitung zusammengestellt hatten.

»Er hatte AIDS, nicht wahr?«, fragte ich und zeigte auf den Mann.

»Ja«, sagte Didier. »Er ist sehr bald darauf gestorben.«

Er berührte das Bild, hob es ins Licht.

»Alle redeten darüber, was die Prinzessin an diesem Tag anziehen würde. Sie sollte eine Station für AIDS-Kranke einweihen, die erste an einem britischen Krankenhaus, ich hatte gehört, dass es schwierig war, Leute zu finden, die dort arbeiten wollten. Das konnte ich verstehen, ich hatte selbst Kollegen, in Paris, die eine Sterbensangst hatten. Aber nicht Diana. Als sie schließlich kam, wurde nicht über das Kleid geschrieben. Sondern darüber, dass sie keine Handschuhe trug. Wo sie doch so eine Lichtgestalt war, so rein.«

Didier ließ das Bild wieder los. Es schob sich brav hinter die anderen.

»Ich habe einen ganzen Tag lang geweint, zum ersten Mal seit Langem, nachdem ich das in den Nachrichten gesehen hatte. Ich hatte zugesehen, wie sie den Krankenpflegern die Hand reichte, denen, die sich um die Sterbenden kümmerten, und es war nicht dieser zaghafte Händedruck, den man oft bei Menschen in ihrer Position sieht, sondern es war ein Händedruck mit Wärme und Überzeugung. Danach wurde es leichter. Ich fühlte mich leichter.«

»Der Mann ist jetzt wohl tot«, sagte ich.

»Ja«, sagte Didier. »Und sie ist es ja auch.«

Er ließ seinen Blick durch den Raum wandern, zum Licht der Gartenlampen, das sich jetzt als dünner Streifen über den Steinboden legte. Wischte einige Krümel vom Küchentisch, warf sie ins Spülbecken.

»Als wir das Hospiz zu Beginn der Neunzigerjahre schließen konnten, wollte ich das Haus zuerst verkaufen«, sagte er. »Mich von allem befreien. Allen Erinnerungen. Aber dann stand ich eines Tages hier, hatte ein wenig angefangen, alles zusammenzupacken, und da ging mir auf, dass ich es nicht über mich bringen würde. Alles, was ich liebte, war doch hier. Dann kamen Freunde aus Paris, blieben länger als geplant, unternahmen Wanderungen in der Umgebung und aßen die Mahlzeiten, die ich für sie kochte. Und da kam mir die Idee, ein Hotel zu eröffnen. Ich wusste nicht, ob das an diesem kleinen Ort möglich wäre, und es hat eine Weile gedauert, alles in Gang zu bringen, aber allmählich hatte ich einige Stammgäste und kam über die Runden.«

Didier lächelte. Wischte den Rand des Spülbeckens ab und hängte den Lappen über den Wasserhahn.

»Ich habe gern Gäste. Kümmere mich um sie. Mache die Betten. Aber das Beste ist eigentlich, wenn sie abreisen. In all den Jahren, in denen ich das Hospiz hatte, hat niemals irgendwer ausgecheckt. Nicht auf diese Weise. Wir haben sie im Sarg hinausgetragen. Jetzt gehen die Gäste mit ihrem Koffer in der Hand über den Hofplatz, und ich winke ihnen zu. Und darüber freue ich mich jedes Mal aufs Neue.«

Er schloss die Tür zum Garten. Löschte die Lampe über dem Küchentisch und hüllte den ganzen Raum in Dunkelheit. Es war jetzt spät, und wir brauchten beide Ruhe. Jede einzelne Frage, die ich gestellt hatte, hatte Didier beantwortet. Dennoch tauchten immer neue auf.

»Manchmal denke ich, dass ich meine Eltern überhaupt nicht gekannt habe«, sagte ich mit einem Seufzen.

»Das geht sicher allen so«, erwiderte Didier und verknotete einen Müllsack, stellte ihn in den Flur.

»Wer unsere Eltern wirklich waren, werden wir vielleicht nie erfahren. Aber wer sie für uns sind, entscheiden wir zum Glück selbst.«

Mama war fünfundsechzig, als sie starb. Eines Tages hatte ihr Herz genug, sie wurde ins Bezirkskrankenhaus gebracht und lag dort fünf Tage, lange genug, sodass ich hochkommen und bei ihr sein konnte. Es ging dem Ende entgegen, das gaben die Ärzte mir zu verstehen. Auf der Intensivstation hatte sie ein Einzelzimmer, sie trug das gleiche blaue Hemd wie alle anderen Patientinnen und Patienten, so durchschnittlich und wie alle anderen. Das Personal hatte ihr die Schminke abgewaschen, hatte den Lippenstift abgewischt, sogar den Nagellack hatten sie entfernt. Ihre Haare lagen flach auf dem Kissen. Mir kam der Gedanke, dass ich gar nicht wusste, welche Haarfarbe Mama in Wirklichkeit hatte, sie war ihr Leben lang blond gewesen, wurde niemals grau. Ihr Zimmer war weiß und kahl, gepunktete Vorhänge und blinkende Lämpchen. Als ich fragte, weshalb ihr Herz stehen geblieben war, konnten die Ärzte das nicht erklären, das passiere eben manchmal, sagten sie, dass ein Herz nicht mehr weiterkönnte, bei Frauen seltener als bei Männern. Deshalb sei bei Frauen auch noch nicht so viel darüber geforscht worden. Noch gebe es vieles, sagten sie, was sie über das Frauenherz nicht wussten.

Vom Fenster hatte ich Ausblick auf den Parkplatz. Ich saß gern dort, in dem großen Sessel mit dem hässlichen Muster, ab und zu brachte Ola mir Kaffee, schlechten Pulverkaffee, der mir guttat. Ich sagte, er brauche nicht da zu sein. Er blieb trotzdem. Ich war schon müde, als ich ankam, hatte fünf Spätschichten in der Zeitung hinter mir, immer häufiger wurde ich dazu eingeteilt, jetzt, da meine gleichaltrigen Kolleginnen anfingen, Kinder zu bekommen. Ich lebte allein und bekam manchmal das Gefühl, dafür bestraft zu werden, aber ich wurde immerhin zusätzlich dafür bezahlt. Jetzt konnte ich mich mit einem Buch im Krankenhaussessel ausruhen, den ganzen Tag dort verbringen, dazu hatte ich nicht oft Zeit. Ich lauschte dem Geräusch des Apparates, der Mamas Herz verfolgte, der grünen Linie, die auf und ab sprang, die mir sagte, dass Mama noch immer da war.

Es war schön, auf diese Weise bei ihr zu sein. Es gab nichts, was ich tun könnte, nichts, was sie brauchte, ich sollte einfach ganz ruhig dort sitzen. Als Kind hatte ich gelernt, dass der Tod mit Gewalt kam. Er stürmte herein und nahm sich, was er wollte, bereitete dich nicht darauf vor, sagte nicht Bescheid. Jetzt verhielt sich der Tod leise. Klopfte höflich an, darf ich jetzt reinkommen?, schien er zu fragen, ja, jetzt darfst du kommen. Dann wartete er doch, noch einige Stunden. Ich bekam etwas zu essen. Frikadellen in brauner Soße, zum Dessert Kuchen in einer Plastikschale.

»Möchten Sie eine Decke?«, fragte die Krankenschwester.

»Ja, gern«, antwortete ich. Sie deckte mich zu, und ich ließ mich zurücksinken, satt und warm und schläfrig.

Irgendwann in der Nacht wurde Mamas Atem schwerer. Ich döste im Sessel vor mich hin, merkte es erst nach einer Weile, stand auf, als ich hörte, dass das Geräusch des Apparates unregelmäßig wurde. Ging zu ihrem Bett, noch in die Decke gehüllt, setzte mich auf die Kante, wärmte Mamas Finger. Ich sah auf unsere Hände hinunter. Dachte, dass sie Ähnlichkeit miteinander hatten. Ich hielt Mamas Hand fest, während der Strich auf dem Bildschirm immer weiter abflachte, zu einer geraden Linie wurde. Dann war Mama nicht mehr da. Nur noch eine Hülle. Ich drückte auf den roten Knopf, eine Krankenschwester kam herein, verschränkte Mamas Arme auf ihrer Brust. Jetzt machen wir sie zurecht, sagte sie, dann können Sie wieder reinkommen. Ich nickte, sah Mamas nacktes Gesicht an. Fast durchsichtig, wie sie dort lag.

»Können wir ein bisschen was auflegen?«, fragte ich. Die Krankenschwester sah mich an, begriff offenbar nicht, was ich meinte. Ich ging zu Mamas Handtasche, nahm einen Lippenstift heraus.

»Nehmen Sie den hier«, sagte ich und verließ das Zimmer.

Am dritten Tag kamen Gäste. Ein junges Paar mit einem Mietwagen, sie waren in den Fußstapfen des großen Architekten Le Corbusier unterwegs, im Wagen lagen Bücher über seine bekanntesten Bauwerke. Sie hatten die Kirche Notre Dame du Haut kurz vor der deutschen Grenze besucht, jetzt wollten sie weiter zum Kloster Sainte Marie de La Tourette, aber sie fuhren nicht gern Autobahn, sagten sie, deshalb hatten sie sich eine alternative Route zurechtgelegt und dieses Hotel gefunden, das genauso idyllisch und friedlich war, wie sie sich das vorgestellt hatten. Tagsüber sonnten sie sich am Schwimmbecken. Als der Abend kam, saßen sie im Garten und verzehrten die Mahlzeit, die Didier für sie zubereitet hatte. Ich sah ihnen gern zu, hörte zu, wie sie darüber sprachen, was sie gesehen hatten und auf welche Erlebnisse sie sich jetzt freuten. Ab und zu zeigten sie in der Dämmerung auf die Umrisse der Kirche, sieh nur, wie schön die ist, sagte das junge Paar, dieses Kirchlein, das da ganz für sich liegt.

Am nächsten Tag fuhr ich ins Dorf und bestellte für Papa einen neuen Grabstein. Der musste innerhalb von zwei Tagen fertig sein, ein Eilauftrag, sagte ich, ich wollte ihn auf dem Grab stehen sehen, ehe ich abreiste. Dass ich dort gewesen war, sollte für alle deutlich sein. Didier hatte Mama einen schöneren Stein angeboten, als die anderen hatten, sagte er, aber das hatte sie nicht gewollt, der Stein sollte sein wie alle anderen, sollte sich in nichts unterscheiden. Darauf nahm ich keine Rücksicht, als ich den neuen in Auftrag gab, ich bat den Steinmetz, Papas vollständiges Geburtsdatum einzumeißeln und ganz unten einen kleinen Gedenksatz anzubringen, den ich selbst aussuchte. *Zutiefst geliebt, zutiefst vermisst.* Es stand auf Französisch dort, nicht auf Norwegisch, ich fand es wichtiger, dass alle hier es verstehen könnten. Sie sollten sehen, dass mein Vater geliebt worden war.

Didier sagte, ich könnte Blumen auf dem Grab pflanzen. Etwas mit Wurzeln setzen, das sich halten würde, bis ich wiederkäme, er versprach, für mich zu gießen. Ich gab mir Mühe bei der Bepflanzung, fand eine robuste Rose, die nicht zu groß werden würde, ich war einen ganzen Nachmittag damit beschäftigt. Einige Male waren weiter oben auf dem Friedhof Menschen, sie jäteten und gossen und reinigten die Grabsteine, zupften das Moos ab, damit die Steine wieder glänzten. Dorthin, wo ich war, kam niemand. Die Gräber hier hatten keine Blumen, zu viel Arbeit, sagte Didier, er könnte sich nicht um alle kümmern, er müsste schließlich auch noch sein Hotel betreiben. Ich drehte eine Runde und zählte sie, hundertneunzehn Steine waren es zusammen.

Nach einer Woche lud ich meine Sachen in den Mietwagen und verabschiedete mich von Didier. Ich dankte ihm für die Gespräche, die wir während dieser Tage geführt hatten, und für alles, was er für meinen Vater getan hatte. Stand da mit der Hand auf dem Bauch, obwohl der nicht größer war als vorher, und versprach zurückzukommen, wenn das Kind geboren wäre.

»Die Türen hier stehen immer offen«, sagte Didier.

Er hatte mir Proviant für die Fahrt eingepackt. Sagte, ich

müsse alles ruhig angehen lassen und genug essen und trinken, jetzt, wo ich nicht mehr nur für mich allein verantwortlich war. Er nahm meinen Koffer und hob ihn für mich in den Kofferraum, sorgte dafür, dass er richtig lag, ehe er die Klappe zuschlug. Ich schaute zum Hofplatz hinüber. Der wirkte jetzt heller. Es war ein seltsamer Gedanke, dass ich erst vor wenigen Tagen gekommen war.

»Was siehst du an?«, fragte Didier.

»Den Baum da«, sagte ich. »Der wirkt ganz tot.«

»Das ist kein Baum«, sagte Didier. »Das ist eine Skulptur. Gemacht von einem amerikanischen Künstler, der einmal hier zu Gast war, er hat das Virus seit über zwanzig Jahren, genau wie ich. Ich wusste, wer er war, als er kam, denn ich hatte in der Zeitung über ihn gelesen; er ist der einzige Gast außer dir, der von der Geschichte des Hotels erfahren hat. Einen Monat darauf wurde das hier mit einem Lastwagen angeliefert. Es ist ein Denkmal.«

»Für die Toten hier?«

»Ja.«

»Aber es steht nichts darauf?«

»Nein. So ist es wohl besser.«

Ich schaute den Baum an. Er sah jetzt echter aus, da ich wusste, dass er das nicht war. Ich konnte nicht richtig glauben, dass er nie ein Leben als Baum gehabt hatte.

»Eins verstehe ich nicht«, sagte ich zu Didier. »Du hast gesagt, dass Papa mit einem Schiff aus Mo gekommen ist. Aber Mama und ich waren an dem Tag im Krankenhaus. Wie ist er auf das Schiff gelangt? Er kann das doch unmöglich allein geschafft haben.«

»Das weiß ich tatsächlich nicht«, sagte Didier. »Wenche hat ihn nicht gefahren, das habe ich immerhin begriffen, sondern jemand anderes. Er wollte nicht darüber sprechen, ganz am Ende hat er etwas erwähnt, aber es war ziemlich unzusammenhängend. Wenn ich das richtig verstanden habe, war es jemand, der ihn gefunden hatte.«

»Papa gefunden?«

»Ja, gegen Morgen. Als die Suche nach den Opfern in Gang gekommen war. Er war vom Fahrersitz aus dem Auto geschleudert und an Land geschwemmt worden. Dort lag er, bis er gefunden wurde.«

»Hat er gesagt, von wem?«

»Nein. Da kann ich dir leider nicht helfen.«

»Das macht nichts«, sagte ich. »Ich glaube, ich weiß, wen ich fragen kann.«

Es begann zu nieseln, als ich mich ins Auto setzte. Didier stand auf dem Hofplatz und winkte zum Abschied, schaute mir hinterher, bis ich durch das Tor gefahren war. Der Landsitz verschwand im Rückspiegel. Die Kirche. Die Grabsteine. Ich fuhr langsam durch das Dorf, vorbei am Denkmal für die Gefallenen des Ersten Weltkriegs, vorbei an Schule und Tankstelle, denselben Weg, den ich gekommen war.

In Richtung Norden.

Es war Sara, die mir von dem Erdrutsch erzählte. Gegen Morgen war sie mit etwa einem Dutzend anderer Freiwilliger losgegangen, hinunter zum Fjord, wo das Ufer jetzt aufgerissen war, eine Wunde in der Landschaft, dort, wo vorher Strand gewesen war. Schon als kleines Mädchen war Sara dort unten unterwegs gewesen, hatte Steine geworfen, war in dem kalten Wasser gewatet. Sie kannte sich hier aus. Sie hatten es ja gewusst, die Sprengmannschaften, dass das Dorf auf altem Meeresboden lag, sagte Arvid zu ihr, als sie dort unterwegs waren, seine Stimme war heiser vor Wut, aber Sara konnte nicht darüber nachdenken. Sie kletterte hinunter zum Wasser, ihre Stiefel versanken im Boden, dem, was Gras und Gärten gewesen waren und sich jetzt zu Schlamm aufgelöst hatte. Am Abbruchrand wippte eine Garage auf und ab.

Sie verteilten sich am Wasser, die meisten dort, wo der Strand gewesen war, aber Sara ging weiter. Sie ging zur Nordseite, vorbei an Pontons und Bootsschuppen, roten Bojen, die in den Wellen tanzten. Sara wusste nicht, ob es einen Zweck hätte, dort zu suchen, ob ein Mensch so weit vom Erdrutschgelände weggeschwemmt worden sein könnte. Unterwegs kam sie an einem zerbrochenen Spalier von einer Hauswand vorbei. An abgerissenen Rosen. Einem Sofakissen. Solange sie diese Dinge sah, dachte sie, könnten hier auch Menschen sein.

Papa lag bei einem Bootsschuppen. Er war bei den untersten Steinen an Land gespült worden, hatte sich ein Stück weit hochgeschleppt, atmete noch, als sie ihn fand. Sie dachte, dass sie die anderen informieren müsste, aber das hätte auch bedeutet, ihn allein zu lassen, und das wollte sie nicht. Stattdessen versuchte sie, mit ihm zu sprechen, ihn ins Bewusstsein zu holen, aber er schien weit weg zu sein. Er fragte nach Vegard und Thomas. Sara sagte, sie seien ins Krankenhaus gebracht worden, sie gehe davon aus, dass alles gut gegangen sei, sie seien ja fast sofort gefunden worden. Papa nickte schwach, er schien sich an der Grenze zur Bewusstlosigkeit zu befinden, Sara wusste nicht, ob er erfasst hatte, was sie sagte. Jetzt müssen wir dich ins Krankenhaus schaffen, sagte Sara. Doch da geriet er vollkommen außer sich.

Kein Krankenhaus, sagte er und wand sich, gefährlich, sagte er. Sara begriff nichts davon, gefährlich wäre in ihren Augen nur, ihn dort liegen zu lassen. Aber Papa sagte immer wieder dasselbe.

Kein Krankenhaus.

Gefährlich, gefährlich.

Nicht für mich, sagte er, aber für die anderen.

Erst nach einer Weile begriff Sara, wovon er redete. Sie hatte in der Zeitung über diese neue Krankheit gelesen, die war etwas, das anderswo passierte, nicht in einem kleinen Dorf wie diesem. Sie glaubte Papa aber trotzdem, denn sie wusste, was zwischen ihm und Leif gewesen war und dass die, die das Virus bekamen, in der Regel so waren. Jetzt redete er unzusammenhängend über ein Schiff. Über Leute, die auf ihn warteten, die ihn aufnehmen würden, wenn die Zeit gekommen sei. In diesem Augenblick fasste Sara ihren Entschluss. Sie zog Papa hinter den Bootsschuppen, damit die anderen ihn nicht entdecken könnten, deckte ihn mit ihrer Jacke zu und lief zum Laden. Die Schlüssel hingen wie immer in der Garage, Sara setzte rückwärts mit dem Auto heraus und fuhr über einen Karrenweg zum Fjord, über einen der Wege, die nicht mehr benutzt wurden. Sie konnte nicht am Wasser halten, denn dann würden sie gesehen werden, deshalb legte sie sich Papa über die Schulter und schleppte ihn den Hang hoch. Papa war groß. Sara war klein, aber sie war nicht schwach. Sie hatte viel und oft getragen, es machte ihr keine Probleme, einen erwachsenen Mann auf die Rückbank zu legen.

Sie fuhren nach Mo, als die Sonne über die Hügel kletterte. Kamen vorbei an Rettungswagen und Einsatzwagen mit Blaulicht, Sara wusste, dass sie sich beeilen musste, denn Arvid war mit der Suchmannschaft unterwegs, und bald würden Ola und die Mädchen aufwachen und sich wundern, wo sie steckte. Als sie sich Mo näherten, bog sie auf die Straße am Meer ab, dorthin, wo die großen Schiffe lagen, dort, wo Papa sie gebeten hatte anzuhalten. Er zeigte auf ein Schiff, sagte ihr, nach wem sie fragen sollte, sie müsste deutlich klarstellen, wer sie geschickt hatte. Danach half Sara dem Mann dabei, Papa aus dem Auto zu heben und an Bord des Schiffes zu bringen, sie legten ihn in eine Kajüte, zogen ihm die nassen Sachen aus und untersuchten ihn auf Verletzungen. Er hatte Schrammen und blaue Flecken, das konnte Sara sehen, aber sonst wirkte er unversehrt.

»Erst später habe ich begriffen, dass die blauen Flecken gar nicht von dem Unglück herstammten«, sagte sie. »Damals habe ich Bjørn zum letzten Mal gesehen. Damals hat überhaupt jemand aus Finneide ihn zum letzten Mal gesehen.«

»Außer Mama.«

»Ja, die ist hingefahren.«

»Und dann hat sie dich gebeten, nichts zu erzählen.«

»Ja. Es war einfacher, zu sagen, dass der Erdrutsch ihn mitgerissen hatte. Das war eine ordentliche Erklärung.«

»Habt ihr darüber gesprochen? Du und Mama?«

»Ja. Hin und wieder.«

»Aber niemand sonst hat es gewusst?«

»Nein. Nur Wenche und ich.«

Wir saßen im Wohnzimmer der Wohnung in der Schønings gate. Sara schaute aus dem Fenster, als sie das sagte, auf die Bäume, die vor dem Balkon standen. Sie blickte mich dabei kaum an. Einige Male schaute sie auf das Strickzeug, das auf ihrem Schoß lag, die Nadeln bewegten sich in einem gleichmäßigen Rhythmus, ich begriff, dass ihr das half. Vielleicht fiel es ihr leichter, es zu erzählen, jetzt, wo sie wieder Großmutter werden und wir zur selben Familie gehören würden.

»Du weißt, dass nicht wir ein Paar waren, Bjørn und ich«, sagte sie.

»Ja, das habe ich begriffen.«

»Ich hatte das gesagt, um Leif zu schützen.«

»Papa doch auch?«

»Ja.«

»So, wie Mama mich beschützt hat?«

Sara nickte. Sie fuhr mit der Hand über die Jacke, an der sie arbeitete, das Vorderteil lag im Korb, jetzt strickte sie einen kleinen Ärmel. Braune Wolle, eine neutrale Farbe, denn als sie angefangen hatte, wussten wir noch nicht, dass es ein Junge sein würde. Ich schloss für einen Moment die Augen, schüttelte eine Welle der Übelkeit ab. Etwas regte sich in Saras Gesicht, als sie das sah.

»Und Mama hat nie daran gedacht, es mir zu erzählen?«, fragte ich.

»Daran gedacht hat sie sicher«, sagte Sara. »Für sie hätte es vielleicht alles leichter gemacht. Aber sie wollte, dass du dich so an deinen Vater erinnertest, wie er gewesen war. Dass du dich an deine Kinderjahre erinnertest, wie es war, als ihr zu fünft wart. Sie hatte ihren Vater ja verloren, als sie ziemlich jung war, deshalb kannte sie die Situation ein bisschen. Zehn Jahre sind keine besonders lange Kindheit. Aber sie sind lang genug.«

Sara streichelte kurz meine Schulter. Für einen Moment glaubte ich, sie wolle mich umarmen. Aber dann fing sie an, ihr Strickzeug zusammenzupacken.

Ola fuhr sie zu Leif. Wir hatten sie zum Essen eingeladen, aber sie sagte, sie müsse jetzt los, setzte sich ins Auto, mit dem Korb auf dem Schoß. Ich sah sie durch das Fenster, Sara auf dem Beifahrersitz, Ola, der behutsam die Tür schloss, dann fuhren sie. Ich blieb in der Küche sitzen, saß noch immer da, als Ola zurückkam. Der Tisch vor mir war leer, ich hatte das Kinn in die Hand gestützt.

»Woran denkst du?«, fragte er und stellte eine Tüte auf die Anrichte, er hatte unterwegs eingekauft.

»Nur an etwas, das Sara gesagt hat«, sagte ich.

Ola nahm einige Tomaten aus der Tüte und fing an, sie zu schneiden. Heiße Luft strömte durch das offene Fenster herein. Ich sah seinen Rücken an, während er arbeitete, die leichten Bewegungen. Er freute sich so sehr darauf, wieder Vater zu werden. Als ich es ihm erzählt hatte, hatte er sofort Therese angerufen, ihr erzählt, dass sie eine große Schwester werden würde, obwohl ich ihm gesagt hatte, es sei vielleicht noch zu früh.

»Wenn fährt Sara wieder hoch?«

»Übermorgen. Ich muss wohl auch bald mal hin, um nach dem Rechten zu sehen.«

Er legte das Messer weg, lehnte sich an die Anrichte und sah mich an.

»Ich habe überlegt, ob ich den Hof verkaufen soll«, sagte er.

»Den Hof verkaufen? Ola, das kann nicht dein Ernst sein.«

»Doch, ich hab mir das wirklich genau überlegt. Es ist das einzig Vernünftige, jetzt, wo wir ein Kind bekommen. Ich kann nicht zwischen drei Landesteilen pendeln, das geht einfach nicht. Außerdem werden wir mehr Platz brauchen, nicht nur für uns, sondern auch für Therese. Sie muss ein eigenes Zimmer haben, wenn sie herkommt.«

»Du meinst, wir brauchen eine größere Wohnung?«

Er nickte, schaute zur Decke hoch, zu der Täfelung, die mein Großvater einmal angebracht und die ich nach Omas Tod angestrichen hatte.

»Du weißt, damals, als ich Frau Arnesen geholfen habe?«, fragte er.

»Mit dem Treppenlift?«

»Ja. Danach hat sie mich zum Kaffee eingeladen. Dabei haben wir eine Weile miteinander geredet. Und ihre Wohnung … die ist wunderbar. Es sind eigentlich zwei Wohnungen, ich hatte mir das noch nie überlegt, aber im zweiten Stock wohnt ja nur sie. Und allzu lange wird sie eben nicht mehr allein dort wohnen können, du weißt ja, wie gebrechlich sie ist. Balkon an jeder Seite. Von drei Seiten kommt Licht herein. Ja, du warst ja auch schon oben. Findest du die Wohnung nicht auch wunderbar?«

»Doch«, sagte ich und stand auf, um den Tisch zu decken.

»Sie ist natürlich ein bisschen verwohnt, aber das lässt sich leicht korrigieren. Sie hat die Decken nicht absenken lassen, wir brauchen nur die Böden abzuschleifen, anzustreichen, Bad und Küche auszuwechseln. Es wird etwas kosten, aber wenn wir dann irgendwann auch diese Wohnung hier verkaufen, lässt es sich machen.«

Ich hielt inne mit Tischdecken und sah Ola an.

»Das können wir nicht«, sagte ich.

»Was meinst du?«

»Wir können hier nicht wohnen.«

»Hier? Oder ein Stockwerk höher?«

»In Oslo.«

Er schob das Schneidebrett weg. Lehnte sich wieder an die Anrichte.

»Du hast dir auch schon deine Gedanken gemacht.«

Ich nickte.

»Ich habe versucht, mir das alles vorzustellen, genau wie du.«

»Gefällt dir nicht, was du dabei siehst?«

»Doch. Ich glaube, es könnte schön sein, in Frau Arnesens Wohnung zu leben. Ich habe mir das auch gewünscht. Aber wir müssen da sein, wo Therese ist. Das ist das einzig Richtige.«

Ich ging zu Ola. Nahm seine Hand, zog sie zu meinem Bauch.

»Wenn wir hier wohnen, werde ich Therese nie wirklich kennenlernen«, sagte ich. »Sie kann keine große Schwester sein. Wir werden keine Familie. Aber das will ich. Ich will sie kennen. Ich will, dass sie dieses Kind kennt. Nicht nur in den Ferien und am Wochenende, sondern richtig.«

Ola starrte noch immer meinen Bauch an. Er gab keine Antwort, stand nur ganz still da, mit gesenktem Blick.

»Ich bin sicher, dass es in Trondheim Stellen gibt, auf die ich mich bewerben kann«, sagte ich jetzt. »Als Journalistin oder auch in einem anderen Bereich. Da gibt es sicher auch viele schöne Wohnungen. Also, wenn wir in einer Wohnung leben wollen.«

Auf dem Schneidebrett lagen die halb geschnittenen Tomaten. Es roch süß und frisch. Olas Hand war auf meine Hüfte gesunken, lag dort, locker und schwer zugleich.

»Vielleicht können wir uns auch ein Haus leisten«, sagte er. »Wenn ich den Hof verkaufe und du das Haus in Finneide loswirst. Und dann können wir die Wohnung hier vermieten.«

»Aber ich finde, das sollst du nicht. Den Hof verkaufen.«

»Nicht?«

»Nein. Du wirst dort sein müssen, um zu schreiben, Ola. Vor allem bei zwei Kindern. Nur nicht die ganze Zeit, den größeren Teil der Zeit musst du bei uns sein. Außerdem brauchen wir ein Haus da oben, wo wir hinfahren können. Wie soll Sara sonst ihre Enkel kennenlernen?«

»Sie kann doch in den Süden kommen.«

»Aber nicht oft genug.«

Ola überlegte. Wirkte überraschend erleichtert darüber, dass ich ihn so bedrängte.

»Vielleicht können wir ein Reihenhaus kaufen«, sagte er.

»Ja, vielleicht«, sagte ich.

Gab es schöne Reihenhäuser? Das glaubte ich nicht. Diese Behausungen, die zusammengequetscht zwischen Mülltonnen und Briefkästen dalagen, mit genau abgemessenen Terrassen und Sichtschutzwänden, damit die Nachbarn keinen Einblick hätten. Ich kannte das. Ich könnte so wohnen.

»Ich glaube, Trondheim kann gut werden.«

»Ich auch«, sagte Ola. »Aber dann müssen wir einiges vorbereiten.«

Ich nickte, nahm noch zwei Gläser aus dem Küchenschrank. Sah den Tisch an, der für zwei gedeckt war, dachte, dass wir jetzt bald andere Teller und Tassen kaufen müssten, robustes Geschirr, das nicht sofort zerbrach, wenn es zu Boden fiel.

Sommer 2019

»Noch zehn Minuten«, sagte ich zu den Jungs.

»Das hast du eben schon gesagt«, beschwerte sich Per.

»Jetzt ist es aber mein Ernst.«

»Weißt du überhaupt, wohin wir fahren?«, fragte Ludvig.

»Natürlich weiß ich das«, sagte ich. »Dahin, wo auch Oma und Opa begraben sind. Könnt ihr euch nicht erinnern?«

»Nein«, sagte Per.

»Waren wir schon mal da?«, fragte Ludvig.

Sie konnten sich nicht erinnern. Nicht an die Grabsteine, die wir einmal im Jahr besuchten, ihre Großeltern, die tot waren, ihre Onkel, die vom Erdrutsch mitgerissen worden waren, als sie noch Kinder waren. Der ganze Friedhof von Bjerka war voll von Menschen, von denen Per und Ludvig abstammten, Menschen, die sie nicht kannten und nach denen sie niemals fragten und über die ich ihnen zwar alles Mögliche erzählte, aber nur bis zu einem gewissen Punkt. Immer, wenn ich bei der Geschichte meiner Eltern ankam, dachte ich, sie seien zu klein, seien dafür noch nicht bereit.

»Schaut mal, da ist Papa«, sagte ich und zeigte auf Ola. »Lauft schon mal zu ihm, dann suche ich einen Parkplatz.«

»Muss ich die Jacke anziehen?«, fragte Per.

»Ja.«

»Aber die kratzt.«

»Du ziehst sie an.«

»Kann ich das Handy mitnehmen?«, fragte Ludvig.

»Nein«, sagte ich. »Nicht zu einer Beerdigung.«

Sie schlüpften aus dem Wagen. Ludvigs Telefon blieb auf der Rückbank liegen, auf dem Display hüpfte ein kleiner Mann verzweifelt hin und her, weil ihm niemand erzählte, was er tun sollte. Ich blieb im Auto sitzen und sah die Menschen an, die über den Platz kamen, Verwandte von Ola, Freunde seiner Familie, die meisten waren alt. Sie bewegten sich auf eine Weise, die verriet, dass es für sie zur Routine geworden war, Menschen in die Erde zu betten.

Der Friedhof war im Vorjahr erweitert worden, hatte Platz für mehr als dreihundert neue Grabstätten hinzugewonnen. Die alte Mauer an der Westseite war eingerissen und dann wiederaufgebaut worden, hatte neue schmiedeeiserne Tore bekommen. Auch der Parkplatz war jetzt größer, am Kiesweg waren Bäume gepflanzt worden, Sandbirke, Ungarischer Flieder und Spiersträucher, wie der Küster erzählt hatte. Der schwarze Wagen mit der Bahre war bereits gekommen. Ola und seine Schwestern standen bereit. Während der eigentlichen Beisetzung sah ich, dass es schwer für ihn war, er schien so unvorbereitet darauf gewesen zu sein, seine Mutter zu verlieren, obwohl sie alt war und das Grab seit Arvids Tod auf sie gewartet hatte. Der Sarg wurde langsam hinabgelassen. Therese schluchzte ein wenig, ich legte ihr die Hand auf die Schulter, wollte nicht drücken, nicht streicheln, ihr nur ein kleines bisschen Trost bieten.

Die Trauerfeier wurde in Berg abgehalten. Die Leute von den Höfen der Umgebung brachten Essen, sie hatten Sara ihr Leben lang gekannt, sprachen auf eine Weise über sie, die sie für uns neu und fremd machte. Überall standen Blumen und Teller mit Schnittchen, und als die Gäste gegangen waren, half Rita mir beim Abräumen, packte die Reste in Kunststoffbehälter. Ola saß im Wohnzimmer und unterhielt sich mit Nina und Stian. Ludvig war mit seinem Mobiltelefon auf seinen Schoß geklettert, schmiegte den Kopf an Olas Schulter, während er auf dem Display herumtippte. Über ihm hing das Gemälde von Vegard, Thomas und mir, ich glaubte nicht, dass einer der Jungs es sich richtig angesehen hatte oder wissen wollte, wer die Leute auf dem Bild waren, ich hatte es ihnen auch nie erzählt. Manchmal hatten wir Gäste, die etwas dazu sagten, und dann zeigte ich das Gemälde gern vor, es gehörte dorthin, harmonierte mit allem in seiner Umgebung, als ob alles, was wir auf dem Hof hatten, unabhängig von Zeit und Geschmack existierte.

Ola setzte sich an den Küchentisch und kratzte die Reste von einer Kuchenplatte. Ich sah, dass er erschöpft war, nachdem er den ganzen Tag mit Leuten gesprochen hatte, nachdem er seine eigene Trauer beiseitegeschoben hatte, um an der dieser Menschen Anteil zu nehmen, auch wenn sie es eigentlich umgekehrt gemeint hatten. Ich legte ihm den Arm um die Schultern, drückte ihn kurz, ehe ich Ludvigs Kapuzenjacke vom Boden aufhob. Uns blieben noch immer drei Ferienwochen. Jeden Sommer in den letzten zehn Jahren hatten wir in Berg verbracht, wir wurden andere Menschen, wenn wir dort waren, waren netter zueinander, machten andere Dinge, buken Waffeln, ruderten in einem kleinen Boot hinaus auf den Sørfjord, angelten.

»Woran denkst du?«, fragte ich Ola.

Er schaute aus dem Fenster, sein Blick war weit weg und nachdenklich.

»Nur an etwas, das auf der Beerdigung über Mama gesagt worden ist«, sagte er. »Dass sie so mutig war. Wie sie bei Opa dafür kämpfen musste, den Laden übernehmen zu können. Und wie sie dann für den Laden gekämpft hat, als es schlecht lief. Dass sie und nicht Papa dafür gesorgt hat, dass der Laden sich halten konnte.«

»Wusstest du das nicht?«

»Ich hatte es sicher mal gehört. Aber ich hatte nicht darüber nachgedacht, nicht richtig. Hatte sie nie gefragt.«

Ola schob die Kuchenplatte weg. Ich zog einen Stuhl heran, setzte mich neben ihn. Legte ihm die Hand auf den Arm.

»Ich finde, du solltest jetzt nicht darüber nachgrübeln«, sagte ich.

»Aber ich kann mich nicht davon befreien, dass es falsch war, das, was ich bei meiner Gedenkrede über sie gesagt habe. Dass sie immer da war, hinter dem Tresen, im Lager, in der Küche. Dort angenagelt, von Pflicht und Liebe. Als sei das etwas Kleines, irgendwie.«

»Aber das war es doch nicht.«

Ola seufzte.

»Nein«, sagte er. »Nicht für mich.«

Er drückte meine Hand. Küsste meine Schulter. Therese kam mit dem iPad in die Küche, sie hatte große Kopfhörer auf, öffnete die Kühlschranktür und nahm einen Rest Sahnetorte heraus, lud ihn auf einen Teller. Bugsierte alles zum Küchentisch hinüber, ohne den Blick von der Serie zu lösen, die sie gerade schaute. Ola und ich sahen sie an. Wechselten einen Blick.

Sie schaute auf, als ob sie unsere Anwesenheit gerade erst bemerkt hätte.

»Was ist los?«, fragte sie.

Am nächsten Morgen ließ ich Ola und Therese ausschlafen. Ich fuhr mit Per und Ludvig zum Einkaufen nach Bjerka, die beiden starrten stumm aus dem Fenster, draußen rauschte ein Hof nach dem anderen vorüber. In den letzten Tagen hatte Leif mit den Jungen kleine Spaziergänge durch Berg gemacht, hatte von der Familie erzählt, von der Herkunft der Jungen, sie hatten mit halbem Interesse zugehört. Ich war es, die ihre Namen ausgesucht hatte, Per und Ludvig, so hatten auch ihre Urgroßväter geheißen. Ich hatte das starke Bedürfnis gehabt, den Kindern eine Zugehörigkeit zu geben, eine Verbundenheit mit etwas Dauerhaftem, Bleibendem, und Ola hatte nicht protestiert.

Leif half uns, den Laden zu verkaufen. Wir hatten das Inventar herausgerissen und den alten Tresen und die Glasschränke übers Internet zum Verkauf angeboten, eine Boutique in Bodø hatte sie gekauft, um Schmuck und andere Accessoires auszustellen. Das Grundstück war von der Gemeinde erworben worden. Als wir vorüberfuhren, waren die Fenster im Erdgeschoss noch immer mit Packpapier verdeckt, am Wartehäuschen an der Bushaltestelle auf der anderen Straßenseite hatte jemand ein unleserliches Wort an die Querseite getaggt. Ich bog nach links zur Auffahrt zu unserem alten Haus ab, es gehörte jetzt einem Paar aus Mo, ihre Namen standen oben am Briefkasten. Sie hatten einen Aufkleber mit der Aufschrift *Bitte keine Werbun* angebracht. Mama hatte das nicht gehabt, sie hatte immer gern Prospekte angeschaut.

»Ich will nur mal kurz einen Blick auf das Haus werfen«, sagte ich.

»Warum denn?«, fragte Per.

»Die, die da wohnen, haben allerlei verändert.«

»Kennst du die denn?«

»Nein, nicht gut. Ich weiß aber, wer sie sind.«

»Willst du nicht klingeln?«

»Sie sind nicht zu Hause. Sie sind im Urlaub.«

»Woher weißt du das?«

»Das hab ich auf Facebook gesehen.«

Ich stieg aus dem Auto aus und sagte den Jungs, sie könnten sitzen bleiben, wenn sie wollten. Das taten sie zuerst auch, dann kamen sie angetrottet, die Kapuzen hochgezogen. Die Hecke war vor einigen Jahren entfernt worden, auch der Wald auf der Rückseite war ausgedünnt. Das Haus sah verlassen und schutzlos aus, wie es dort lag. Die neuen Besitzer hatten die Fenster ausgewechselt und das Dach neu gedeckt. Nicht mit Schiefer, sondern mit ganz normalen Dachziegeln. Im ersten Stock war eine Satellitenschüssel an der Wand befestigt.

»Soll ich euch etwas zeigen?«, fragte ich die Jungs.

»Was denn?«

»Ein Geheimnis. Kommt mit, dann seht ihr, was ich meine.«

Wir gingen am Haus und den Überresten der alten Hecke vorbei und in den Wald hinein, wo es jetzt weniger Verstecke gab als früher. Ich zeigte auf eine kleine Steinplatte, hob sie hoch, kratzte Erde zur Seite. Ein Kasten kam zum Vorschein.

»Was ist das?«, fragte Ludvig.

»Eine Handgranate. Die hat Opa gehört.«

»Ist die gefährlich?«

»Jetzt nicht mehr. Sie ist alt. Früher hätte sie explodieren und Schaden anrichten können, aber ich glaube, jetzt funktioniert sie nicht mehr.«

»Können wir die mitnehmen?«, fragte Ludvig.

Ich schüttelte den Kopf.

»Ich finde, wir lassen sie liegen«, sagte ich. »Das hat Opa so gewollt.«

»Können wir Papa davon erzählen?«, fragte Ludvig.

»Ja«, sagte ich. »Aber nur ihm.«

Wir setzten uns wieder ins Auto, fuhren zur alten E6 hinunter, kreuzten die Bahnschienen, sahen aus der Ferne die Kaviarfabrik. Passierten den verschlossenen Eingang zum Laden, die Schule, wo die Klettergestelle leer waren, den alten Bahnhof, wo kein Zug mehr hielt. Die Jungs saßen schweigend auf der Rückbank. Starrten das alles an, was für mich Alltag gewesen war und was für sie Ferien bedeutete, etwas, das sie einige wenige Wochen im Jahr besuchten, ehe sie wieder nach Hause fuhren.

»Können wir ein Eis kaufen?«, fragte Ludvig.

»In Bjerka«, sagte ich.

»Ist das weit?«, fragte Per.

»Nein, das weißt du doch.«

Wir fuhren zum Sørfjord hinunter, vorbei an der Erdrutschstelle, wo die Wellen munter gegen die Steine schlugen, ein grüner Streifen aus Gras und Wiesenblumen lag über allem, was aufgerissen worden war. Es war jetzt verheilt. Von dem, was dort passiert war, gab es keine Spur mehr. Ich dachte auch nicht daran, das kam vor, doch heute war nicht so ein Tag. Wir würden Eis kaufen und den Strand entlanggehen, uns die Kühe meines Vetters ansehen, auf der Terrasse essen, während die Bienen zwischen den Sommerblumen summten.

Die Sonne wärmte durch die Windschutzscheibe hindurch, legte sich über mein Gesicht.

Alles draußen sah gut aus, so, wie es war.